LE ROI EN SON MOULIN

GILBERT BORDES

Le roi en son moulin

ROMAN

ROBERT LAFFONT

ISBN 2-221-06935-8

— Tu peux le dire, le Rouge, toi, la guerre t'a bien servi !

L'homme qui vient de parler a environ cinquante ans. Il est maigre ; de larges rides taillent son front, ses cheveux gris tombent sur ses oreilles molles. Il est assis dans ce coin de bistrot enfumé où s'entassent des paysans qui parlent fort. Il recule son béret plat d'un geste rapide. Son nez tranchant un peu tordu s'ouvre en deux larges narines sombres d'où dépassent des poils noirs. Il vide son verre d'un trait et continue :

— Ça, le Jean, tu peux le dire que tu as eu de la chance !

— Tais-toi, Brandel !

Jean a peut-être vingt-cinq ans. Il a gardé son chapeau, mais dans cette pièce mal éclairée, ses cheveux tachent ses tempes d'une couleur de sang. Ses sourcils sont roux ; le blanc de ses yeux a des reflets de laiton, sa peau est salie de taches de rousseur. Ses épaules sont démesurées pour ces petites tables sagement alignées. Il baisse les yeux sur son assiette vide, ses larges mains rouillées étalées sur la table. Il répète :

— Tais-toi, Brandel.

Les rides du vieux s'animent sur cette peau rugueuse et sèche comme de l'écorce. Brandel semble se soulager d'un poids énorme qu'il porte en lui depuis des années.

— Me taire? Mais moi qui suis vieux, qui ai tout vu dans cette chienne de vie, pourquoi je me tairais? Je te dis que la guerre t'a bien servi, le Rouge. Tandis que moi, regarde: mon gendre... Il n'est pas revenu, lui...

Les poings de Jean Charias se durcissent. Des taches blanches apparaissent aux pliures des doigts où la peau se tend. Autour, les hommes parlent de la foire, rient fort. Ils mangent bruyamment de la soupe, boivent du vin et fument. Les cuillers tintent contre les assiettes. Une serveuse en tablier blanc court entre les tables. C'est une de ces paysannes du bas pays aux hanches larges, aux épaules solides.

— C'était l'Auprestre, qu'elle voulait, la Pauline du moulin de la Farge, mais regarde comment il est revenu! Je te dis que tu as eu de la chance, toi!

— Tais-toi, je te dis. La Pauline le voulait pas, ton Auprestre. Elle me l'a dit!

— Et tu crois tout ce qu'elle te dit? Mon pauvre Jean, tu seras toujours le roi! Tiens, mange ta soupe! Faut pas le prendre mal, mais pourquoi tu as passé à travers les balles, toi et pas les autres? A croire que tu avais payé le diable pour qu'il arrange tes affaires!

— J'ai jamais payé personne! Qu'est-ce que j'y peux, moi, si j'ai pas été blessé!

La serveuse apporte une soupière fumante qu'elle pose au bout de la table.

— Mange, Charias ! dit Brandel. Tous ceux qui y sont restés, là-bas, voudraient bien pouvoir manger comme toi, ici, dans ce bistrot de Naves.

Jean Charias se sert une louchée de soupe où nagent des tranches de pain imbibées de bouillon. Il prend aussi quelques légumes, un bout de poireau filandreux, une rave, deux morceaux de carotte et se met à manger lentement, en aspirant le bouillon chaud du bout des lèvres. Brandel débouche la bouteille de vin et approche le goulot de son assiette :

— Un petit chabrol, ça donne des idées claires !

Le vin coule sur le bouillon, s'y mélange en tentacules sombres. Une odeur aigrelette s'en dégage.

— Y a rien de tel pour te remettre d'aplomb ! dit Brandel.

— Je te dis que la Pauline ne voulait pas l'Auprestre ! répète Jean d'une voix rapide.

Il a parlé sans lever les yeux, comme pour se convaincre lui-même.

Au-dessus des têtes, un nuage bleu de tabac noie les poutres sombres du plafond. Le bruit de ces paysans attablés qui ne savent pas parler autrement qu'en criant est infernal.

— Qu'est-ce que tu dis, le Rouge ? Tu seras toujours le dernier à savoir les choses ! Faut-il que tu l'aies dure la tête sous tes cheveux de rouquin ! Et c'est pas parce que tu t'es laissé boucler dans la cage du moulin de la Farge qu'il faut parler en patron. On sait d'où tu viens ! Et tu peux faire ce que tu veux, tu seras toujours un Charias de Plumozelle !

— Mais tu vas te taire, Brandel !

— Ton père, c'est le Paul Charias, je le connais comme j'ai connu ton grand-père, tous des rouquins !

Brandel porte l'assiette à ses lèvres et aspire bruyamment le bouillon. La servante apporte un plat de salé chaud et une miche de pain.

— Tu me dis ça, reprend Jean, mais j'y peux rien si j'ai pas été blessé !

Brandel plisse ses yeux minuscules. Ses sourcils gris s'abaissent. Il n'a plus de dents et quand il parle, ses lèvres s'allongent comme celles d'une chèvre qui cherche à attraper une pomme :

— C'est que tu n'es peut-être pas allé au front ! Et quand tu es revenu, tout guilleret, le meunier a été content de te trouver. Il avait une fille un peu folle à marier, mais tu vas pas me dire que tu l'as trouvée toute neuve, la Pauline, neuve comme un sou de la banque ! Tout le monde sait bien que c'est pas vrai !

Jean Charias serre les dents. Il baisse toujours les yeux. Ses poings se ferment, il vide son verre d'un trait. Brandel le remplit de nouveau.

— Tais-toi ! Brandel. Tais-toi ou je te casse la tête !

— Allons, le Jean, ressaisis-toi ! Moi j'y peux rien si ta Pauline court les hommes. La guerre t'a servi et ça t'a rendu gourmand ! Je t'ai vu dans la foire tout à l'heure, tu marchais comme un patron, comme si tu étais le roi, je te dis !

— Je crois que j'ai plus faim !

Jean pose une pièce sur la table et pousse sa chaise.

— Tu pourras garder la monnaie, Brandel!

— Tu vois que tu te prends pour un patron, maintenant que tu es gendre à la Farge! Tu veux jouer aux riches! Mais rappelle-toi, le Rouge, la chance ça se paie toujours un moment ou un autre!

Jean sort du bistrot. Ses épaules carrées, sa jeunesse, dans cette assemblée de vieux et d'éclopés semblent une provocation. Des regards hostiles se tournent vers lui. En cette fin d'année 1919, être jeune, grand et valide semble coupable! Qui n'a pas de fils, de frère, de cousin mort là-bas, dans la boue? Qui ne pleure encore dans cette campagne saignée, ses espoirs brutalement brisés, ses ambitions oubliées par une simple lettre: « Mort glorieusement au champ d'honneur. » Le champ d'honneur! Ils en savent quelque chose, ces hommes pour qui la gloire a moins d'importance qu'un sac de blé.

La nuit est tombée, une nuit fraîche de novembre. Il a plu dans la journée; l'humidité accentue l'impression de froid. Jean frissonne, boutonne sa veste, enfonce son chapeau sur sa tête comme pour cacher son abondante chevelure rousse. Naves s'endort après le bruit de la foire. Seuls les bistrots restent animés. Là, des paysans venus des alentours vont manger et boire jusqu'à rouler sous la table, s'étourdir pour oublier leur quotidien terne et leurs misères.

Jean Charias marche dans la nuit. Il n'a pas besoin de lanterne pour suivre le chemin creux entre ses deux haies d'aubépine. Les paroles de Brandel tournent dans sa tête en une ronde infernale. Oui, il a eu beaucoup de chance, mais en quoi est-il coupable ? Quelle dette a-t-il contractée envers le destin à traverser la guerre sans la moindre égratignure ? Après tout, il n'est pas le seul !

Le vent s'est levé et souffle au-dessus des collines, annonçant de nouvelles averses pour la nuit. Les feuilles finissent de tomber et pourrissent sur le chemin en une épaisse couche de graisse noire. Des nuages clairs découvrent par endroits des poignées d'étoiles pressées.

Arrivé au chemin des Côtes, il oblique vers Plumozelle, longe un pré en pente, remonte sur la colline aussi pelée qu'une coquille d'œuf. Le sang bat à ses tempes, un grand tumulte l'agite. Un chien aboie au village de Noyac dont il aperçoit les lumières à l'horizon. Plumozelle est tout à côté, caché entre les sapins. Un petit ruisseau, qui sort d'une mare, traverse le chemin. Jean passe au gué où sont disposées des pierres plates. La lune est sortie, ronde au-dessus des châtaigniers.

Il arrive à une maison basse et sombre, un bâtiment ancien avec, d'un côté l'étable des vaches, de l'autre l'habitation des hommes. Une porte permet de passer de l'une à l'autre par l'intérieur. L'hiver, lorsqu'il fait froid, on la laisse ouverte pour profiter de la chaleur des bêtes. Il entre sans frapper. Le chien qui se chauffait près du feu n'aboie pas et vient lui lécher la main.

— C'est toi, le Jean ?

— Comme tu le vois, la mère, c'est moi !

C'est une paysanne sans âge, vêtue de noir. Son

visage est long et triste, ses cheveux sont rassemblés en un chignon gris. Marie Charias « trempe » la soupe. Elle vide le bouillon chaud d'un chaudron dans une soupière remplie de tranches de pain. Un homme roux est assis près du feu, sur le banc de bois. Il semble démesuré dans cette pièce grise. A côté de lui, une petite fille brune aux grands yeux noirs suce son pouce.

— Tiens, le Jean ! dit l'homme en souriant. Mais qu'est-ce qui t'amène ?

— Je reviens de la foire de Naves et je suis passé prendre des nouvelles !

— Tu vas manger un peu de soupe ! dit Marie. Pour repartir au moulin, tu auras bien le temps de la digérer avec ce mauvais temps qui nous vient !

La petite qui se blottit contre son grand-père a une dizaine d'années. Ses cheveux descendent sur ses épaules en boucles luisantes. Quand la grand-mère couvre la soupière, elle va chercher les assiettes dans un vieux meuble en coin et les dispose sur la table. Ses gestes sont pleins d'agilité ; on dirait qu'elle ne touche pas par terre. Le feu allume tout un pan du mur.

Jean s'assoit près de l'âtre et tend son paquet de tabac à son père qui se met à rouler une cigarette avec application, sans quitter des yeux les mouvements de ses doigts, comme si c'était très important.

— Alors ? questionne Jean en reprenant le paquet de tabac.

— Toujours pareil, le Jean. La Vivienne se réveille la nuit et appelle son père. Des fois, elle dit que c'est lui qui tire sa mère dans la tombe par les pieds.

Marie découvre la soupière. Une épaisse vapeur blanche qui sent le poireau monte jusqu'au râtelier de bois accroché à une poutre et où sont rangées les tourtes.

— Si vous voulez parler de ça, vous feriez mieux d'aller dans l'étable.

Vivienne dispose les fourchettes et les cuillers près des assiettes, puis les verres et va chercher du vin à la cave.

— Des nouvelles ? demande Jean qui profite de l'absence de la petite.

Son père a un geste vague des bras. Il allume sa cigarette au tison.

— La Louise a pris le train à Tulle. Et de là, plus rien...

— C'est le malheur qu'elle est allée chercher ! dit Marie.

Puis, voyant la petite qui revient vers eux :

— Au lieu de fumer, vous feriez mieux de venir à table !

Ses sabots sonnent sur le plancher gris.

— A midi, j'ai mangé avec le père Brandel ! dit Jean.

— Il a toujours la propriété du moulin ? Je crois que ça lui rend bien service. C'est pas avec ses deux hectares de bruyère qu'il ferait beaucoup de pain !

— Ça rend service à Baptiste aussi ! S'il devait s'occuper de tous ses prés...

Ils jettent leur mégot au feu et passent à table.

Paul Charias se sert en premier, la queue de la louche était tournée vers lui.

— Je voulais savoir, la mère, si ce qu'on dit...

Marie s'arrête près de son fils, comme sur la défensive. Les peignes de corne qui tiennent ses cheveux luisent sous la lampe à alcool.

— Vrai quoi?

— Tu le sais bien. Ce marché avec le diable?

La vieille femme a les yeux très noirs sous ses sourcils assez épais.

— Qu'est-ce que tu veux dire, le Jean? Ils racontent n'importe quoi pour médire, tu le sais! Laisse le reste tranquille!

— Mais tu m'as pas répondu!

— Je t'ai dit ce que j'avais à te dire. Maintenant, mange ta soupe!

Paul Charias se tait. Ce n'est pas un bavard et il reste souvent plusieurs heures au bistrot à écouter les autres en fumant. Ses cheveux sont gris, mais sa peau reste celle d'un roux, ingrate, piquée de rouille. En ce moment, il pense à son gendre, Alfred Gorse. C'était un solide paysan au poil noir comme la suie. Alfred est parti à la fin septembre 1918. On pensait que ce ne serait qu'une promenade avant de faucher le regain. A l'armistice, Louise l'a attendu tous les jours avec une angoisse qui lui creusait les joues. Alors, elle s'est mis dans la tête d'aller le chercher. On a eu beau lui expliquer que, parfois, les soldats disparaissaient entièrement sous les décombres, elle n'a rien voulu savoir.

— Je sais qu'il est vivant! a-t-elle dit.

Louise a pris son sac, un grand sac en cuir de

veau qui devait être prêt depuis longtemps ; elle a embrassé sa fille en lui disant : « Je vais chercher ton père ! » Paul a encore tenté de la convaincre de rester, il n'y a eu rien à faire... Le silence est retombé sur cette maison. Marie regarde souvent le bout du chemin où sa fille a disparu. On sait que Louise a pris le train à Tulle après s'être renseignée dans les bureaux... Depuis, on attend.

Du malheur, cette guerre en a mis partout ; elle l'a semé à pleins seaux jusque dans les cœurs les plus fermés. Maintenant, il faut essayer de vivre et d'oublier puisque ceux qui sont morts ne souffrent plus...

Après le fromage, Paul ferme son couteau qui claque, puis cherche son tabac. Marie, qui ramasse les assiettes, demande :

— Et Pauline ?

Jean lèche la feuille de sa cigarette.

— C'est pareil. Au moulin aussi, on ne rit plus ! Un jour ça va à peu près, un autre, elle veut parler à personne !

Marie va et vient dans cette petite pièce sombre. A Plumozelle, sa franchise ne lui a pas fait que des amis.

— Je sais que le Baptiste te fait souffrir ! dit-elle d'une voix pointue. C'est un meunier, un de ces hommes d'en bas. Voleur et compagnie ! Tu avais l'âge de raison, mon garçon, mais tu t'es fait rouler !

Paul se tourne vers Marie, l'air méchant.

— Tu vas te taire ! Si on t'écoutait, on se battrait avec tout le monde !

— Peut-être ! insiste Marie. Mais la Pauline

c'était pas une fille pour notre Jean. Elle court les chemins... On l'a vue avec l'Auprestre à qui il manque un bras! C'est une mauvaise fille, voilà la vérité! Elle a toujours préféré la danse et les beaux garçons au travail! Et toi, Jean, tu n'es pas assez dégourdi! Tu vas laisser ta santé au moulin, voilà ce qui va arriver!

— Ecoute, s'emporte Paul, tu nous agaces à piailler comme un dindon! Tu ferais mieux d'aller te coucher!

— Ah, je piaille! Tu sais comme moi que je dis la vérité! La Pauline est une trop belle fille pour être honnête et elle a pas fini d'en faire, des histoires!

— Je t'ai dit: arrête! crie Paul.

— Je sais ce que je sais! insiste Marie en rangeant les assiettes. On parle au pays... On en raconte des choses à propos de la Pauline et ça ne te fait pas honneur, Jean!

Elle passe dans la chambre. Jean et son père s'assoient près du feu et se mettent à peler des châtaignes en silence.

Jean reste plus longtemps que prévu à Plumozelle. Après avoir pelé les châtaignes, Paul va chercher une bouteille de vin. De temps en temps, Jean tisonne ; les flammes lèchent la suie du mur. Dans l'étable, les bêtes secouent leurs chaînes et cela fait un bruit rassurant, ce bruit de nuit calme qui manque à Jean, au moulin. Ils boivent la bouteille de vin et quand elle est vide, Paul va en tirer une autre au tonneau.

Jean part en titubant. La nuit épaisse englue les collines dans un magma où il est bien difficile de se repérer. Le moulin de la Farge se trouve au fond de la vallée profonde de la Douige, un torrent qui dévale des Monédières... Jean arrive au raidillon derrière l'étang, rendu glissant par les feuilles mortes qui pourrissent, passe le pont du canal. Les planches sonnent sous ses pas. Le voilà à l'étable de la Farge. Le moulin est juste à côté, énorme masse sombre, d'un côté les machines, de l'autre l'habitation. Le bruit de la cascade monte des profondeurs de la cave. La pendule ponctue ce roulement perpétuel de l'eau brassée. L'odeur aigre et tenace de la farine, cette odeur qui soulève le cœur des hommes des collines, imprègne l'air. Jean traverse la cuisine, allume son briquet pour trouver la poignée de la porte et entre dans sa chambre en marchant sur la pointe des pieds. Il rejoint son lit au fond de la pièce. Un autre lit est disposé près de l'entrée où quelqu'un a bougé: c'est Pauline. Il pose ses vêtements, se couche sans bruit.

Il finit par s'assoupir. Un rêve étrange défile devant ses yeux fermés. Sa mère marche dans la lande des collines en invoquant le diable. Elle crache au pied des croix et va écouter des messes noires dans le vallon des Viginoux... A l'église de Saint-Salvadour, elle se prosterne devant le crucifix avec une chauve-souris vivante dans son sac. Le diable est content. C'est un homme un peu bossu, comme Baptiste. Comme lui, il a la tête carrée, les lèvres fines et ce regard fixe. Il vit dans les bas-fonds, sous la brume et près de cette eau bavarde que seuls les meuniers savent comprendre. Un meunier, c'est plus près de l'enfer qu'un homme des collines!

Jean ouvre les yeux en sursaut. Son lit craque. Il a dû réveiller Pauline qui se tourne. Cela le rassure un peu. Savoir qu'elle est dans cette chambre suffit à lui réchauffer le cœur, même si ce n'est pas sa femme, même si un mur de silence et de mort les sépare...

L'affaire s'est faite l'hiver dernier, le 20 janvier 1919, jour de foire à Saint-Salvadour. Un drôle d'hiver! Malgré le froid, les portes s'ouvraient au moindre bruit de pas. On espérait voir arriver un fils, un mari, un père. La guerre finie, les « poilus » rescapés furent renvoyés chez eux, leur billet de train en poche. Et lorsque l'un d'eux venu d'Uzerche ou de Tulle passait dans un village, on se pressait autour de lui. Qui n'espérait pas reconnaître un visage, avoir des nouvelles des siens ? Mais ils parlaient si peu, ces rescapés ! Mal rasés, ils portaient souvent leur vieille capote qu'on leur avait laissée pour se protéger du froid. Ils buvaient le verre de vin qu'on leur tendait, souvent sans un merci. Ils répondaient aux questions pressantes par un hochement d'épaule. Le 12 décembre, l'un d'eux s'est arrêté à Plumozelle. Sous son calot, Marie a vu des cheveux rouges, et elle a reconnu Jean. Il s'est assis au coin du feu, à se griller la figure. Il a mangé la soupe que sa mère lui a portée et a fumé une cigarette. C'est seulement le lendemain qu'il a pris conscience de sa chance, alors il s'est mis au travail avec une volonté et une force tenaces.

Ce jour de foire à Saint-Salvadour, Baptiste Simoneau le prend à part. C'est un petit homme trapu, un véritable meunier avec une bosse sur le dos pour mieux porter les sacs ; avec des jambes en arc de cercle qui savent garder l'équilibre dans les escaliers les plus raides.

— Le Jean, il lui dit, on pourrait parler tous les deux.

Jean s'étonne que Simoneau, le meunier le plus riche de la vallée, veuille lui parler. Il le laisse s'installer en face de lui. Baptiste commande du vin et pose ses mains sur la table, des mains à la peau blanche, qui travaillent la farine.

— Je t'ai vu sur le foirail, Jean. Tu dépasses tout le monde d'une tête et tu es rudement costaud. Je t'ai regardé aussi l'autre jour quand tu es descendu moudre ton blé noir. J'ai vu comment tu remues les sacs. Tu ferais un sacré meunier !

Il remplit le verre de Jean. Dans cette salle de bistrot, le bruit est assommant. Baptiste Simoneau continue.

— Tu sais qu'à la Farge, c'est comme ailleurs. On reste des nuits entières, les yeux ouverts sur le malheur qui nous a coupé l'élan. Toi, tu n'étais pas là, tu peux pas savoir qu'ici, c'était peut-être plus mauvais que là-bas. On attendait le facteur. Il descendait de Plumozelle, son grand sac plein de mauvaises nouvelles. Tu étais content quand il ne venait pas chez toi. J'entendais ses chaussures ferrées dans le chemin. Le vaurien, il chantait quelquefois, et moi, sur la porte de mon moulin, j'avais le cœur qui tapait si fort que je me demandais s'il n'allait pas éclater, le cœur, tu sais que c'est la maladie des Martinie, du côté de ma mère ! Et quand il passait devant moi, juste de l'autre côté de l'étang, il me faisait un bonjour et continuait jusqu'au moulin de Rittort, parce que le cousin est abonné au journal. Et chaque jour qui passait me laissait croire que le moulin de la Farge, avec ses tuiles rouges, ne pouvait pas avoir de malheur !

Baptiste sort son mouchoir, le déplie lentement, se mouche bruyamment.

— Et puis, ce matin-là, il ne sifflait pas. Ses chaussures traînaient dans le chemin. J'ai vu qu'il était comme bossu sous son gros sac. Il a pris la descente à côté de l'étang. Moi, je savais qu'il m'apportait la pire des nouvelles. J'ai pris la lettre et j'ai regardé. Charles Simoneau, mon aîné, mort au champ d'honneur ! Tout mon sang a quitté mon corps. Je te le dis, j'étais saigné. La Camille s'est mise à crier. Le lendemain, c'était la Pauline qui attendait le facteur. A cause du Pierre, son jumeau ! Celui-là, c'était plus son frère que l'autre. Ils avaient grandi ensemble, ils étaient un peu la même personne. Et quand tu en voyais un, l'autre n'était pas loin...

Le meunier remplit de nouveau les verres.

— Tu te demandes pourquoi je te dis tout ça ? Eh bien, parce qu'il faut que tu le saches pour te décider. La nouvelle de Pierre est venue trois jours après. Pauline se lamentait comme une bête qui va crever. Des plaintes que tu entendais à peine et qui pourtant te fendaient le cœur. Elle est restée plusieurs jours sans manger. Elle voulait même pas boire le bouillon que sa grand-mère lui apportait. Une si belle fille ! Moi, je continuais le moulin parce qu'il fallait bien et aussi pour me tirer de la maison où c'était que piailleries de femmes ! Depuis, la Pauline n'est jamais revenue comme avant ! Les gens disent qu'elle est folle, c'est pas vrai. Elle a des moments de tristesse, alors, elle fait rien. Tu peux lui parler, elle te répond pas. Mais une fois mariée, je suis sûr que ça lui passera !

Jean vide son verre. Baptiste Simoneau continue :

— Moi, j'ai soixante ans. Et puis, mon cœur marche pas toujours bien, comme je te l'ai dit !

Alors, on sait pas ce qui peut arriver... Tu pourrais faire un bon meunier à la Farge. Un meunier avec la plus belle meunière...

Jean comprend où Baptiste veut en venir. Il pense à Pauline Simoneau. Avant la guerre, il regardait la belle meunière comme tous les garçons, mais comment, lui, Jean Charias, avec sa peau de roux, ses cheveux rouges, aurait-il pu espérer qu'elle poserait les yeux sur lui ?

— J'ai plus que ma fille et le moulin ! Tu es un veinard, toi, Jean Charias, et le moulin de la Farge a besoin d'un veinard après les malheurs qui y sont arrivés. Si tu es d'accord, c'est l'essentiel. Je me charge de la Pauline.

C'est ainsi, que ce jour de foire à Saint-Salvadour, Jean Charias a accepté de devenir le gendre du meunier de la Farge et de prendre pour femme la plus belle fille du pays, Pauline Simoneau. Quand elles veulent se faire, les choses n'ont pas besoin qu'on y mette beaucoup de bonne volonté, elles se font toutes seules !

En rentrant de la foire, Baptiste Simoneau est un peu soucieux : il sait, par expérience, que les affaires qui paraissent les meilleures cachent presque toujours quelque piège et il se demande si ce Jean Charias à qui il vient de proposer sa fille pourra se faire au travail du moulin. C'est vrai qu'il est costaud, ce rouquin, mais il ne semble pas bien malin pour un gars qui a fait la guerre !

— Bah ! On verra bien ! dit le meunier en attachant sa jument dans l'étable. Ça peut pas être pire qu'en ce moment !

Au moulin de la Farge, on ne rit plus. Camille, la femme de Baptiste s'est ridée et rouspète tout le temps. Elise, sa vieille mère, cassée en deux, se tasse chaque jour un peu plus et son père, Henri, sur son banc, garde les yeux tournés vers les cendres. Il ne reste que le bruit régulier de la cascade, et des machines qui font trembler les murs. La pendule règne désormais sur cet intérieur simple, droite et sévère au fond de la cuisine, à côté de la porte de cette chambre où dormaient les garçons. Au-dessus, un crucifix oublié noircit sous la poussière.

Baptiste entre, s'installe à sa place et prend son

livre de comptes. Au bout d'un moment, il appelle Pauline, les yeux baissés, preuve qu'il veut parler sérieusement. Docile, la jeune fille s'approche. Elle est un peu plus grande que sa mère. Ses cheveux blonds qu'elle n'attache pas forment de grosses anglaises sur ses épaules. Ses lèvres sont un peu épaisses, ses joues creuses, mais ce qui frappe le plus, ce sont ses deux grands yeux aux prunelles lumineuses pailletées d'or. Très mince, Pauline porte une longue robe noire qui lui serre la taille. Elle marche avec beaucoup de grâce, une élégance qui la distingue des autres filles du pays.

— Voilà, dit-il. J'ai vu Jean Charias, tu sais, le rouquin de Plumozelle qui est revenu sans blessure... Un chanceux et un costaud.

Pauline fait la moue. Ses yeux prennent un air interrogateur. Pourquoi son père lui parlerait-il de ce garçon à qui elle a rarement adressé la parole?

— Eh bien, c'est arrangé, tu vas le marier! Il viendra travailler avec moi au moulin!

Pauline sursaute. Se marier avec ce mal dégourdi, ce roux? Elle s'écrie:

— Je ne veux pas!

— Tu veux pas? Celui-là ou un autre... Et lui, c'est un géant qui ne connaît que le travail!

Pauline se dresse en face de son père, un air de défi dans le regard.

— Non!

— Tu vas arrêter de parler comme ça! s'écrie Camille d'une voix aigre. Depuis quand les filles osent contrarier leur père?

— Tu avais deux frères! continue Baptiste. Le

nom des Simoneau est mort. Et le moulin de la Farge a besoin d'un homme. Moi, je suis plus tout jeune...

Pauline s'est reculée, horrifiée. Pour la première fois, elle tient tête à son père. Elle préférerait mourir plutôt que de céder.

— C'est arrangé, je te dis!

La jeune fille s'enfuit dans sa chambre en pleurant. A ce moment précis, elle pense à son frère, Pierre, à Auprestre, son ancien amoureux revenu mutilé, à tous ceux qui ont laissé là-bas, dans la boue et la pourriture, leur vie et leurs espoirs.

— Ce qui compte, c'est le moulin de la Farge! conclut Baptiste. Il faut un meunier et pour la première fois depuis longtemps, ce sera un étranger. Mieux vaut un chanceux qui a les épaules larges.

Il replonge son visage aux joues pleines sur son cahier de comptes, mais ne réussit pas à fixer son attention. Au bout d'un moment, Pauline sort de sa chambre et s'assoit au coin du feu en face de son grand-père. Elle regarde les flammes qui lèchent le chaudron, des flammes rouges, comme les cheveux de celui que son père veut lui donner pour mari.

— En plus, c'est un bon garçon! ajoute Baptiste.

L'affaire est rondement menée. Le dimanche suivant, Paul et Marie Charias descendent manger au moulin. Jean arrive un peu plus tard, son chapeau enfoncé sur ses cheveux roux, la tête basse, n'osant pas lever les yeux sur Pauline. Il semble paralysé dans son habit qu'il s'était fait tailler avant la guerre et qui lui est un peu petit. On met les futurs époux l'un à côté de l'autre en leur recommandant d'être sages. Pauline fixe son assiette et ils n'échangent pas un seul mot. Sa beauté éblouit Jean, qui se sent maladroit, laid. Après le repas, ils vont se promener le long de la Douige. Pauline a attaché ses cheveux et son front clair augmente l'éclat de ses yeux et la beauté de son visage. Comme il ne supporte pas le silence pesant, Jean parle du temps humide qui fait pousser l'herbe. Pauline veut en savoir plus sur cet enfer qui a dévoré son frère jumeau.

— Comment c'était, là-bas, à Verdun ?

Jean s'arrête de marcher. Son visage blanchit. Pauline voit nettement son regard se troubler.

— Comment que tu voulais que ce soit ? C'était comme ça devait être !

Ils se marient le 23 février. La cérémonie n'est pas grandiose à cause du trop grand nombre de places vides. Tout le monde pense à ses morts. C'est un mariage dont on a un peu honte, alors on l'expédie ; d'un côté les Simoneau, tous descendants de meuniers, de l'autre les Charias, tous rouquins et pauvres. La mariée est superbe, sa robe vaut bien le prix d'un cheval, mais personne ne la regarde. D'ailleurs, elle ne rit pas, elle baisse les yeux, résignée ; c'est un enterrement. On dit en regardant sortir le cortège de l'église que Baptiste a casé sa fille avec le plus mal dégourdi du pays, tout simplement parce qu'il est revenu de la guerre sans la moindre blessure et pour avoir un domestique qu'il n'aura pas besoin de payer. Jean, lui, n'ose pas croire à sa nouvelle chance : sortir de l'église de

Saint-Salvadour avec, à son bras, la belle Pauline du moulin de la Farge, sa femme !

Son bonheur ne dure pas bien longtemps. Le soir, après le dîner pris au moulin, Jean va se coucher avec son épouse. Le lit a été fait dans la chambre des garçons qui est désormais vide. Une fois la porte fermée, Jean, maladroit, s'approche de Pauline, assise sur le lit. Elle baisse la tête et il s'aperçoit que des larmes roulent sur ses joues. Jean veut passer son bras sur son épaule.

— Laisse-moi !

Il n'insiste pas. Le tonnerre des canons ne faisait pas plus de bruit que ce tumulte qui gronde dans sa tête. Pauline lève sur lui ses beaux yeux mouillés. Pour la première fois, elle voit son mari de près, ses épaules démesurées dans cette petite chambre, son visage un peu maigre et ses cheveux, ses cheveux rouges, du sang qui bouillonne et coule. Elle ne peut pas réprimer un frisson.

— Je t'en prie, Jean...

Puis elle se cache le visage dans ses mains. Lui veut la consoler.

— T'en fais pas, la Pauline, on se connaît pas, tous les deux. On va prendre le temps, c'est pas ce qui nous manque !

Jean va se coucher dans le lit du fond, celui des garçons.

Les jours suivants, Pauline passe des heures assise sur le muret de l'étang répondant à peine aux gens qui viennent au moulin. Au lieu de lui redonner son beau regard rieur et sa joie de vivre, ce mariage lui a fait perdre le goût de s'habiller. Elle laisse dans l'armoire ses belles robes ; le dimanche, elle se serre au plus profond de la maison quand quelque musicien en vadrouille passe dans le chemin en invitant les jeunes à la danse...

Sa mère, qui furète partout, découvre vite que les deux époux ne dorment pas dans le même lit. Elle en est contrariée et s'emporte.

— Et comme ça, tu repousses ton homme ? C'est pas bon ! Ni pour lui ni pour toi !

— J'ai pas demandé à me marier ! dit Pauline sur la défensive.

— L'amour vient tout seul ! insiste Camille ; et s'il vient pas, on fait semblant... Je vais dire à ton père d'enlever le lit de tes frères !

Pauline se dresse en face de sa mère, la colère rougit ses joues.

— Si tu fais ça, je vais me noyer dans l'étang !

Camille a beau rouspéter tout le temps, elle ne sait pas prendre une décision seule. Elle va voir Baptiste qui se gratte les cheveux.

— Celle-là, il faut toujours qu'elle fasse à l'envers des autres ! dit-il, soucieux.

Il réfléchit un long moment, le regard perdu sur l'étang qui miroite, puis décide :

— C'est trop tôt ! Ils se connaissent pas ! Laisse-les s'arranger, on verra dans quelque temps !

Le printemps 1919 est superbe. Un vent tiède coule sur les collines. Le soleil chauffe les prairies de la vallée et Brandel voit la première hirondelle le 15 avril... Pauline n'est pas sensible à ces signes qui annoncent les beaux jours. Elle aime être seule. La solitude la protège du présent et lui permet de retrouver le passé. C'est une vieille de vingt-deux ans qui vit repliée sur ses souvenirs ! Baptiste ne dit rien, espérant que le temps va tout arranger, mais le temps n'arrange rien. Pauline est de plus en plus irritable. Elle se détache des choses... Des visages mutilés pleurent en elle et l'implorent. C'est pour eux, pour le souvenir de son frère dont elle ne peut se détacher qu'elle pense de nouveau à Auprestre Genet avec qui elle dansait, le dimanche. Un beau jeune homme qui était allé à Paris et savait lui parler de cette grande ville, si lointaine qu'il fallait une journée de train pour s'y rendre. Auprestre dansait avec tant de grâce ! Qu'il était beau, avec son col empesé, ses cheveux noirs coiffés sur le côté, sa moustache épaisse et ses yeux rieurs qui la regardaient avec tant de passion contenue. Comme ils ont vite passé, ces bons moments ! Ils allaient se promener le long du ruisseau, sur ce chemin qu'elle parcourt seule, désormais. Pierre était complice ; il racontait des histoires à Baptiste qui faisait semblant de le croire.

Que lui reste-t-il de tout ça ? Rien. Des souvenirs après lesquels elle court, le désir d'un paradis perdu. Auprestre est revenu de la guerre, lui, mais mutilé d'un bras.

Pauline le revoit par hasard, sur le chemin de Plumozelle, un dimanche de mai, avant la messe. Auprestre traîne les pieds comme un vieux ; le front barré de profondes rides, il est presque chauve. Sa veste est vide d'un côté. Tout est fleuri autour d'eux. Les fougères déplient leurs mains vertes au-dessus des feuilles mortes. Les premiers papillons tournent autour des genêts... Ils sont émus de se retrouver et marchent l'un à côté de l'autre sans un mot. Le passé a encore trop de force pour laisser libre le présent. Pierre est à côté d'eux. Pauline y pense si fort qu'elle éclate en sanglots. Auprestre lui prend la main.

— Tu n'y peux rien! A quoi ça sert?

— C'est comme ça! répond Pauline en se mouchant.

Auprestre passe son seul bras sur son épaule. Pauline frémit, mais ne proteste pas.

— Alors, tu es mariée à ce Jean Charias?

Elle baisse la tête et regarde ses chaussures. Non, le passé n'est pas mort; il resurgit à cet instant, près de cet homme qui ne rit plus. La guerre n'a été qu'un intermède, une tricheuse qui a tout bouleversé.

— On a eu du bon temps, tous les deux!

De sa main unique, Auprestre prend ce menton et tourne vers lui ce beau visage amaigri.

— Pour le moulin, dit-elle. Il le fallait!

— Oui, il le fallait. Les filles ne font pas la guerre, alors il faut bien qu'elles servent à quelque chose!

Auprestre se fatigue vite. Les gaz mortels que l'ennemi répandait dans les tranchées lui ont laissé des poumons fragiles et il s'essouffle au moindre effort. Il invite Pauline à s'asseoir à côté de lui sur un tronc d'arbre au bord du chemin qui sent l'herbe nouvelle et les fleurs sauvages. Ils restent ainsi très longtemps tous les deux, à se sentir vivre l'un près de l'autre. Midi est arrivé et Pauline ne rentre pas à la Farge pour manger. Le soleil arrose ce fond de vallée de sa lumière printanière. Les oiseaux n'en finissent pas de se chamailler dans les taillis. Il n'y a pas de vent pour chasser ces odeurs de terre chaude et vivante qui montent jusqu'à eux. Auprestre et Pauline ne se parlent pas : au-delà de la guerre, des souffrances endurées, ils se retrouvent. Des ombres vivent autour d'eux. Auprestre redevient, l'instant d'un éclair, ce jeune homme qui aimait la danse, Pauline, cette jeune fille gâtée. Elle a le sentiment de désobéir, de commettre un crime abominable lorsque ses lèvres se posent sur celles d'Auprestre, mais elle y trouve un plaisir rare.

Ils se séparent à la nuit. Le soleil descend derrière la colline de Plumozelle. Une ombre fraîche qui gèle le creux des reins monte de la terre. Ils se jurent de se revoir.

Ils se revoient tout l'été. Ils se cachent bien, mais, dans les collines, comment échapper au regard curieux de quelque braconnier ou d'un paysan attardé venu pêcher les truites de la Douige ? Au pays, on se met à parler de la fille Simoneau qui continue de mener la vie comme avant.

— Ma pauvre ! Ils lui ont tout passé ! Et puis, vous l'aviez pas vue danser les dimanches ! Pour sûr que c'est pas une fille honnête !

— Pauvre Charias ! C'est pourtant pas un mauvais garçon, et travailleur avec ça, mais trop brave !

Même s'il ne sort pas de son moulin, Baptiste sait tout. Les nouvelles arrivent avec les sacs de blé ou de sarrasin. Un jour que Pauline est assise sur le muret, il s'installe à côté d'elle, sa figure carrée baissée vers l'eau. Baptiste ne sait pas regarder les gens quand il veut parler sérieusement. Il retrousse ses manches parce que le temps est à l'orage et la chaleur suffocante.

— On parle, la Pauline. Tu as une réputation! Qu'est-ce qu'il va dire ton homme s'il l'apprend?

— Je m'en moque! dit-elle en s'éloignant. C'est pas mon homme!

— Justement! dit Baptiste. Il faudrait que ça change!

— C'est pas près de changer!

Le meunier retourne dans son moulin. Jean est là, qui déplace les sacs de grains avec une déconcertante facilité.

— Tiens, le Jean, souffle donc une minute! Viens rouler une cigarette!

Jean s'étonne. D'ordinaire, Baptiste n'arrête jamais le travail pour rouler une cigarette! Jean s'assoit sur un sac et prend le paquet de tabac.

— Tu sais, quand on a appris la mort du pauvre Pierre, commence le meunier, on a cru que la Pauline allait devenir folle!

Jean lèche sa feuille, roule la cigarette dans ses doigts, la prend entre ses lèvres.

— Alors, il faut pas trop la remuer. Le temps arrangera tout!

Baptiste allume sa cigarette, lâche une bouffée de fumée.

— Tu devrais quand même lui dire qu'elle doit pas aller courir les chemins. Ça fait parler les gens!

Jean ne répond pas. Comment pourrait-il dire quoi que ce soit à Pauline qui n'est même pas sa femme ?

Pauline ne sait pas ce qui la pousse vers Auprestre, la nature de son sentiment a changé depuis la guerre, pourtant, elle éprouve ce besoin avec une telle force qu'elle ne peut lui résister. Camille ne mâche pas ses mots :

— Mais qu'est-ce qui te prend à t'en aller tout le temps ? Pendant qu'on travaille, toi, tu vas te promener !

Pauline a un caractère entier et ne supporte pas les remarques aigres de sa mère.

— J'ai pas demandé à rester au moulin !

— Une fille doit faire ce qu'on lui demande ! Si, de mon temps, on avait parlé comme ça, on aurait ramassé une sacréc taloche ! Il fallait bien y penser au moulin !

Eh oui, le moulin... Ses grosses meules ne broient pas que du grain ! La tourmente ne l'a pas épargné, cet énorme bateau posé sur une rivière trop petite ! La tempête a secoué la charpente, arraché du pont ses meilleurs marins et le capitaine s'obstine, seul, à vouloir le remettre à flot.

Quand Baptiste arrive, Camille le regarde longuement : sa bosse a grossi depuis la fin de la guerre ; son visage rond s'est creusé.

— Tu vas te tuer au travail, mon ami ! A quoi ça nous avancera, hein ?

Le meunier ne répond pas. Alors, Camille se tourne vers son gendre, sa cible préférée.

— Et vous, mal dégourdi que vous êtes ! Un homme aussi fort, toujours en peine de ses bras...

Jean est resté un étranger à la Farge, étranger dans cette cuisine trop petite pour lui, étranger dans le moulin où Baptiste, maniaque, ne le laisse pas déplacer un sac sans qu'il en ait donné l'ordre.

— Et ce chapeau que vous portez tout le temps ! continue Camille. Ça vous va comme un bonnet à une chèvre !

Mais Jean ne pose pas ce chapeau qui cache ses cheveux rouges. Il ne proteste pas, non plus. Après ces années d'angoisse, il est revenu de l'enfer avec une soif d'amour qu'il ne sait pas exprimer, mais qu'il sent en lui, immense, comme un puits sans fond.

L'automne 1919 est humide. La pluie s'installe, une pluie fine qui vient de l'air, de la brume plus basse que les collines. Ce matin, en sortant, Baptiste Simoneau regarde le chemin de Croussac se perdre dans la pâleur du brouillard. Le grand tilleul près du ruisseau n'a plus de tête. Son tronc se fond dans la blancheur de l'air.

Chaque jour en se levant, Baptiste va voir sa digue qui prend l'eau de la Douige et la conduit par un canal à l'étang du moulin. Il sait bien que rien ne peut attaquer le solide mur de pierres, mais c'est ainsi, il n'est pas tranquille tant qu'il n'a pas vu le barrage. Le jour qui se lève commence par un acte de reconnaissance !

Baptiste Simoneau est tout en largeur. Bossu à force de porter les sacs de grains, mais solide. Ses jambes pliées en arc de cercle lui donnent une démarche un peu lourde. Une tête carrée et haute, des cheveux courts qui sont devenus gris à la fin de la guerre, mais personne ne s'en est rendu compte : on a toujours vu Baptiste avec les cheveux blancs de farine.

Il passe le pont en direction du pré qu'il traverse pour se rendre à la digue. Près du ruisseau, ses pas ont tassé la terre formant un sentier où l'herbe ne pousse plus... Baptiste est soucieux: cette nuit, Jean est rentré bien tard! Quelle idée a-t-il eue d'aller à la foire à Naves? Un homme préoccupé par son travail ne rentre pas tard! Baptiste sait que le calme de ce gendre cache un volcan prêt à exploser.

Voilà où on en est à la Farge! Avant 1914, c'était le temps des grandes ambitions. Charles et Pierre n'avaient pas comme leur père les jambes en arc de cercle, mais ils étaient courageux et savaient travailler. Ils avaient décidé de transformer le moulin en minoterie, d'acheter un camion pour aller chercher le grain dans l'Allier, dans la Beauce et les régions de grande culture. Ils voulaient construire un autre bâtiment pour faire l'élevage des porcs. Tout cela s'est envolé au pays des chimères. Il n'en reste rien, pas même un garçon estropié à qui Baptiste pourrait encore parler. Les Simoneau n'ont pas la chance des Charias. La chance ne s'achète pas et c'est bien dommage!...

Il marche lentement dans l'herbe mouillée. Le ruisseau, gonflé par la pluie gronde dans la cascade de la retenue. D'ordinaire, sa visite du matin le guérit d'une espèce d'angoisse qui l'étreint durant la nuit. Un jour, il a trouvé un tronc d'arbre porté par la rivière qui butait contre la digue, comme un bélier. Le courant le prenait de travers, le faisait tourner dans le calme et il revenait à la charge, toujours au même endroit, obstiné. Ce jour-là, Baptiste s'est dit que son habitude était une bonne habitude.

La pluie de plus en plus fine est toujours aussi

pénétrante. Un léger vent se lève, serpente dans le pré mouillé le long de la haie dont les feuilles lourdes se détachent. Il n'y a que le bruit de la rivière, puissant, aussi présent que la pluie, un bruit de meunier qui lui manque lorsqu'il s'en va sur les collines. Là-haut, le silence du vent l'écrase de ses meules de plomb.

Baptiste marche le long du mur et suit un moment le canal large de deux mètres qui contourne la prairie pour revenir vers l'étang. Il enlève une branche que le courant a poussée au bord, s'arrête à l'endroit où une trouée entre les noyers lui permet de voir son moulin, rouge dans la grisaille. L'origine de sa toiture en tuiles romaines se perd dans le temps. Au pays de l'ardoise, c'est une singularité dont les Simoneau ont toujours été fiers. L'eau de l'étang passe sous le bâtiment et tombe sur la roue qui tourne, une roue en bois de châtaignier, le seul bois qui ne pourrit pas. Cette roue, il l'a commandée au menuisier de Saint-Salvadour, il y a plus de dix ans et elle reste solide comme au premier jour...

Baptiste rentre dans la maison. Camille moud le café. Depuis la mort de ses deux fils, elle ne coiffe plus ses cheveux blancs qu'elle coupe de temps en temps aux ciseaux. Sa figure est ridée comme une pomme d'avril, sans couleur ; ses yeux regardent le passé, ce grand morceau de vie qu'elle a perdu avec ses fils, deux turbulents gaillards qui ne se laissaient pas monter sur les pieds au bal et qu'elle croyait invincibles. Elise, la vieille mère de Baptiste, tisonne les braises. Elle approche les quatre-vingt-dix ans. Ratatinée, cassée en deux, pas plus haute qu'une chaise, elle s'active sans cesse. Henri, le vieux meunier, ne bouge plus. Camille l'installe près du feu et il attend là le soir, la tête à la hauteur de sa bosse. Quelquefois, il se met à rire. C'est qu'il a eu du bon temps à la Farge, sans guerre et sans tracas !

Camille a mis les bols sur la table. Baptiste s'assied, jette sa cigarette et prend la cafetière. Pauline va chercher le pain. La lumière blanche qui vient de la fenêtre gonfle ses cheveux d'un blond lumineux. C'est ainsi tous les matins. Le jour gomme les angoisses et les désirs de l'ombre, la lumière a le sens du travail. Et Baptiste qui, chaque nuit, entend détoner les balles qui ont terrassé ses fils, lui qui les voit s'écrouler, tout leur sang répandu dans son lit, ne pense, à l'heure du café, qu'au moulin et aux sacs de grains qui attendent.

Pauline aide sa mère. Jean la regarde par-dessous ses sourcils. Chaque jour qui passe, il la trouve plus belle, plus désirable encore. Un rêve impossible ! Pour le plaisir de la voir ainsi le matin, pour l'entendre respirer la nuit, Jean Charias en a oublié le bon air des collines si doux le soir, tandis que l'horizon brûle encore sous le soleil couchant. Voilà huit mois qu'il vit ici, au fond de la vallée, dans cette bande de terre étroite entre ses murs de collines, sous la brume du matin qui tarde à se lever, en prison, et c'est pour elle !

— Le Jean, tu es rentré bien tard, hier ! On a cru que tu allais passer toute la nuit dehors !

C'est Baptiste qui a parlé. Sa voix a la force de ceux qui sont habitués à commander. Même si ses yeux semblent rire tout le temps, même s'il blague avec tout le monde, il sait avoir un ton qui n'accepte pas de réplique.

— J'ai passé chez les miens, à Plumozelle. Il y a du malheur aussi.

— Ta sœur n'a pas donné de nouvelles?

— Non!

— Les gens d'en haut vont chercher le malheur quand ils ne l'ont pas! dit Camille sans détourner les yeux de son bol. Le vent froid des Monédières leur tourne la tête!

Jean ne répond pas. Il se coupe un morceau de pain qu'il trempe dans son café. Pauline se déplace dans cette petite pièce avec cette grâce qu'elle met dans chacun de ses mouvements. Jean en oublie le bruit persistant de la cascade qui gronde sous ses pieds et secoue le plancher d'une vibration continuelle.

Après le café, Jean se rase dans un coin de la cuisine, ce qui ne manque pas de lui attirer les reproches de sa belle-mère: « A-t-on besoin de se raser tous les matins pour travailler ici? » Baptiste aussi a sa manie: été comme hiver, il se lave la figure à l'eau froide de la cascade assis sur le muret de l'étang. Ensuite, les deux hommes s'en vont au moulin. Déjà des paysans arrivent avec l'âne ou les bœufs, la charrette lourde de sacs à moudre selon l'ancienne formule: « à moitié ». Ils ne paient pas le travail du meunier qui garde une moitié de la farine. Baptiste a expliqué à Jean:

— Ta moitié, c'est toujours celle du fond du sac, parce que c'est la plus tassée !

Ce matin, il pleut. Baptiste entre dans la grande pièce où sont entreposés les grains, pousse le levier de commande des machines. Aussitôt, un grondement sourd ébranle les murs. Le plancher tremble. Le blé coule le long des conduits, s'écrase entre les meules avec un bruit de sable. Un brouillard de farine se répand dans la pièce. Jean tousse.

— T'as beau avoir des épaules solides, dit Baptiste, tu restes fragile du poumon. C'est pas bon pour un meunier, ça ! On ne tousse pas quand le moulin tourne, on chante !

Et il chante, le Baptiste ! Un grognement de satisfaction, une romance d'avant le siècle dont les paroles lui reviennent en mémoire à cette heure, au moment de première farine.

Jean accueille les paysans. Devant la porte, il se sent plus à l'aise pour charger les balles. Il connaît tout le monde et les nouvelles qu'on lui donne le rapprochent un peu des collines.

Le temps clair de ces jours derniers a cédé la place à une brume persistante qui se colle à la terre, englue l'étang dont on ne voit pas la berge opposée, efface le toit rouge du moulin. Cette humidité pique la peau nue. Le jour a une couleur de lait... Pauline marche le long de la rivière, un sentiment de révolte et de haine au fond du cœur. Elle s'était imaginé une vie toute simple. On disait, pendant la guerre, qu'elle avait la jambe leste, mais Pauline, qui se promettait à tous, ne se donnait à personne. Elle aimait la musique et la danse. La vie s'offrait à ses vingt ans, simple et heureuse. Son cœur tout neuf attendait celui qui le remplirait d'amour, cet homme auquel elle rêvait et qui lui ferait des enfants. Elle l'avait souvent imaginé avec les traits de Pierre, mais aussi très différent. Auprestre n'avait été qu'un camarade parmi d'autres, le dernier avant la mort de son frère. Il était beau, mais Pauline n'avait jamais pensé qu'il pourrait être un jour son mari.

Elle l'a revu tout l'été pour tromper sa solitude, pour échapper à cette prison aux tuiles rouges. Par goût du défi! Maintenant, elle le regrette, le seul homme à qui elle s'est donnée n'a dû sa victoire qu'à un moment d'égarement. Depuis, elle le fuit. Si Auprestre l'attend sur le chemin de Plumozelle, Pauline change de direction. Comment a-t-elle pu lui céder?

Le brouillard est si épais que le soleil ne réussit pas à le percer. Les feuilles mortes tombent lourdement. La Douige roule des eaux noires. Pauline n'est pas bien: depuis quelques jours, elle ressent un écœurement permanent, des envies de vomir. Ce matin, elle s'est évanouie au bord de l'étang...

Elle va voir l'Anaïs, une grosse et grande femme qui vit seule dans le moulin abandonné du pont des Angles dont il ne reste que les meules posées contre le mur. Anaïs connaît les plantes qui guérissent, soigne les brûlures, les verrues, fait naître les enfants, conjure le mauvais œil... Cousine des Simoneau, comme tous les meuniers de la vallée, elle a la tête carrée de Baptiste et de petits yeux malins qu'elle ouvre à peine...

Pauline la trouve dans son jardin. La vieille femme s'essuie les mains dans son tablier, puis demande des nouvelles de la Farge.

— C'était mon arrière-grand-mère qui était une Simoneau! explique-t-elle à Pauline. A cette époque, on se mariait entre meuniers, mais regarde ce que c'est devenu depuis...

Elle soupire, pousse le portillon du potager puis continue:

— Mais qu'est-ce qui me vaut de te voir, ma Pauline?

Pauline baisse les yeux.

— Ah, j'ai compris. C'est vrai que tu es mariée

depuis l'hiver dernier. C'est le meilleur moment pour faire son premier enfant.

Anaïs va se laver les mains. Elle demande à Pauline de s'allonger sur un lit au fond d'une chambre grise aux rideaux sales. Les chaises sont couvertes de vêtements en tas.

La femme sourit.

— Eh bien, il va être content le Baptiste ! Je crois bien que tu lui attends un héritier !

Pauline chancelle. Un voile noir lui brouille la vue. Son visage se contracte. Sa respiration se bloque ; un sanglot lui soulève la poitrine. Comment est-ce possible ?

— Eh bien quoi ? Ma petite, tu n'es pas contente ?

Des larmes roulent sur les joues de la jeune femme qui ne bouge pas, assise sur le bord de ce lit.

— Si, je suis contente ! réussit-elle à dire.

Anaïs sait tout de la vie. Elle en a tellement vu de ces filles qui viennent la consulter et qui cachent si mal leur désarroi, ces filles perdues dont le ventre rond couvre de honte toute une famille.

— Pour toi, tout va bien ! Tu as un mari et la nouvelle va faire beaucoup de bien à la Farge !

— Bien sûr...

— Et puis fais pas cette tête ! Tu as peur ? Voilà pourquoi tu pleures ! C'est qu'un mauvais moment à passer ! Le lendemain, tu seras prête à recommencer !

Pauline s'essuie le visage, remercie Anaïs. A Vimbelle, trois vallées se rencontrent ; celle de la Douige est la plus encaissée, la plus sauvage. Le soleil réussit par moments à traverser cette brume de décembre, mais dans les coins où il n'a pas passé, l'herbe est encore couverte d'une épaisse couche de gelée blanche qui ressemble à de la neige. Pauline marche très vite. Ses pensées se bousculent. Comment cela se peut-il? Pour un instant de folie auquel elle pense avec dégoût, la voilà condamnée au pire des mensonges! Pourra-t-elle attirer Jean dans son lit et lui faire croire qu'il est le père de l'enfant à naître? Non, elle ne le fera pas, ce serait le tromper pour la deuxième fois et il ne le mérite pas.

Alors, elle va retourner voir Anaïs, lui dire franchement la vérité; la vieille en a entendu d'autres, et des pires. Anaïs comprend toutes ces bizarreries qui se passent dans les têtes des filles. Elle l'aidera à se débarrasser du bébé. Tout le monde sait, au pays, qu'Anaïs fait des anges et qu'elle a rendu de grands services, même à des femmes de bonne famille.

Pauline se signe. Comment, après de telles pensées, oser prier, entrer dans l'église de Dieu qui est un lieu d'amour et de miséricorde? Dieu! Il est là, dans ce chemin de Saint-Salvadour qui sent la fraise sauvage en été! Elle arrive à la croix de Plumozelle, cette croix de pierre grise couverte de mousse. Pauline s'arrête, la tête basse. Elle va aller se confesser, avouer sa terrible faute au curé Magne. C'est un bon vieux curé qui connaît la faiblesse des femmes de ce pays. Il sait que le silence de ces collines, l'apparente tranquillité de ces paysans cachent des volcans. Si elle fait pénitence, Dieu lui dira ce qu'il attend d'elle. Il n'y a pas de situation sans issue pour qui a la foi!

Non, Pauline n'ira pas voir le curé Magne. C'est un bavard qui a tendance à forcer sur la bouteille, le dimanche après-midi. Il serait trop content de faire des allusions aux uns et aux autres, et le secret serait vite connu de tous. Le déshonneur retomberait sur le moulin de la Farge...

Le lendemain, elle retourne chez Anaïs en début d'après-midi. La vieille femme n'en est pas surprise, pourtant cela la gêne un peu à cause de sa parenté avec les Simoneau. Elle est en train de jeter du grain à ses poules. Pauline s'approche d'un pas peu assuré, la tête basse, les yeux sur ses chaussures. Anaïs lui demande :

— Alors, il a été content, mon cousin, le Baptiste ?

— Il le sait pas !

— Mais ma fille, pourquoi tu le tiens à l'écart d'une si bonne nouvelle ? Tu crois qu'il n'y a pas eu assez de mauvais temps à la Farge ?

Devant cette femme vêtue de noir, qui braque sur elle son regard inquisiteur, Pauline baisse la tête. Elle ose.

— L'enfant n'est pas de mon mari !

— Qu'est-ce que tu me chantes là ?

Anaïs recule, fronce les sourcils. Pauline éclate en sanglots. Un peu de soleil passe à travers la brume, jaunit le mur et court sur le pré avant de se perdre dans les taillis.

— Ecoute, dit Anaïs, conciliante, ça me fait de la peine parce que tu es une cousine, mais c'est pas la première fois que ça arrive ! Il n'en saura rien !

Pauline hausse les épaules.

— Lui et moi, on couche pas dans le même lit !

— Alors toi, tu es la reine ! Qu'est-ce que tu me racontes là ? Et il laisse faire, ton mari ? De mon temps, les femmes n'avaient pas leur mot à dire et les hommes savaient les remettre en place par quelques taloches bien placées ! Il aurait dû te prendre de force et tu en aurais eu beaucoup de plaisir !

Pauline s'appuie au mur à côté de la meule qui semble immense, baignée d'une douce lumière jaune.

— C'est mon père qui nous a mariés pour le moulin. On est des étrangers l'un pour l'autre !

— Tout ça, c'est des gamineries ! Qu'est-ce que tu attends de moi ? Fais attention à ce que tu vas dire, parce que la taloche, il se pourrait bien que ce soit moi qui te la donne !

— Je vous en supplie...

— Fais attention, je te dis !

Pauline n'insiste pas et repart sans embrasser sa cousine qui s'est plantée sur le pas de la porte, les mains sur les hanches, menaçante. La jeune femme rentre au moulin de la Farge en se disant que jamais elle n'aura le courage de parler à Jean. Elle marche le long de la Douige qui coule, droite comme une lame entre ses collines abruptes. Au moulin de Paucart, elle fait un détour par le bois pour ne pas passer devant la porte de ses cousins. Sur le coteau, la terre est dégelée. Le brouillard s'est cassé en gros pans qui se déplacent droit comme des rochers. Des piliers de lumière bleutée roulent vers l'aval. Les collines s'illuminent brusquement, brillent d'un soleil sans chaleur qui se tapit au ras du sol. Les taillis n'ont pas d'ombre. Le vent du nord se tait.

Pauline marche très vite, comme pour échapper au roulement de la rivière à travers lequel elle entend encore les menaces d'Anaïs. Que va-t-elle faire ? Revoir Auprestre et partir avec lui ? Certainement pas ! Le souvenir obsédant de son frère ne la quitte pas depuis hier. Pauline est morte en même temps que lui, tuée par la même balle, mais si Pierre a rejoint le paradis des martyrs, elle reste en enfer.

Elle s'arrête au bord de la retenue du moulin de Lamartinie. C'est la plus profonde de la vallée. Le canal a été taillé dans le rocher pourri. En aval, la rivière traverse des gorges serrées où l'eau bouillonne, prisonnière des rochers que le courant ronge de ses minuscules dents brillantes. Pauline ne reverra jamais plus Auprestre. Celui qu'elle a retrouvé est si différent de ce beau jeune homme d'avant la guerre, gai et vigoureux. Ce n'est plus qu'un handicapé. La guerre a dérangé le bon ordre des choses et frappé tout le monde. La guerre s'amuse de Pauline, énorme bête aux yeux méchants qui poursuit sa proie, la laisse fuir sachant bien qu'elle finira par la dévorer.

La venue de cet enfant va apporter un peu plus de malheur à la Farge, Pauline le sait. Alors pourquoi vivre ? Pourquoi passer des jours inutiles, des jours d'ennui ? Sa vie est finie à vingt-trois ans. L'ancienne Pauline est morte au champ d'honneur, comme tous ces soldats qu'on saoulait avant de les lancer dans la fournaise. Ceux qui restent ne sont plus que des corps décharnés de leur joie, des pantins qui veulent se donner l'illusion de la vie et se lancent à corps perdu dans les pires excès pour se prouver que tout peut recommencer.

L'eau noire tourne près de la roche abrupte. Pauline hésite ; le courage lui manque, alors, vaincue, elle retourne à la Farge. Avant d'entrer dans la maison, elle s'essuie la figure avec son mouchoir, arrange ses cheveux. Personne ne doit s'apercevoir de rien : dissimuler, c'est la seule liberté qui lui reste.

Ce soir, le temps s'est un peu levé. Le vent a tourné au nord et va apporter des gelées blanches près de la rivière. Sur les collines, malgré le froid plus vif, il n'y aura rien.

La nouvelle tombe à l'heure du dîner, tandis que Baptiste compte la recette de la journée et que Jean fume au coin du feu en attendant la soupe. Pauline tourne la sauce sur la cuisinière. Elise dispose les assiettes sur la table. Henri somnole en face de Jean. Personne ne parle. Il n'y a que le bruit de la cascade, ce roulement souterrain qui fait légèrement vibrer les cloisons et qu'on finit par ne plus entendre. Pauline se tourne vers sa mère et dit :

— J'ai vu la mère Anaïs, cet après-midi.

— Ah bon ? Et pourquoi ?

— J'attends un enfant !

Camille prend une tourte de pain dans le tiroir de la table, fait un signe de croix sur la croûte de la pointe de son couteau.

— Mon Dieu, un enfant ! Serait-y que...

Son visage s'éclaire d'une lumière qui redonne vie à ses joues. Ses yeux brillent. Elle pousse une mèche de cheveux qui tombe sur son front.

Baptiste ne lève pas la tête de son cahier, mais son crayon s'arrête. Ses joues grises se colorent.

— Eh bien, c'est un fameux cadeau que tu nous fais là !

Pauline n'a pas arrêté de tourner sa cuiller de bois dans la marmite. Jean roule une cigarette. Un pavé grossit dans son estomac. Le sang cogne à ses tempes. Le bruit de l'eau résonne en lui comme une avalanche de rochers qui n'en finirait pas de tomber du haut des collines. Dans cette maison, tout lui est étranger, cette table couverte d'une nappe à carreaux, les chaises, ce grand vaisselier avec ses plats où sont peints des poissons, la pendule, le crucifix au-dessus de la porte, le carrelage froid sur le sol. Et cette photo placée sur une étagère où posent, de chaque côté d'une Pauline souriante, deux jeunes hommes que le moulin tout entier pleure toujours, Charles et Pierre.

Ici, la chaleur des bêtes, cette chaleur qui n'est jamais excessive lui manque. Jean est en cage au moulin de la Farge, il suffoque quand la brume du matin se tasse sur l'eau. Il rêve de grand vent, d'horizons bleus et de silence, ce silence de là-haut, qui est celui du ciel.

Pas une ride de son visage ne trahit son trouble. Il prend un tison incandescent qu'il approche de sa cigarette. Pauline dit de nouveau :

— Ça devrait être pour le mois de mai. C'est l'Anaïs qui me l'a dit.

— Une bonne saison pour les enfants ! dit Elise de sa voix cassée en découvrant la soupière.

Elle sourit. Henri qui est complètement sourd demande :

— Qu'est-ce que c'est?

Elise lui crie dans l'oreille:

— La petite attend un enfant!

— Quoi?

Il faut le lui répéter trois fois avant qu'il comprenne. Alors, il sourit en montrant ses gencives sans dents. Pour une joie, c'en est une! Enfin un petit meunier dans cette maison! Le sang des Simoneau n'est pas perdu et cela lui aide à supporter sa vieillesse:

— Quand il sera là, ce petit, dit-il, je pourrai mourir content!

Il ne vient à l'idée de personne que ce pourrait être une fille. Elise marche avec plus de légèreté; Camille a cette expression heureuse qu'on croyait à jamais disparue de son visage. Baptiste n'exprime pas ce qu'il a sur le cœur, mais ses joues rondes montrent qu'il sourit intérieurement.

Il regarde Camille d'un air entendu. Ses yeux semblent lui dire: « Tu vois que j'avais raison! Qu'il fallait pas brusquer les choses! Ils ont bien fini par coucher ensemble! Ça pouvait pas être autrement! » Jean baisse la tête. La cigarette lui tombe des doigts, il serre les lèvres. Baptiste s'aperçoit de son malaise.

— Ça va pas, le Jean?

— Toujours cette farine qui me tourne l'estomac!

— Bah! En 70, j'ai vu des marins qui avaient le mal de mer! Alors, même si tu crains la farine, tu peux faire un bon meunier!

Jean sort précipitamment, la main devant la

bouche. La pluie a cessé ; la bande de ciel dégagée entre les collines est trouée de quelques grosses étoiles. Le vent du nord coule dans la vallée de la Douige, froid, vif, un vent qui s'infiltre sous les habits, griffe le gras du ventre. Jean vomit dans le fossé ; des larmes coulent abondamment de ses yeux, la tête lui tourne. Titubant, il s'appuie au tilleul près de l'étang. Un moment passe, une éternité de vent froid et de dégoût. Il se mouille la figure à la cascade, puis s'en va dans le pré de la digue. Malgré le ciel dégagé, la nuit est épaisse et ne laisse voir que le contour de la haie qui surplombe le chemin. Jean a mal partout. Son corps n'est qu'une charogne. Pourquoi Pauline a-t-elle annoncé sa grossesse devant lui ? Pour lui montrer qu'il n'était rien pour elle, rien d'autre qu'un domestique ? Pour le narguer encore une fois ?

Il traverse le pré en pente douce. Ici, le bruit du ruisseau débarrassé du grondement de la chute est presque doux, agréable. Au milieu de ce clapotis, des voix lointaines semblent se mêler, s'appeler, se dire des mots gentils. Les voix de ces hommes qu'il a vus tomber dans la boue, gémir, se traîner comme des bêtes entre les cadavres pour tenter de sauver ce qui leur restait de sang et de vie, ces hommes aux visages sombres, aux yeux de bête ! Il était parmi eux, perdu, comme eux. Chaque soir, il se forçait à penser aux siens, à son père, à sa mère et à la femme sans visage qu'il épouserait au retour. C'était pour ne pas sombrer dans la folie et avoir la force d'attendre son tour en humain. Il ne vivait pas sur terre. C'était un ailleurs, l'enfer où rien n'étonnait personne, sauf la chance. Pourquoi repense-t-il à tout cela, ce soir ?

Un gros oiseau de nuit passe près de lui. Le velours de ses plumes frôle son visage. Sur les collines, le vent roule des flots d'air froid. Jean traverse le pré jusqu'à la digue qui à cette heure retient une eau d'encre où se promènent quelques langues de lumière. Une grosse boule lui comprime l'estomac. C'est décidé, il va partir, quitter ce moulin où rien ne le retient, pas même un quelconque espoir. Ses rêves d'amour étaient trop beaux pour lui. Il a cru pouvoir se fixer à la Farge, devenir un véritable meunier, mais non, la route l'appelle. C'est tout ce qui lui reste, cette route qui n'en finit pas, toujours renouvelée après chaque tournant... L'errance, voilà le prix de la chance !

Il marche le long du canal. Une bête plonge bruyamment dans l'eau, probablement une loutre surprise. La lune s'est levée derrière la colline, une poudre de lumière dessine les arbres de Plumozelle, des arbres qu'il connaît bien. Rassurants dans leur silence de mousse, ce sont des noyers très vieux qui valent plus cher qu'une paire de bœufs.

Il s'assoit. Des flots de nuit coulent sur l'herbe. Quand il était enfant, il descendait souvent avec les autres gosses près du moulin pour pêcher les goujons et braconner les écrevisses, Pauline et Pierre venaient leur lancer des pierres et les injurier. Pauline était déjà si belle ! A l'école communale, elle portait toujours les plus belles robes et méprisait les paysans pauvres vêtus de vieux habits qui avaient servi aux aînés. C'était une coquette qui se moquait aussi de ce grand mal dégourdi de rouquin, timide, bredouillant.

Il revient vers le moulin. A mesure qu'il avance, le bruit de la cascade monte dans la nuit, tenace et menaçant. L'odeur épaisse de la noix chaude flotte encore dans l'air. Demain, il faudra de nouveau s'occuper des clients, mettre en branle l'immense machinerie des meules et porter des sacs d'où la farine s'échappe, fluide et légère comme de la fumée. Demain encore, Jean toussera, une petite toux sèche qui lui met la gorge en feu...

La maison est éteinte. Baptiste est parti se coucher sans l'attendre. Le meunier doit rêver à ce petit-fils qui va lui arriver, un véritable Simoneau aux jambes en arc de cercle. Jean traverse la cuisine sans allumer. Il sent du genou une chaise qui ne bouge pas, la table, trouve la poignée de la porte qui vibre. Le feu est mort, couvert de cendres, mais son odeur âcre se mélange à cette odeur tenace de blé rance. Il entre dans la chambre. Pauline qui ne dort pas soupire ; Jean avance vers le lit du fond.

— Je vais partir ! dit-il.

— Partir ?

— J'étouffe. L'air d'en haut me manque !

Il reste longtemps allongé sur le dos, les yeux ouverts sur cette ombre tassée contre lui. Pauline ne dort pas non plus. Elle renifle de temps en temps, mais ses sanglots laissent Jean indifférent...

Le jour le surprend. Il se lève comme d'habitude ; Baptiste revient de voir sa digue.

— Ça va mieux ? lui demande-t-il.

— On dirait ! répond Jean.

— Alors, on y va ! dit le meunier en s'approchant du muret, et il se lave la figure à la cascade.

Ce matin, il marche plus légèrement que les autres jours ; ses sabots ne traînent pas sur les pierres. « Ah ! Quelle chance on a ! » pense-t-il en se penchant au-dessus du courant.

Vers dix heures, sans rien dire, Jean prend sa veste, enfonce son chapeau sur sa tête et sort du moulin. Il passe le pont de planches sur le canal et monte le petit raidillon qui rejoint la route de Saint-Salvadour. Pauline, qui tire un seau d'eau au puits, le regarde s'éloigner. Il fait un beau soleil de décembre. La lumière est pleine de farine qui pleut sur les branches nues. La jeune femme pose son seau sur le rebord du puits, fixe le bout de la côte derrière l'étang, luisante de lumière. Jean est parti ; elle ne l'a pas retenu et, pourtant, cela l'affecte d'une manière qu'elle ne saurait exprimer. Voilà presque un an que Jean dort dans sa chambre et son absence va lui peser. Sa mère la tire de sa réflexion.

— Alors, tu l'apportes ce seau d'eau ! Faut-il que je vienne le chercher ?

Jean remonte à Saint-Salvadour. A mesure qu'il s'éloigne du moulin, un vertige le gagne. Cet homme sans attaches qu'il a été pendant quatre années de guerre reprend possession de ses pensées, se substitue au Jean Charias chanceux, gendre au moulin de la Farge. Il marche sans but entre ces deux haies hautes comme des murs de prison, la tête vide. Après ce chemin, il y en aura un autre, et toujours d'autres, des maisons, des chiens maigres et hargneux, des hommes curieux qui tourneront la tête vers lui. A mi-chemin, il s'arrête, regarde la rivière d'une avancée qui domine la vallée. Le grondement de l'eau arrive jusqu'à lui et il aperçoit, tout en bas, entre les arbres, le toit rouge du moulin. A-t-il un jour, dans son passé, caressé l'impossible rêve qui est devenu réalité : épouser la fille de la Farge? Certainement pas! Avant la guerre, Jean allait au bal comme tout le monde, mais la danse n'était pas son affaire. Il se sentait plus à son aise avec une faux dans les mains, alors, il se contentait de regarder les autres. Quand il a été mobilisé, on lui a fait croire que ce serait l'affaire de quelques jours. Il rêvait alors de se marier au retour avec une paysanne des collines, de garder avec elle la ferme de Plumozelle et d'y vivre simplement, au rythme des saisons, des moissons, des hivers et des enfants qui naissent. Curieux de ce qu'il ne connaissait pas, ce monde redouté des femmes, Jean, honteux, était allé au bordel de l'armée, mais il n'avait trouvé aucun plaisir dans ces étreintes en série. Sa première expérience de l'amour s'est arrêtée sur un sentiment de dégoût.

Il évite la ferme de ses parents. Son départ est définitif. Il quitte le pays, la Douige, le moulin et Pauline. Brandel a raison : la chance se paie toujours au prix fort. Jean en veut à Baptiste qui l'a roulé. Le meunier avait besoin d'un domestique, le reste n'avait pas d'importance. Pourquoi Jean a-t-il accepté ?

Il pense à sa mère et cela le rassure. Une petite femme brune un peu bossue à force de porter les seaux des cochons, à force de travailler sans écouter la fatigue. Elle ne mâche pas ses mots, la Marie Charias ! Jean reviendra la voir plus tard, quand tout sera clair dans sa tête. Ce jour-là, il portera dans la cheminée une souche de hêtre qui donne des flammes claires et prendra le temps de fumer une cigarette en face de son père, en se chauffant la figure au coin du feu.

Il prend la route de Seilhac. Là-bas, c'est l'autre bout du pays, où on ne va jamais. A Plumozelle, on va à Saint-Salvadour et à Saint-Augustin. On va à Orliac-de-Bar une fois par an, pour la fête votive, mais pas à Seilhac. C'est l'habitude du pays ! Pourquoi n'irait-il pas à Lagraulière où personne ne le connaît ? Ce nom évoque pour lui un village entouré d'une multitude de corbeaux croassants. Les corbeaux sont les loups des oiseaux: toujours en bandes, malfaisants, voleurs et charognards. Il trouvera facilement à s'embaucher: la terre manque de bras solides.

Pauline a eu raison d'annoncer sa grossesse à tout le monde. Entre elle et lui, certains mots ont pris une force qu'ils redoutent: de ne pas les prononcer les a rendus brûlants. Pourtant Jean n'oubliera jamais la douleur vive qu'il a ressentie hier au soir, un coup de poignard en plein cœur!

Il s'arrête pour rouler une nouvelle cigarette, et dit à haute voix en regardant le bout de la route:

— Je vais à Lagraulière. Les noyers y sont plus hauts et la terre plus rouge. Et puis, j'irai peut-être à Uzerche, c'est de là que le train s'en va à Paris!

Avec cette idée en tête, il marche toute la journée, croise des maisons grises, écrasées à flanc de colline, des petites églises entourées de leur cimetière. Quand il arrive à la route nationale, une carriole tirée par un vieil âne gris le rattrape.

— Où tu vas? lui demande l'homme.

— Vers Lagraulière! répond Jean. J'ai des affaires là-bas!

— Monte, je vais te faire un bout de chemin! Ça t'avancera toujours un peu. Et en parlant, le temps passe plus vite!

L'homme cache sa figure sous son grand chapeau noir. Il porte une canadienne fourrée au col et ressemble à une boule.

— Tu es de par ici?

— De Plumozelle.

— Tu es des Rouges de Plumozelle?

— Je suis un Charias. Le fils de Paul Charias qu'on appelle aussi le Rouge! Moi, c'est Jean.

L'autre opine et son grand chapeau n'en finit pas de se balancer. Jean sort un paquet de tabac.

— On en roule une?

— Moi, je suis de Croussac. Je me rends chez mon frère qui est gendre à Ceyrat, sur la route d'Uzerche. Il y a eu du malheur!

— Du malheur, il y en a eu partout!

L'homme frotte la molette du briquet avec le plat de la main. Une flamme fumeuse grandit sur la mèche.

— C'est toi qui es marié avec la fille du père Baptiste, le meunier de la Farge?

— C'est moi!

— Pour une belle femme... Ça m'étonne qu'elle ait voulu un rouquin!

— Les rouquins sont pas plus mauvais que les autres! fait Jean, vexé.

Il tire sur son chapeau. L'âne marche au pas. Son dos cassé de vieille bête usée au travail, se balance.

— Tu croirais qu'avec ce vent du nord il va neiger.

— Peut-être! dit Jean. Moi, ça me gêne pas!

Ils sont arrivés à la route de Lagraulière. L'homme tire sur les brides.

— Te voilà presque rendu, le Rouge. Le bonjour à ton père, je l'ai un peu connu quand je faisais les foires. Pour un rouquin, c'était pas un mauvais homme!

Jean remercie et s'en va sur la route de Lagraulière qui descend en pente légère entre des prés restés verts. L'endroit semble abrité et riche. Des corbeaux tournent autour d'un champ fraîchement labouré. Ici aussi, le manque d'homme est écrit partout : les haies ne sont pas taillées ; cette friche gagne le pâturage où les joncs ne sont pas coupés. Dans ce champ abandonné, on voit encore les sillons de labour sous les herbes sèches et les ronces. Ce pré, au flanc du coteau, n'a pas été fauché de deux ans ! La terre aussi souffre de la guerre.

Jean arrive à un croisement. Un chemin part vers une petite maison en retrait. Un chien y aboie. Deux vaches maigres paissent dans le courtil. Une odeur de pommes de terre cuisant dans la graisse d'oie lui met l'eau à la bouche. Il tâte son porte-monnaie qui pèse dans la poche intérieure de sa veste.

La maison d'habitation est séparée de l'étable. Jean n'aime pas cela, ces maisons seules sont froides avec des courants d'air qui gèlent les mollets. Il s'approche pourtant de la porte. Le chien, une espèce de roquet jaune avec une curieuse barbiche de chèvre sous le museau, se plante devant lui et aboie en montrant les crocs. Une grosse femme à moustache arrive et donne un coup de sabot au chien.

— Qu'est-ce que vous cherchez, l'homme ?

— A manger, si c'était possible. En payant, bien sûr !

— Ça peut se faire ! Entrez.

L'intérieur est sombre, sale. Les murs suintent

une eau rouge. Le sol en larges pierres plates est jonché de brins de paille et d'épluchures de châtaignes. La cheminée répand une lueur ocre qui tremble. Cependant, l'odeur des pommes de terre à la graisse d'oie met beaucoup de gaieté.

— C'est pas le Pérou, ici ! On fait comme ailleurs, on supporte !

La femme n'est pas très grande, mais ses épaules larges, ses mollets épais qui distendent ses bas de laine noirs montrent qu'elle fait des travaux d'homme. Elle est très brune ; ses cheveux gras tirés à l'arrière sont rassemblés en chignon. Quelques longs poils de barbe salissent son menton.

— Qu'est-ce que tu fais à te promener, toi ? La guerre est finie depuis un bout de temps...

— Je cherche du travail.

Elle ouvre la marmite où chantent les pommes de terre et en prend une assiettée qu'elle pose devant Jean, puis va chercher du vin au tonneau calé au fond de la pièce, à côté de la pendule. Ses sabots font un bruit sec sur les dalles de granite. Elle se sert un verre de vin, le vide d'un trait, comme un homme.

— Tu peux rester ici, si tu veux ! C'est pas un palace ! Pour dormir, tu iras dans la grange. Le foin n'a pas de poussière cette année : il n'a pas pris de pluie. Moi, on m'appelle la Migou. Il y a deux maisons à Lachaud, celle-là et l'autre qui est au bout du chemin. C'est les Morel qui y sont. Des mauvaises gens. Garde-toi du vieux qui est voleur et médisant. Leur fils a été blessé, il peut plus marcher. Je te dis qu'il l'a fait exprès pour la pension. Il leur reste la bru qui est folle. Te laisse pas embobiner !

Jean engloutit les pommes de terre. La Migou se lève pour aller chercher le fromage.

— Ça fait plaisir, dit-elle, de voir quelqu'un qui a bon appétit !

Il vide son verre de vin et sort son paquet de tabac.

— Je suis de Saint-Salvadour. J'avais besoin de me dégourdir les jambes !

Elle tourne vers lui ses yeux sombres.

— Mais quel âge tu as ? Quinze ans ? Faut vraiment que tu sois fêlé en quelque part ! Maintenant, si tu veux être utile, il y a du labour. Tu sais labourer ?

— J'ai fait ça toute ma vie. Je sais mieux labourer qu'empocher un sac !

— Pourquoi que tu dis ça ?

— Parce que j'ai travaillé dans un moulin et que j'arrive pas à me faire à l'odeur de la farine et au bruit de la rivière.

— Tu me sembles un bel original, toi ! On se fait à tout quand on a besoin de manger !

Il prend le temps de finir sa cigarette, puis suit la Migou à l'étable. La lumière crue rase la cime des arbres et fait des ombres démesurées. La grosse femme regarde Jean lier les vaches.

— Je vois que tu es à ton affaire. Si la place te plaît, tu peux rester ici ! Il y aura des pommes de terre à la graisse d'oie tous les jours, si tu veux.

Le soleil est sorti, un soleil de décembre qui ne

chauffe pas, mais qui éclaire les collines d'une couleur apaisante. Au champ, Jean retrouve avec bonheur ses gestes de paysan. Il marche en tenant fermement la charrue. La terre glisse sur le soc luisant et forme un sillon bien droit. Une bergeronnette vient picorer les vers. Elle se pose sur les mottes en hochant de sa longue queue noire. L'air vif descend des collines de Seilhac, un air pour le travail, qui oblige à bouger. Le chien à barbiche de chèvre marche derrière Jean.

A la tombée de la nuit, la Migou vient voir le travail. Elle se dandine d'un pied sur l'autre. Son tablier noir traîne par terre. Là, dans le champ, elle semble plus petite que dans la maison. A mesure qu'elle avance le long du chemin, au bord de la terre labourée, son visage s'éclaire. Quand Jean arrive au bout de la raie, elle lui prend la main.

— Toi, mon cochon, tu connais la bonne terre!

Sa voix est grave; une pointe d'émotion raye ce ton bourru qui lui est habituel.

— Tu es peut-être le diable avec tes cheveux rouges, mais les bêtes t'obéissent et tu sais labourer. Ça fait bien longtemps que j'ai pas vu du si beau travail! On va y faire le blé!

— C'est trop tard pour le blé du pays!

— Chez toi, dans ta montagne! Pas ici!

Le soir, Jean s'occupe des bêtes pendant que la Migou prépare la soupe. Il éprouve une sensation de bien-être, comme une libération. En sortant de l'étable, il aperçoit une jeune femme devant la maison des Morel.

— C'est la bru ! dit la Migou. Une peste ! Méfie-toi !

Après la soupe, Jean se chauffe un bon moment. Il a apporté dans la cheminée une souche de charme qui répand une agréable chaleur dans cette maison humide, la Migou s'est assise en face de lui. Sans manières, elle a relevé les jupes pour chauffer ses grosses cuisses blanches.

— Ça fait bien longtemps qu'il n'a pas fait aussi chaud ici ! dit-elle. Je sais pas pourquoi tu aimes tant le feu, mais il te le rend bien !

Après une dernière cigarette, le visage brûlé, Jean se lève pour aller se coucher dans le foin. La femme se met devant la porte.

— Je te fais confiance, je vais pas fouiller le fond de tes poches ! Mais laisse ton briquet sur la table. Tu le retrouveras demain matin.

Jean pose son briquet et sort. La nuit très claire va certainement apporter du gel dans les bas-fonds. Demain matin, le moulin de la Farge sera poudré de blanc. A cette heure, Pauline doit être au lit, seule dans cette chambre aux souvenirs. Baptiste a dû pester toute la journée.

Jean se creuse un trou dans le foin et s'y enroule comme un chat. Une patte griffue gratte à la porte. Il va ouvrir, le barbet jaune entre et va se blottir dans le trou. Jean se couche de nouveau, la tête contre l'animal chaud. A cette heure, il pense aux cheveux blonds de Pauline, de grands cheveux bouclés qu'elle n'a jamais eu besoin de vendre. Les marchands des foires lui en avaient pourtant proposé de belles sommes, mais Baptiste ne voulait pas. Vendre ses cheveux, c'était bon pour les pauvresses qui gardaient les moutons au sommet des collines, pas pour une fille de meunier!

Jean s'endort dans un fenil de cheveux blonds et doux.

Toute la nuit, Jean Charias a rêvé. Un rêve tenace, gluant. De la boue partout, de la boue de sang et de chair triturée. Et lui marchait là-dedans pour échapper à cet enfer et plus il avançait, plus la boue était épaisse. La blonde Pauline faisait l'amour avec un cadavre qui ressemblait à Auprestre, alors Jean le Rouge marchait dans la boue, à grands pas, comme il le faisait à Plumozelle lorsque l'orage menaçait le foin sec.

Quand il ouvre les yeux, le chien se dégage et lui lèche les mains. Jean le caresse, se dresse, secoue le foin de sa veste. Le jour n'est pas encore levé. La lumière est allumée chez les Morel. La Migou jette du grain aux poules. Il entre dans la maison, s'accroupit près de la cheminée pour ranimer les braises. Là, il est à son affaire. Au moulin quand le bois était humide, on appelait toujours Jean qui connaît le feu.

La Migou arrive et voit les flammes qui montent dans la cheminée. Elle n'a pas pris le temps de se coiffer ; ses cheveux gris tombent, raides sur ses épaules en ficelles grasses.

— Dis donc, toi, tu plains pas le bois ! C'est qu'il faut le couper et le fendre !

— Je vous en fendrai plus qu'il vous en faut!

Il sort. Hier matin à cette heure, il ne savait même pas que cette ferme et la Migou existaient ; ce matin, il s'y sent chez lui ; toutes les fermes se ressemblent et la journée y commence de la même manière. Au moulin de la Farge, Baptiste est sûrement levé. Il est allé voir la digue où l'eau fume parce qu'il va pleuvoir. Pauline fait le café avec sa mère. Elle a dormi seule dans la grande chambre. Pauline aussi est une blessée de guerre, la plus blessée de tous. Pourquoi lui en veut-il puisqu'elle connaît mieux Auprestre que lui et ce n'est pas ce simulacre de mariage qui peut y changer quelque chose !

Jean marche dans le chemin qui conduit à la route, ce chemin qu'il a emprunté hier, attiré par l'odeur des pommes de terre cuisant dans la graisse d'oie. La maison des Morel est sur la droite, plus grande que celle de la Migou. Quand il passe près du potager, une flopée d'enfants qui l'espionnaient partent en courant. L'un d'eux crie de sa voix pointue :

— Qu'il est laid, le rouquin !

Pauline ne s'est pas donnée à Auprestre pour faire dépit à Jean. C'est un gars de son âge, pas beau, aux cheveux noirs et frisés ; ses yeux sont minuscules et ses grosses lèvres mouillées bougent comme des limaces. La poitrine rentrée dans les épaules, il est si mal fait que son père avait peur qu'il ne soit pas pris pour le régiment. Peut-être ne plaît-il pas à Pauline, ce nabot qui parle d'une voix pointue et dit n'importe quoi ! Il est capable de l'avoir prise de force! Un jour, Jean ira lui casser sa vilaine tête à coups de poing.

Les enfants ont disparu derrière la maison. Un vieillard voûté, qui pousse son menton en sabot et remue les bras comme s'il voulait courir, sort de l'encoignure sombre. Il s'approche de Jean et le salue en portant sa main noueuse à sa casquette. La pluie s'est arrêtée. Un vent d'altitude pousse les nuages à grande vitesse vers le bas pays. Il va faire très froid.

— C'est toi le nouveau qu'on a vu hier chez la Migou?

— Je sais pas ce que vous voulez dire, mais c'est moi qui suis chez la Migou depuis hier à midi!

— Je t'ai vu labourer. Tu sais travailler! Ici, on te soignerait, tu aurais un bon lit. Viens donc boire un canon!

Jean hésite un moment à cause de ce que lui a dit la Migou. La pensée de la jeune femme aperçue la veille le décide.

— Ça peut se faire!

Le vieux le précède dans la maison. Ici, c'est une véritable maison de paysan, avec l'étable à côté et la porte ouverte qui laisse entrer la chaleur des bêtes et le bruit des cornes contre le bois des crèches. Les enfants se tassent sur le fond près de la maie ouverte où la lumière arrive à peine. Un feu clair de charmille met de la gaieté dans cet intérieur noir. La jeune femme coupe une tranche de pain à un enfant blond de quatre ou cinq ans. C'est une brune avec des yeux si grands qu'on a du mal à regarder autre chose.

— Viens voir ! dit le vieux.

Il l'entraîne dans la pièce voisine où se trouvent plusieurs lits. Un homme dont on remarque tout de suite les cheveux épais et très bruns est assis. Il regarde le mur et ne bouge pas lorsque le vieux parle.

— Regarde si tu as pas eu de la chance, toi ! Il est revenu comme ça. Sans un mot. En arrivant, il s'est mis au lit sans même bonjour ou merde ! Depuis, il ne s'est pas levé. Il fait rien. Il mange à peine. C'est pas qu'il soit paralysé puisqu'il est revenu, je te dis ! Mais il reste comme ça ! Le docteur a dit que peut-être ça passerait et que peut-être aussi ça passerait pas !

La jeune femme a suivi. Deux vieilles sont dans la cuisine. L'une est certainement la mère du garçon avec la même tête un peu longue, l'autre a le menton allongé de Morel, la peau du visage lisse comme du satin. Jean en déduit que c'est sa sœur, sûrement une vieille fille.

— Ça lui passera jamais ! dit la jeune femme aux grands yeux qui s'est approchée de Jean.

— Alors tu comprends ? continue Morel. J'ai soixante-quinze ans ! Et c'est dur de tenir la charrue à soixante-quinze ans ! Regarde, avant de partir, l'autre a pas perdu son temps. Six qu'ils sont. Et le plus grand n'a que dix ans. Il laboure avec la petite araire, mais ça fait pas pousser le blé bien haut !

Le chien de la Migou attend Jean devant la porte. Sa barbiche blanche est remplie de débris de foin.

— Méfie-toi de la Migou ! continue Morel. C'est une vieille folle ! Elle a le mauvais œil et sait parler au diable ! L'année dernière, elle nous a fait crever deux vaches. Et puis, elle est toute seule depuis que son ivrogne est mort. C'est un mauvais voisin de moins !

Le vieux parle très vite. Les mots se bousculent dans sa bouche sans dents. La jeune femme porte un chaudron d'eau qu'elle accroche à la crémaillère. Elle repousse ses cheveux noirs. Dans la pénombre, ses yeux luisent d'une lumière précieuse.

— En plus des petits, dit-elle en français, il y a celui-là, dans le lit. Toujours à regarder le mur...

— Ici tu auras un lit ! continue Morel en patois. Il y a toujours un lit pour ceux qui savent labourer comme toi ! Et on te posera pas de questions ! Ça nous regarde pas de savoir qui tu es ni d'où tu viens !

— Je vais voir ! dit Jean en sortant de la chambre.

Morel lui tend un verre de vin et se dresse devant lui pour l'empêcher de sortir.

— On peut te payer un peu, à la journée, si tu veux pas rester tout le temps !

Jean vide son verre et sort sans répondre, suivi de loin par les enfants qui le regardent avec curiosité. Les plus jeunes n'ont jamais vu un homme aussi fort que lui. La Migou l'attend au bout du chemin. Elle sourit en le voyant et son visage se tord en une vilaine grimace.

— Tu es vraiment le diable, le chien te lâche

plus d'une semelle ! Ils ont voulu t'acheter, je parie ?

Jean roule tranquillement une cigarette comme il aime le faire, planté sur sa jambe droite, en regardant ses doigts avec beaucoup d'attention.

— Je vais aller semer ton blé ! dit-il.

La vieille lui montre les sacs de semence dans le grenier. Jean demande du vitriol, qu'il écrase au marteau dans une casserole de cuivre. Il ajoute de l'eau et vide le liquide violet sur les grains pour les protéger des moisissures. Quand c'est fini, il ensache le blé, va lier les vaches et part dans le champ. S'il s'y prend bien, tout sera terminé à midi.

Avec des brins de paille qu'elle plante en ligne dans la terre meuble, la Migou délimite des « pailllades », couloirs de seize sillons pour guider le semeur.

— Je vais te faire des pommes de terre à la graisse d'oie ! dit-elle. J'ai vu comment tu les as mangées hier, mon cochon !

Le temps est gris, humide. Il n'y a pas de vent ; les nuages se tassent sur les arbres. La Migou appelle le chien qui la regarde s'éloigner et reste près de Jean.

— Toi, je sais pas ce que tu leur fais aux bêtes, mais elles sont toutes pour toi ! dit la Migou, bourrue.

Elle n'est pas au bas du chemin que la bru des Morel, qui devait attendre derrière la haie, arrive à son tour. Elle a attaché ses cheveux noirs en queue de cheval. Son front dégagé est clair ; ses joues creuses augmentent l'épaisseur de ses lèvres. Ses yeux trop grands sont pleins de la lumière blanche de l'air. Elle s'approche de Jean.

– Venez chez nous! On saura vous faire fête! dit-elle toujours en français.

Troublé, Jean baisse la tête.

– C'est une brave femme, la Migou!

– Peut-être, mais je saurai m'occuper de vous!

– Je vais voir! Laissez-moi finir de herser.

Il retourne auprès des vaches, pose une main sur le museau de l'une et les appelle. Les dents de fer cassent les mottes et laissent une terre fine, légère, régulière comme un tapis. La femme le regarde travailler un moment puis s'en va.

– On n'y peut rien! dit-elle à Morel qui est monté l'attendre dans le chemin. Il n'aime pas les femmes. Je le vois dans ses yeux rouges. Ou alors, il n'en aime qu'une, ce qui est la même chose!

Lorsqu'il a fini de passer la herse, Jean dételle les vaches, ôte le joug et les attache. L'air embaume de la bonne odeur des crêpes de sarrasin qui cuisent. La Migou lui dit:

– Elle est venue te tenter, la putain? Tu ne vas pas y aller, dis?

– Non, je vais pas y aller.

– Tu es un bon homme, toi, même si c'est le diable qui te commande et t'envoie ici. Maintenant, c'est l'heure de la soupe. Je t'ai fait des pommes de terre à la graisse d'oie. J'ai sorti du salé de l'année dernière. Et puis, je t'ai fait des tourtous. Si t'es pas content, mon cochon!

Il pense aux crêpes de sarrasin de sa mère.

Personne ne les réussit aussi bien qu'elle, juste cuites pour que les bords soient dentelés de croûte dure et cassante. Le matin au casse-croûte, chauffées sur les braises, avec un peu de salé, ces crêpes lui remplissaient l'estomac de velours.

C'est ce qui le retient chez la Migou pour le midi. Il s'en veut un peu de penser qu'il va partir, alors il se tait en mangeant et baisse la tête, comme un voleur. Le visage carré de Baptiste ne quitte pas ses pensées. Que va-t-il penser de lui ? Que Jean est un de ces coureurs de bistrot, un de ces ivrognes de foire qui vont de village en village pour boire ?

Après avoir fumé tranquillement sa cigarette, il ferme son couteau, le range dans la poche de son pantalon et sort. Le temps s'est épaissi. Le ciel pèse sur les arbres et l'air pique, un temps de neige. Jean s'en va dans le chemin qui conduit à la route. Un bruit le fait sursauter : c'est le chien à barbiche de chèvre qui le rejoint en frétillant de la queue. Jean tape du pied et lui fait de grands gestes des bras pour l'éloigner. Le chien baisse les oreilles, et, la tête basse, retourne à la ferme. Jean s'éloigne très vite. La grisaille humide mange les arbres. Il n'y a pas de vent et le silence de la haie a la profondeur d'une cave.

A midi, Baptiste s'étonne que Jean soit parti sans l'avertir. Il en fait la remarque à Pauline qui ne lui répond pas. Le soir, son gendre n'est toujours pas revenu ; le meunier se dit qu'il a dû aller au bistrot avec quelques copains. Toute la nuit, il tend l'oreille, écoute à travers la cascade les bruits de la campagne. Rien. Au matin, il va voir sa digue, l'esprit préoccupé. Ses sabots traînent dans l'herbe gelée. Il s'emporte contre Camille qui rouspète tout le temps bien qu'il lui donne raison : comment faire confiance à ces gens des collines, ces paysans qui ne sont heureux que dans les champs et les bois ?

— Quelle drôle d'idée tu as eue d'aller chercher ce Charias ! s'écrie encore Camille. Les meuniers se marient entre eux, c'est comme ça depuis toujours !

Baptiste ne répond pas. Dans l'après-midi, il sert un gars de Noyac, puis il revient à la maison. Pauline est sortie. Il guette son retour et quand son pas pressé fait vibrer les planches du pont, il l'appelle. Pauline se tourne, surprise. Baptiste lui fait signe de rentrer au moulin.

— Il t'a dit quelque chose, le Jean ? demande-t-il d'une voix inquiète.

Pauline hausse les épaules. Elle fait quelques pas en direction des sacs.

— Non, il ne m'a rien dit!

Baptiste remarque ses joues creuses et pâles, sa démarche qui a perdu son élégance. Il fronce les sourcils.

— Toi, tu me dis pas tout!

— Et qu'est-ce que tu veux que je te dise? demande Pauline en affrontant le regard perçant de son père.

— Je veux que tu me dises pourquoi il est parti, ton homme?

Pauline baisse la tête. De son foulard gris, une mèche blonde s'est échappée et roule devant ses yeux. Sa robe noire fait des plis autour de ses hanches et touche le plancher poussiéreux. Le meunier s'emporte.

— Dis, tu vas me répondre?

Pauline s'est reculée. Elle s'adosse à la cloison et lève de nouveau les yeux sur son père.

— Et pourquoi je te répondrais?

Baptiste est pâle. Sa moustache se hérisse.

— C'est comme ça que tu me parles, maintenant?

— Oui, c'est comme ça!

Baptiste chancelle, s'appuie sur un sac. Son cœur, ce maudit cœur qui lui fait mal de temps en temps, bat très fort. Une lueur rouge danse devant ses yeux. Il s'approche de Pauline, le bras levé.

— Eh bien, tu vas aller le chercher, tu entends?

— Non! J'irai jamais le chercher! C'est toi qui l'as voulu! Pas moi!

— Petite éhontée! C'est qu'elle ose me tenir tête!

La lourde main s'abat sur la figure de la jeune femme qui se dégage et s'en va en courant. Le meunier reste un long moment le regard perdu sur le mur. Comment ramener cette sauvageonne à la raison? Il ne faudrait pas que ce mariage qu'il a arrangé pour le moulin soit à l'origine de nouveaux malheurs!

Le ciel gris pèse sur la vallée. Il s'appuie mollement des collines et tasse la brume près de la rivière. Les oies passent le pont du canal, en procession, et s'en vont vers le pré, la tête haute. Camille ramasse le linge au fil tendu entre deux poiriers, elle va aller l'écarter dans le grenier où il séchera plus vite.

Quand elle a fini, il est presque midi. Baptiste a déjà arrêté les meules dont le sourd ronflement s'estompe. Il vient à la maison où Pauline est en train d'écarter les assiettes sur la table. Ensuite, la jeune femme remplit un bol de bouillon fumant, y vide un peu de lait et l'apporte à son grand-père. Même s'il ne bouge pas, le vieux meunier a toujours faim. Il mange énormément, engloutit tout ce qu'on lui donne avec un égal appétit. Il se déplace pourtant peu, seulement pour aller se libérer le ventre ou pour se coucher. Complètement sourd, il ne parle pas, le regard fixé sur les braises où il voit certainement son passé de meunier heureux.

Baptiste s'installe à table. Ses sourcils bas, son regard posé sur l'assiette marquent une grande préoccupation. Elise se verse une louchée de soupe dans un bol et mange sans s'asseoir, comme le faisaient les femmes de l'ancien temps. Camille bougonne :

— Il a trouvé qu'on lui en avait pas assez donné ! voilà pourquoi il est parti ! Ces Charias, c'est voleur et compagnie !

Baptiste aspire sa soupe du bout des lèvres. Pas une seule fois, il ne lève les yeux sur Camille qui s'écrie :

— Il pense que c'est pas assez de prendre la part des nôtres qui ne sont pas revenus !

— Tu vas te taire ! tranche Baptiste d'une voix autoritaire !

La journée se passe dans la grisaille de la vallée. Baptiste travaille avec moins d'entrain. Les gens lui demandent :

— Mais où qu'il est passé ton gendre ?

Il répond :

— Bah, il est monté chez lui, rapport à un oncle qui est malade... C'est son père qui l'a fait appeler !

Personne ne le croit. Au pays, les nouvelles vont vite. Tout le monde sait que Jean est parti. Ce nouveau malheur à la Farge fait plaisir : on en veut à Baptiste d'être trop malin et trop riche.

Pauline est restée tout l'après-midi au coin du feu, triste, à regarder les flammes. Sa mère s'emporte :

— Toi, tu nous cacherais quelque chose que j'en serais pas étonnée ! Couches-tu seulement avec ton homme, maintenant ?

— Non ! crie Pauline. Non, je couche pas avec lui !

Camille joint les mains, médusée par ce qu'elle vient d'apprendre.

— Jésus, Marie, Joseph ! s'écrie-t-elle, ayez pitié de nous !

Pauline passe dans sa chambre et claque la porte.

— Alors, comment tu l'as fait, ce petit ? Derrière une haie ? crie Camille.

Elise se signe. Henri, sourd, somnole, la tête sur le côté. Baptiste qui a entendu les éclats de voix arrive du moulin en courant.

— Vous êtes folles ou quoi ?

— Si tu savais ce que je viens d'apprendre ! Ils couchent pas encore ensemble, mon Baptiste ! Le petit n'est pas de Jean ! Voilà pourquoi il est parti !

Baptiste s'efforce d'être calme. Il sort son paquet de tabac, roule une cigarette ; la pointe de ses doigts tremble et il doit s'y reprendre à deux fois pour coller la feuille. Il ment :

— Si, ils couchent ensemble !

Camille lève ses yeux mouillés vers lui. Elise s'est dressée.

— Je le sais ! insiste Baptiste, d'un air entendu. L'autre nuit, je me suis levé ; j'ai pas voulu allumer et je suis resté un moment devant la porte. Ce que j'ai entendu... Enfin, je te dis qu'ils couchent ensemble et que ça fait déjà un bon moment ! Mais la Pauline, faut pas la brusquer ! Tu vois comme elle est devenue ?

Soucieux, Baptiste s'en va en traînant ses sabots. L'arrivée du bébé même s'il n'est pas de Jean est une bonne chose ; il aura le sang des Simoneau et pourra prendre la relève quand le moment sera venu. Le meunier a eu raison de mentir : Pauline n'a pas mis la mode des bâtards au pays, ce ne sera pas le premier de la vallée et personne n'en saura rien pourvu qu'il puisse convaincre Jean de revenir.

Un homme de Saint-Salvadour qui est descendu avec son âne l'attend à la porte du moulin. L'homme, assez grand et maigre, a une voix pointue, un peu rouillée. Il donne des nouvelles d'un de ses cousins qui est revenu de la guerre avec un énorme trou dans la tête :

— Tu me croiras si tu veux ! Il est resté soixante jours dans le coma avant de se souvenir du grand sapin devant la porte de sa maison à Chamboulive. C'est ce qui l'a sauvé, le souvenir de ce sapin ! Il l'a vu tout droit devant lui, qui se balançait dans le vent de midi, sous le soleil méchant du mois de juillet. Et il s'est dit que c'était le moment d'aller au pré, alors il s'est dressé sur ses coudes. Les médecins n'y croyaient pas. Les jours suivants, personne n'a osé toucher au pansement sur le trou de sa tête, alors les infirmières l'ont laissé comme ça. Il l'a gardé pendant deux mois, jusqu'à ce que ça tombe tout seul. La peau avait repoussé. Et mon cousin est revenu, tout fier chez lui avec ce grand trou sans os sur le front où tu vois battre le cœur !

La grisaille s'est un peu levée. Le vent est froid et le ciel, couleur de plomb, prépare la neige. La nuit se pose lourdement sur les collines, une nuit d'hiver, épaisse, humide. Camille gave ses oies : c'est une tradition, à la Farge, il y a toujours eu un troupeau d'oies qu'on tue avant Noël pour apporter les foies à Brive.

La meunière attrape la bête par l'aile et l'installe entre ses jambes. Elle lui ouvre le bec, y enfonce une sorte d'entonnoir dans lequel elle vide du tourteau de noix qu'elle pousse avec un manchon de bois. Le tourteau s'entasse en boule sous les plumes en haut du cou. Camille le fait glisser du bout des doigts jusqu'au jabot.

Depuis la mort de ses deux fils, elle s'habille en noir. Son corps décharné ne remplit plus ses vêtements qui flottent, ne laissant voir que ses formes anguleuses. Avant la guerre, c'était une femme souriante qui avait toujours un mot gentil pour tout le monde, maintenant, elle vit repliée sur les épines de son cœur, une grosse pierre froide alourdit ses pas.

Ce soir, Baptiste travaille tard au moulin. Il ne montre rien de ce qui le préoccupe : ce n'est pas un homme à se laisser aller aux confidences, et il raconte à son dernier client une histoire pour rire. On se demande où il va les chercher, il en a toujours de nouvelles. Aujourd'hui, personne n'a remarqué qu'il écoute ses meules avec moins d'attention que d'habitude.

— C'est qu'il va nous apporter la neige ce petit vent du nord ! dit-il en s'accoudant à la porte.

Celui qui l'observerait bien verrait qu'il arrête ses yeux sur le chemin de Saint-Salvadour et sur le petit raidillon derrière l'étang.

— M'en parle pas ! dit-il à Brandel qui est descendu avec son âne. J'ai perdu mon couteau ce matin et pas moyen de me rappeler ce que j'ai pu en faire !

Avant la soupe, il ne s'assoit pas sur le banc de la table pour faire ses comptes. Il allume sa cigarette à un tison et dit :

— Je vais monter à Plumozelle avec la jument!

Camille s'est dressée devant lui, comme prête à mordre.

— Et tu crois qu'il faut faire tant de manières avec ces Rouges! Ils vont te voir venir! C'est pour nous faire dépit qu'il est parti! Et toi tu lui cours derrière! C'est tout ce qu'il attend!

— Tu ferais bien de te taire! fait le meunier de mauvaise humeur.

— Dis tout de suite que j'ai tort et que ce mauvais garçon a raison! Qu'il faut lui ouvrir notre porte et lui dire: tiens, prends le moulin et les sous! Dis-le...

— Tais-toi, je te dis!

La voix de Baptiste a percé le silence de ces vieux murs traversés par le roulement de la chute. Pauline passe dans sa chambre sans un mot.

— Et celle-là, continue Camille. Juste bonne à semer la guerre! Moi je savais qu'avec ce rouquin, c'était un peu plus de malheur qui entrait dans la maison! Et je me suis pas trompée!

Elle pose la soupière sur la table et s'en va dans le couloir des chambres. Le vieil Henri dit de sa voix cassée:

— Il faut bien trouver du mal pour rien tout au long de sa vie!

A l'étable, Baptiste attelle sa jument à la carriole, fixe le falot et boutonne sa canadienne. La route est à peine visible, mais le cheval la connaît depuis le temps où il faisait la tournée. Accrochée à la pente, la petite maison des Charias se trouve en retrait du village. Le chien aboie ; le cheval s'ébroue, Baptiste l'attache au tilleul. Paul qui a entendu du bruit sort sur le pas de la porte.

— Mais c'est le père Simoneau ! Entre donc !

Il fait si sombre qu'on ne voit rien au-delà de la bande de lumière, ni ciel, ni colline, ni chemin.

Baptiste s'approche du feu qui chante dans la cheminée. Le chien s'est serré sous la table. La petite Vivienne s'est assise près des cendres et suce son pouce. La soupière fume sur la table.

— Tu vas prendre un peu de bouillon ! dit Paul. Ça te réchauffera, mais qu'est-ce qui t'amène à cette heure ? Pas un malheur au moins ! On en a tellement vu !

Le meunier pose sa canadienne humide que Marie accroche au portemanteau de l'entrée.

— Vous avez pas vu Jean ?

— Jean ? Que non ! On l'a vu l'autre soir quand il rentrait de la foire, mais depuis...

— Il est parti hier matin du moulin, sans rien nous dire...

— Qu'est-ce que vous racontez, Baptiste, dit Marie qui apporte les pommes de terre fumantes. Jean est parti ? Eh bien, c'est pas un malheur ! Un homme, ça peut avoir besoin de promenade !

— Non. Il est parti après que la Pauline a dit qu'elle attendait un petit !

Paul Charias s'assied, coupe une langue de pain du bout de son couteau dont la lame usée est fine et tranchante. Le chien est sorti de sous la table et regarde la tourte avec insistance. La femme marche bruyamment ; ses sabots ferrés sonnent sur le plancher. Elle donne un coup de pied au chien qui se tient dans ses jambes.

— C'est encore une histoire de votre fille, ça ! dit Marie Charias de sa voix forte. Elle court après tous les hommes ! Moi je savais qu'elle convenait pas à Jean, qu'il fallait pas ce mariage. Il s'en dit tellement...

— Il s'en dit de toutes ! fait Simoneau en levant la voix et beaucoup qui sont pas vraies ! Vous allez pas croire ces histoires ! La Pauline, c'est une fille honnête !

— Une fille honnête qui voit des hommes derrière les haies. Alors, notre Jean, ça a fini par lui porter sur les nerfs ! Moi je le comprends, le pauvre garçon !

— Votre Jean n'a pas à se plaindre ! C'est surtout qu'il fait envie ! Sans vouloir trop en dire, la Pauline est une belle fille !

— Oui, justement trop belle ! Une femme trop belle ne vaut rien à un homme honnête comme notre Jean. Ça a des idées de travers dans la tête, une femme trop belle !

— On va pas se disputer ! dit Baptiste d'un ton ferme. Je suis pas monté pour ça. Jusque-là, tout allait bien. Mais dis-moi, le Paul, tu n'aurais pas une idée de savoir où il est allé !

Marie s'approche de la petite Vivienne pelotonnée près du feu comme un petit chat.

— Toi, au lit ! Tu n'as pas besoin d'entendre ce que disent les hommes !

L'enfant se lève ; ses jambes sont maigres dans ses bas de laine grossière. Elle a de beaux yeux noirs, soyeux comme du velours.

— Assieds-toi, le Baptiste ! dit Paul en tirant le banc. Prends donc un peu de soupe avec moi et on va causer.

Ils causent longtemps et boivent beaucoup de vin. Ils parlent de tout et de rien, de cette chienne de guerre qui a fait tant de ravages.

— La Pauline s'est pas consolée de la mort de son frère ! Tout comme nous, d'ailleurs. Mais elle, c'était son jumeau... Tu te rappelles comme ils étaient toujours ensemble ! S'ils se perdaient au bout de cinq minutes, tu les voyais se chercher... C'est malheureux à dire, mon Paul, mais ça lui a un peu tourné la tête !

— Et c'est pour ça que vous avez cherché un pauvre bougre qui veuille bien la prendre, votre Pauline ! Et ce pauvre bougre, c'est notre Jean ! s'écrie Marie qui lave les assiettes dans le coin sombre de la bassière.

— Tu vas arrêter de parler à tort et à travers ! s'emporte Paul. C'est vrai que la guerre nous a tous un peu tourné la tête, mais pas plus au Jean qu'aux autres !

Baptiste redescend tard au moulin. Il attache la jument dans l'étable et rentre se coucher. Le vin l'empêche de dormir. Le mal au cœur l'a repris, ce qui ne l'inquiète pas : c'est certainement les nerfs et la fatigue. Chaque fois que Baptiste est énervé, il a mal au cœur.

Le lendemain, il se lève comme d'habitude,

avant le jour et monte voir sa digue. Le froid est toujours aussi humide, aussi pénétrant. Le brouillard a givré les branches du tilleul. La rivière roule des eaux vertes.

A la digue, il chancelle. Une terrible douleur lui serre la poitrine comme un étau. Son cœur bat très fort et lui fait mal. Il s'assied dans l'herbe gelée. Cela dure quelques secondes qui lui semblent une éternité. Ce n'est pas la première fois que ça lui arrive et il pense à son grand-père et à son arrière-grand-père morts de cette manière, mais lui a confiance : le bon sang des Simoneau est plus fort que le sang pourri des Martinie. Il fait des centenaires, comme son père, Henri ! La preuve, la douleur s'estompe. Baptiste va déjà mieux, malgré ses jambes lourdes et cette envie de dormir qui lui pèse sur les paupières. Il rentre lentement, s'arrête plusieurs fois pour reprendre son souffle. Son cœur bat encore très vite et fort, mais il n'a plus mal.

— Je vais me laver la figure ! Y a rien de tel qu'un peu d'eau froide pour me remettre d'aplomb !

Jean Charias arrive à la route nationale. Quelques flocons de neige voltigent autour de lui. Il hésite. Va-t-il retourner à la Farge ou bien continuer vers Uzerche ? Pourquoi pas Uzerche, la ville d'où il est parti à la guerre, la porte de l'enfer ? Aujourd'hui, il est libre. Il va s'y installer dans une auberge près de la gare pour voir passer les trains.

Uzerche se trouve à peu près à une heure de marche. En forçant le pas, Jean arrivera avant la nuit. L'hiver gris pèse sur la campagne et la mange. Le ciel touche le plateau, il n'y a plus d'arbres, plus de maisons. Rien ne bouge, sauf ces petits flocons qui papillonnent à hauteur d'homme. La terre est morte. La vie s'est cachée derrière le mur blanc de l'air. Les mains au fond des poches, Jean avance d'un bon pas. L'idée d'aller en ville le réconforte. Il pense à sa sœur partie avec le fol espoir de retrouver son mari vivant, sa sœur qui reviendra par Uzerche, le terme de tous les longs voyages. De cette ville bâtie sur des rochers, où chaque maison ressemble à une église, partent les routes du monde, les grandes routes de la guerre et les chemins de l'espoir.

En marchant, Jean pense à Pauline. Le bloc de

pierre froide se ballotte toujours dans son estomac. A cette heure, la jeune femme doit préparer les tourteaux de noix pour gaver les oies ; elle a pris sa cape de bergère et a attaché ses cheveux sous son foulard. Sa figure paraît plus fine et ses yeux plus grands, des yeux qui ressemblent à ceux de la bru des Morel.

Pauline. Il voudrait se débarrasser de ce nom qui malgré lui ne cesse de tourner dans sa tête, de hanter chacune de ses pensées. Il lui échappe à regret. Chaque pas qu'il fait l'éloigne de plusieurs mois de tristesse et d'espoirs fous, de colères rentrées qu'il regrette. Il marche comme un automate sur cette route qui se perd dans la brume. Sa fuite n'est pas une fugue d'enfant qui se rebelle contre l'autorité, c'est l'amère constatation d'un échec.

Au croisement de la route de Brive, un homme surgit de la brume. Il porte sur son dos quelque chose de volumineux qui semble léger, car il avance d'un bon pas. Jean qui a besoin de compagnie l'attend et lui sourit. L'homme est enroulé dans une cape noire de berger. Une capuche lui couvre la moitié de la figure et ses bottes fourrées ne font pas de bruit sur la route.

— Voilà un temps à pas mettre un chien dehors ! dit Jean en s'approchant.

L'autre s'arrête. Jean voit alors son visage fin de renard et ses yeux noirs. Il est jeune et marche avec l'agilité d'un chat.

Jean est intrigué par ce qu'il porte. Enveloppé dans un sac, cela ressemble à une caisse ronde, munie d'un manche. Une grande casserole ?

— Mais c'est quoi que tu as là ?
— Une mandoline !
— Une mandoline ? En voilà une idée !
— Il faut toutes les idées pour faire le monde. Toi tu portes bien tes cheveux rouges !
— Je disais pas ça pour te vexer ! Tiens, si on roulait une cigarette ?

Il tend sa blague de tabac et le cahier de « Job ». L'autre roule la feuille dans ses doigts que Jean remarque très longs et fins, des doigts de musicien, pas de paysan. Pour rouler la cigarette, ils se mettent à bouger très vite, comme des plumes. Jean n'a jamais rien vu d'aussi beau que ces mains légères, plus rapides que des ailes de colombe.

Quelques flocons légers volent autour d'eux. Ils arrivent aux premières maisons d'Uzerche. Le gars doit connaître.

— Si on allait se chauffer un peu à l'auberge du Chariot. Ils ont la plus grande cheminée de la ville.
— Et tu joues de la mandoline pour vivre ?
— Ça se peut !

Ils arrivent à l'auberge du Chariot construite en surplomb de la Vézère. La pièce où sont rangées les tables est éclairée d'un grand feu. Jean s'approche et tend ses grosses mains dont il a un peu honte, mais devant un bon feu, il est toujours à son affaire ! L'autre accroche sa cape derrière la porte et pose sa mandoline avec précaution. C'est un gringalet aux épaules étroites de femme ; ses cheveux un peu longs sont très noirs et tirés vers l'arrière, des cheveux de bohémien. Ses poignets maigres semblent très fragiles.

Une grosse femme d'une cinquantaine d'années arrive de la pièce voisine. Elle aperçoit le gars à la mandoline.

— Ah, te voilà l'Anselme! Tu es revenu dans tes quartiers d'hiver. La vermine a la vie dure!

— Bonjour! dit l'homme. Je vois que la belle, la superbe, la divine Roseline est toujours aussi aimable!

— Je t'avertis, Anselme, si tu reviens pour faire la pagaille, tu ferais mieux de t'en aller tout de suite!

— La pagaille? Cesse de ronchonner la Roseline. Apporte donc deux grands bols de vin chaud pour moi et pour mon copain.

Jean se sent très fier d'être le copain de cet homme maigre qui a une mandoline.

Anselme s'est assis près du feu. Il a sorti un jeu de cartes de sa poche et joue avec une extraordinaire habileté. Jean a vu toutes sortes d'hommes à la guerre, beaucoup de joueurs qui n'hésitaient pas à flamber leurs économies avant d'aller au front, mais jamais il n'a vu des doigts aussi agiles pour déplacer les cartes.

— Tu vas jouer de la musique?

— Peut-être, tout à l'heure! En attendant, il va falloir payer le vin chaud. La maison ne fait pas crédit! Tiens, prends donc une carte...

Amusé, Jean tend sa grosse main à la peau cuivrée vers le tas de cartes posé sur la table. Il a vraiment honte de ses doigts de travailleur, rouges comme des saucisses.

— Fais voir? Un dix! Tiens, regarde, je tire un

as ! Tu as perdu ! Tu vas payer le vin chaud ! On recommence ?

— Pas maintenant, il faut que j'aille m'acheter un rasoir !

— Un rasoir ? Mais qu'est-ce que tu veux en faire ? En voilà une idée !

— Me raser, tiens !

— Voilà que tu fais le coquet, maintenant ! Tu trouveras ça dans la boutique à côté du pont. Dépêche-toi, on va jouer nos chambres.

Jean sort. La nuit noircit déjà la rivière. Des gens pressés rentrent chez eux. Une espèce de bave humide rend le trottoir glissant.

Dans la boutique près du pont, il achète un rasoir, un blaireau et un savon bien sec. De retour à l'auberge, il passe dans la cuisine et demande à Roseline la permission de se raser dans un coin.

— Toi, du moins, dit la grosse femme, tu fais pas de manières. Rase-toi, si le cœur t'en dit, mon gars ! Voilà du papier pour essuyer la lame.

Jean trempe son blaireau tout neuf dans l'eau chaude que la femme lui a donnée et se badigeonne le visage de savon moussant. C'est un grand plaisir pour lui de faire glisser la lame sur ses joues. Il essuie le savon rempli des paillettes rouges de barbe sur la feuille de journal. Enfin, il s'asperge la figure d'eau froide et le voilà débarrassé de toute fatigue.

Il retourne dans la grande salle. Anselme bavarde avec d'autres hommes qui boivent du vin. La lampe électrique trop faible éclaire les tables d'une lumière jaune. Le feu meurt lentement dans la cheminée. Jean s'en approche pour l'attiser, ajoute une bûche. La nuit est tombée, lourde, épaisse, une nuit d'hiver où il fait bon ne pas être seul.

Anselme va de table en table ; les cartes bougent comme par enchantement entre ses doigts. La mandoline est toujours posée à côté de la cape. Jean regarde l'instrument ; la caisse est formée de tranches alternées de bois clair et sombre, arrondie comme un ventre de femme.

— Tiens, l'Eric !

L'homme qui entre boite, mais ses épaules démesurées, la grosseur de ses poignets montrent une force peu commune. Son visage est carré sous des cheveux courts, très noirs. Il louche un peu, ce qui ajoute à son regard mobile une étrange menace.

Anselme revient près de Jean. Ses yeux de corbeau brillent d'une curieuse manière. Quand il parle, Jean voit ses petites dents de renard, très blanches.

— Tiens, Eric, tu dis que tu n'as jamais trouvé ton maître. Regarde ce rouquin. Il a dit que tu lui faisais pas peur !

Jean touche du bout des doigts ses joues fraîches et lisses.

— Tu vas un peu vite, l'Anselme, j'ai jamais dit ça !

— Ah bon ? continue l'autre en parlant assez fort pour que tout le monde l'entende. Tu as donc dit que tu en avais peur !

— J'ai pas dit ça non plus !

— Alors, tu recules devant cet homme ?

Roseline intervient :

— Je t'ai averti, l'Anselme, tu ne viens pas faire tes histoires ici, sinon, tu vas t'en repartir avec les compliments de la maison !

— Je fais pas d'histoires ! Je veux offrir un spectacle gratuit à ta clientèle ! Eric, installe-toi ici et toi, le Rouge, en face.

Il souffle à l'oreille de Jean :

— Dis, tu vas pas te laisser battre au bras de fer par ce grand mal dégourdi qui n'a pas plus de cervelle qu'un lièvre ?

Quelques hommes, amusés, se sont approchés. Ils ne doutent pas de la victoire de leur champion local. Jean a les épaules aussi larges que lui, c'est vrai, mais il semble moins assuré des poignets. Anselme s'est assis en bout de table et ramasse les paris. Ses doigts jonglent avec les pièces. Ses yeux luisent toujours de cet éclat qui ne plaît pas à Jean.

— Le Rouge, il faut que tu gagnes !

— Comment tu connais le surnom de Charias ?

— Ma pauvre mère était bonne à Naves et j'ai grandi là-bas. Forcément, je connais tout le monde chez toi !

— Pourtant, moi, je te connais pas !

— Arrête de te fatiguer en parlant. Pense à gagner, j'ai misé tout ce qui me reste sur toi !

— Après, tu joueras de la mandoline ?

— Si tu gagnes, je jouerai de la mandoline !

Les coudes posés sur la table, Jean ouvre sa large main contre celle d'Eric. De près, il semble moins fort que tout à l'heure quand il est rentré. Jean le regarde dans le blanc des yeux tandis qu'il durcit ses muscles. Les spectateurs se penchent pour vérifier que les coudes n'ont pas glissé et que les adversaires ne se tiennent pas au banc. Eric serre les dents; ses yeux se plissent. Jean le regarde toujours, il sait déjà qu'il va le battre: « Fatigue-toi, mon petit, vas-y, jette tout ton jus du premier coup! Tu n'as pas plus de cervelle qu'un lièvre, c'est vrai! » Il le laisse faire, oppose à ses attaques juste ce qu'il faut pour ne pas perdre. Eric est certainement aussi fort que lui, mais se sert mal de sa force qu'il use en initiatives inutiles, comme s'il savait que le temps le dessert. Les spectateurs se taisent. Ils commencent à regretter d'avoir misé sur leur champion qui montre déjà quelques signes de fatigue. Alors, Jean décide que le jeu a assez duré. Ce que ces hommes ne savent pas, c'est qu'à la guerre, il a passé des journées entières à jouer au bras de fer et en a gardé un certain savoir-faire! En face, Eric tremble de tous ses muscles, durs de fatigue. C'est le moment du coup de grâce: Jean augmente progressivement la pression de son bras. Eric résiste, la respiration bloquée, la figure déformée par une atroce grimace, puis, d'un coup, se vide de l'air qui comprimait ses poumons; son bras tombe sur la table avec un bruit de bois frappé.

Une ovation accueille la victoire de Jean. Eric, les yeux rouges, s'écrie:

— Dis donc, tu as triché! Tu te tenais au banc!

— C'est pas vrai! dit Anselme. On a surveillé!

Humilié, Eric sort sans finir son verre de vin. Anselme empoche les billets. Il s'adresse à Jean:

— On m'avait dit que tu étais costaud, mais à ce point... Toi et moi, on peut en gagner de l'argent facile!

— Tu vas jouer de la mandoline?

— Arrête donc de faire l'enfant! Je jouerai peut-être, mais c'est pas le moment. Bon, écoutez, vous autres, mon champion défie tous les hommes d'Uzerche, demain soir. Que les plus forts viennent se mesurer à lui s'ils sont pas des dégonflés!

— Mais qu'est-ce que tu me fais faire, là? Moi, je veux pas!

— T'es bien un paysan, toi! Tu ne veux pas jouer alors que c'est ce qui rapporte le plus. Laisse-moi faire! Je m'occupe de tout. Tu n'auras pas à travailler, juste deux ou trois parties le soir. C'est moi qui paierai ta chambre et ton dîner!

— Je veux pas de ça! Je suis pas un bohémien, moi! Je veux du travail honnête, pas de tes balivernes!

— Comme plouc, on fait pas mieux! reprend Anselme en le fixant de ses yeux perçants. Comment as-tu fait pour échapper à la guerre?

Jean demande à Roseline s'il peut avoir une chambre pour la nuit. La grosse femme le regarde de ses yeux porcins.

— Ici, c'est une maison honnête. Et les fariboles de l'Anselme nous intéressent pas! J'ai une chambre pour les garçons honnêtes, pas pour les autres!

— Je suis un garçon honnête!

— Avec tes cheveux rouges, tu n'as pas l'air bien méchant. Tiens ta clef, on paie d'avance.

Jean règle le prix de sa chambre et annonce qu'il va monter se coucher.

— Ça ne fait que commencer! dit Anselme. Fais pas la bête! Reste, je vais jouer de la mandoline.

Jean voudrait bien entendre le son de cet instrument ventru comme une femme enceinte, mais il a décidé d'échapper à cet homme trop habile pour lui, à ses mains légères comme des ailes de colombe. Il monte dans sa chambre sans manger. C'est une petite pièce qui sent la poussière et le renfermé. Le papier du mur représente des roses volumineuses. Il y règne un froid glacial. Jean pose ses grosses chaussures de cuir et se glisse tout habillé sous l'édredon. Il ne pense à rien. Le bruit des voix à l'étage inférieur lui arrive, atténué, comme le roulement régulier de la cascade à la Farge... Il pense aussi à la bru des Morel, à ses grands yeux qui sont un peu ceux de Pauline. Jean n'aime pas Uzerche ; sa place n'est pas ici, à jouer au pantin !

C'est le silence qui le réveille. Quelle heure est-il ? Il a l'impression d'avoir dormi une éternité. Il allume, se lève. La nuit est sombre, impénétrable. Les clochers d'Uzerche n'existent plus ; le gros Eric et Anselme se sont évaporés dans un rêve nauséabond. Hier au soir, Jean a eu honte de lui au milieu de ces hommes en peine de leur temps. Les heures passées dans ce bistrot ont été des heures gâchées. Il regrette seulement la mandoline.

Le plancher craque lorsqu'il prend ses chaussures, de belles chaussures de cuir souples et chaudes. Il met son rasoir et son savon dans la poche de sa canadienne, ouvre tout doucement la porte : en montant, hier au soir, il a repéré les lieux.

L'escalier craque sous ses pas. Pourvu que personne ne l'entende, la grosse Roseline a peut-être le sommeil léger ! A moins qu'Anselme ne vienne se mettre devant lui ! Jean se laisserait encore embobiner par ses belles paroles. Il a choisi la fuite, sans donner d'explications...

Après l'escalier, se trouve un long couloir. Il heurte du coude une sorte de lave-mains en cuivre accroché au mur qui sonne comme une cloche. La poignée de la porte qui n'est pas verrouillée tourne sans bruit. Jean fait quelques pas dehors. Le froid lui griffe la figure. Des lampadaires éclairent la route qui remonte vers Brive. Il s'éloigne avec le sentiment de s'évader d'une prison, un cul-de-sac où on voulait le retenir.

Il arrive essoufflé à la route de Seilhac où, hier, il a rencontré Anselme. C'est la route de la liberté. Des lumières luisent en contrebas, près de la Vézère, étoiles tombées dans la brume. Jean s'enfonce dans la nuit noire où rien ne lui permet de se repérer. Il sait, cependant, que c'est la bonne direction, celle de la grande campagne, des petits villages et des paysans. Là-bas les gens sont comme lui, la terre attend d'être labourée, les vaches réclament leur ration de foin. Dans chaque maison, il y a un grand feu à tisonner et, tout au loin, perdu dans la brume de la vallée, le moulin de la Farge avec ses tuiles rouges auquel il ne cesse de penser.

Le froid s'infiltre sous son épaisse canadienne. Jean accélère la marche, les yeux grands ouverts sur cette nuit qui a tout mangé. Au bruit de ses chaussures, il sait qu'il est toujours sur la route, donc dans la bonne direction. Par moments, des aboiements lui indiquent qu'il passe à côté d'une maison et que la vie est toujours là, tassée derrière le mur de l'ombre. Il marche sur le côté droit pour ne pas rater la route de Lagraulière. Si le ciel était clair, il verrait l'heure aux étoiles, mais là, au fond de cet hiver, rien ne permet de savoir si le jour est proche. Pas un coq ne chante.

Il a encore la tête pleine des éclats de voix de ces hommes qui pariaient pour Eric. Les herbes du fossé sont dures et craquent comme du papier froissé. Il roule une cigarette ; la flamme de son briquet l'aveugle et reste longtemps au fond de ses yeux. La ferme de la Migou ne doit pas être bien loin. Tant pis s'il se perd, ici, en pleine campagne, rien ne peut plus arriver ! C'est là-bas que sc trouve le risque : auprès d'Anselme et de ses combines.

La route gelée s'enfonce vers sa droitc. Jean arrive à un croisement, allume son briquet pour tenter de voir quelque chose, mais la petite lueur vacillante augmente l'épaisseur de la nuit. Une petite côte lui indique qu'il se trouve bien sur la route de Lagraulière. La maison de la Migou doit être sur la gauche, au bout d'un chemin de terre. Il avance d'un pas hésitant en tâtant le terrain du bout de ses chaussures. Un chien se met à japper dans la nuit, un jappement de joie à cette heure où Jean a le sentiment d'être seul au monde. La grange est sur la droite. Il arrive à la porte, la pousse et va se coucher dans le foin. Une douce chaleur l'envahit rapidement et là, au fond de ce fenil tiède, bercé par le bruit régulier des vaches qui ruminent juste en dessous, il se sent presque heureux, comme s'il venait d'échapper à un danger plus grave encore que la guerre.

Il est réveillé par la voix forte de la Migou.

— Debout, le fainéant! Ça n'a pas travaillé une journée que ça veut déjà prendre du congé! Où que t'étais parti courir encore?

Jean secoue ses vêtements pleins de foin. Le chien lui fait la fête et jappe en tournant autour de lui.

— C'est vrai qu'il fait trop froid pour dormir ici. La nuit prochaine, tu dormiras sur la paillasse dans la maison. Je te donnerai des couvertures.

— J'avais bien dit qu'il ne fallait pas semer de blé! Le temps tourne à la neige!

— La neige n'a pas d'importance pour le blé. Au contraire, elle le sert!

Ils vont à la maison. Le feu pète; une petite flamme papillonne sur les bûches. La Migou rouspète contre ce bois de châtaignier qui charbonne, mais ne chauffe pas. Jean s'accroupit près de l'âtre. Le feu, c'est comme une bête, comme une plante, ça ne doit pas souffrir. Il déplace les bûches et voilà que les flammes prennent de la force sous le chaudron noir.

— T'es vraiment le diable! Elle a essayé de t'avoir, la bru des Morel?

Jean ne répond pas. Il pense à la mandoline d'Anselme.

— Méfie-toi, c'est la peste! Et le vieux aussi! Ils veulent t'avoir, je te dis! Te laisse pas embobiner!

— Il va falloir aller chercher des feuilles mortes pour la litière des bêtes. Avec ce temps, il n'y a pas grand-chose d'autre à faire!

— Du moins, toi tu connais le travail! Tu ferais un sacré domestique! Va aux feuilles, si tu veux! Je vais m'occuper de te faire un peu de fricot qui te tiendra l'estomac chaud. Je pense que tu n'as pas beaucoup mangé depuis hier. Les chiens de chasse sont toujours maigres!

Jean va lier les vaches. Le barbet s'est attaché à ses pas et dès qu'il s'arrête, il lève sur lui des yeux anxieux, pleins de tendresse.

La châtaigneraie est légèrement en pente. Jean arrête l'attelage dans le chemin. Il rassemble les feuilles mortes et les fait rouler vers le bas où elles forment des gros tas moelleux. Ce travail accapare ses pensées au point d'en chasser tout le reste. Il s'arrête un moment pour souffler, son râteau à la main, alors, l'image de Pauline vient le torturer. Une douleur aiguë lui cisaille le ventre. Hier, c'est à cause d'elle qu'il est monté se coucher et qu'il est parti en pleine nuit!

Tout à coup, le chien dresse les oreilles et grogne. Jean le retient d'un mot. La bru des Morel qui emmène les moutons au pacage passe dans le chemin en contrebas. Jean se doutait un peu qu'elle viendrait rôder dans les parages. La Migou avec sa figure ronde, sa barbe folle qui noircit son menton, l'a compris.

— Garde-toi d'elle! Tu te laisserais bien embobiner par cette vipère!

Les moutons des Morel sont maigres et de cette mauvaise race de la montagne, hauts sur pattes, longs de cuisses. La femme pliée dans sa cape de bergère s'arrête à côté de la charrette. Ses grands yeux pleins de la lumière claire du ciel éclairent son visage.

— On m'appelle Jeannette. J'ai cru que vous étiez parti pour de bon!

— Ça se pourrait aussi! dit Jean.

— Il va neiger! reprend la femme. C'est pas un temps à se promener.

— En travaillant, on sent pas le froid.

Elle baisse la tête.

— C'est la nuit qu'il fait froid! A côté d'un homme paralysé qui n'a plus de tête!

Elle a un air de dégoût.

— Faut tout lui faire! Lui mettre le pot sous les fesses et le faire manger! Il a bien eu la force de revenir, alors... On a eu tort hier de vous faire rentrer chez nous. Restez chez la Migou! A moins qu'on vous attende ailleurs!

Elle vient d'apercevoir l'alliance d'or au doigt de Jean.

— Personne m'attend !
— Vous venez d'où ?
— De Saint-Salvadour.
— C'est pas très loin. On a un cousin près de Bar. Une année, je suis allée à la procession, le 8 septembre à la chapelle du Puy. Ils y fêtent une vierge noire.

Les moutons se sont éloignés. Jeannette appelle son chien qui est parti dans les taillis. Elle rattrape le troupeau ; ses sabots sonnent sur la terre dure. Avant de s'enfoncer dans le bois, elle se tourne.

— Ça fait plaisir, un homme comme vous dans ce pays de vieux !

Jean charge les feuilles sèches et les tasse entre les hautes ridelles de lattes. Quand c'est fini, il remonte à la ferme. Une bonne odeur de crêpes et de sauce au chou lui met l'eau à la bouche.

— Je t'ai fait des choux farcis ! dit la Migou. Mon cochon, si tu es pas content, je sais pas ce qu'il te faut !

— Je suis content, dit Jean en lui souriant.

Tout l'après-midi, il pense à la bru des Morel en même temps qu'à Pauline à qui cette femme ressemble d'une certaine manière qu'il ne saurait pas dire, mais qui est évidente pour lui. Son sourire est le même, cet air mutin dans les yeux, les paillettes dorées des pupilles... Jean en éprouve une grande joie.

Le soir, il porte une souche de hêtre dans la cheminée. La Migou lui sourit : « Toi, mon cochon, tu aimes avoir chaud aux fesses ! » Ils restent longtemps en face l'un de l'autre, sans parler. Le feu habite le silence d'un gazouillis de fontaine. Jean se brûle le visage. Quand les flammes commencent à perdre de leur force, la Migou dit, sans lever les yeux :

— Mon homme était facteur au pays. Il avait une pension de l'armée. C'est pour ça qu'on l'avait mis facteur, c'était un emploi réservé...

— Et vos enfants ? demande Jean.

— On n'a pas eu d'enfants. Le pauvre Gabriel était bien incapable de faire des enfants. Il était saoul tous les soirs, alors, il fallait pas lui parler du reste !

Elle a un sourire coquin.

— Il a toujours préféré la chopine, le pauvre homme !

Quand elle parle de son mari défunt, sa figure change d'expression. Ses joues s'allongent, ses yeux se plissent. L'ombre de la barbe sur son menton et sur le bas de son visage grandit.

— Et toi, tu m'as pas dit d'où tu venais ?

— Du moulin de la Farge !

— C'est du côté de Naves, ça ! J'ai entendu parler. Mais tu n'as pas une tête de meunier !

— Je suis gendre, là-bas !

— Alors, qu'est-ce que tu fous ici ? Je sais pas ce qui me retient de te foutre dehors à coups de pied au cul, mon cochon !

— Gardez-moi un peu. Je me suis disputé avec le meunier !

— Tout ça, c'est tes affaires, ça me regarde pas ! Tu peux rester si tu veux, vu que tu connais le boulot et que tu es de bonne compagnie.

Jean bâille.

— Je vais aller me coucher ! dit-il.

— Je t'ai dit que tu pouvais rester dans la maison. Maintenant, j'ai confiance.

— J'aime autant le foin. La chaleur des vaches m'aide à dormir. Ici, quand le feu sera mort, il fera aussi froid qu'en Sibérie.

— C'est vrai qu'il ne fera pas chaud, mais qu'est-ce que tu sais de la Sibérie, toi ? Tu veux pas me monter le coup, par hasard ? Je peux te donner des couvertures !

— Ça fait pas pareil ! Je préfère la bonne chaleur des vaches !

— Tu es une vraie tête de mule ! Fais comme tu voudras. Mais t'amuse pas à fumer !

— Vous pouvez avoir confiance !

Il sort. Rien ne bouge, pas un bruit ne dérange cette nuit figée où il faut faire un effort considérable pour avancer. Jean connaît le chemin de la grange et marche en aveugle. Sa main touche le bois froid de la porte. Le chien est avec lui.

— Toi, du moins, tu sais où il fait bon !

Le chien s'enfonce dans le trou creusé la veille et Jean s'enroule dans la couverture que la Migou lui a donnée. Il se sent très bien, heureux d'avoir l'estomac plein et de se trouver au chaud dans ce foin. Il s'assoupit. La guerre resurgit dans sa mémoire. Le fond des tranchées était couvert de vingt centimètres d'une boue jaune comme du pus. Les soldats dormaient assis sur un sac ou appuyés, debout, contre le flanc de terre. La vermine grouillait à leurs pieds. Des rats qui n'avaient peur de rien se faufilaient entre les corps et parfois grimpaient sur un homme endormi, croyant qu'il était mort... Jean pousse un cri de dégoût qui éclate comme un obus dans ce silence minéral de la grange. Un bruit sec de sabots se rapproche. Ce n'est pas la Migou qui a tendance à traîner les pieds ! Il tend l'oreille. Une lumière filtre par les trous de la porte qui craque en s'ouvrant. Jean retient le chien en lui posant une main sur le museau. C'est la bru des Morel. Sa silhouette se découpe sur le mur. Elle soulève la lanterne, son ombre est plus grande que l'étable. Sa cape de bergère ne laisse voir que son minuscule visage et ses grands yeux apeurés.

— Ah, c'est vous ! fait Jean en se dressant.

— Oui, c'est moi. Je vous ai entendu crier...

— Je m'endormais. Un cauchemar...

Elle s'approche de l'échelle et souffle la lanterne. Les barreaux craquent.

Arrivée en haut, elle tend les bras dans le noir, touche Jean et se serre contre lui.

— Je ne peux plus rester là-bas, à côté de cet homme ! Laissez-moi une petite place près de vous, dans le foin !

Elle s'enfonce dans le trou. Le chien dérangé se pousse en grognant.

— Venez donc ! Il fait meilleur quand on est deux !

Jean sent ce corps contre le sien, ces cheveux contre sa figure. Il pense très fort à Pauline qui a fait la même chose avec Auprestre et il a mal.

— Vous semblez triste ! dit Jeannette. Pourtant, vous avez eu de la chance.

— Non, dit Jean. Je n'ai pas eu autant de chance qu'on le croit. Je suis rouquin comme le sang! Ça vous fait rien à vous?

Elle se pelotonne contre lui.

— Je sais pas de quoi vous parlez! Vous avez des épaules larges, des bras puissants et on se sent en sécurité près de vous! Ça suffit à une femme!

Une vague de colère monte en lui, il donne un coup de pied au chien couché au fond du trou. La bête pousse un gémissement et s'éloigne.

— Ah, vous croyez que ça suffit! C'est pas l'avis de tout le monde. Maintenant, laissez-moi, je veux dormir.

Jeannette a compris. Elle cherche à tâtons les montants de l'échelle. Sa main trouve la lanterne. La porte grince, un bruit qui ressemble à une plainte, une douleur aiguë qui ronge ces planches de bois gelé.

Baptiste ne reste pas longtemps sans avoir des nouvelles de Jean. Il va à la foire de Saint-Salvadour et trouve un homme d'Orliac-de-Bar qui habite le hameau de Croussac, près de Vimbelle. Cet homme est tout fier de lui dire :

– Le Charias de Plumozelle, c'est bien ton gendre, le Baptiste ? Figure-toi que l'autre jour, je l'ai emmené jusqu'à la route de Lagraulière.

Il en sait assez : les rouquins aussi costauds que Jean ne sont pas nombreux. Et pour faire parler les gens, personne n'est aussi malin que Baptiste. Il se promène sur le foirail, bavarde de tout et de rien avec les paysans de Lagraulière qui ont fait le déplacement, puisque la foire de Saint-Salvadour est réputée pour les moutons. Il apprend qu'un rouquin très grand s'est retiré chez une vieille femme d'un village proche de la route qu'on appelle Lachaud. C'est même une sacrée chance pour cette femme seule puisqu'il travaille beaucoup et ne perd pas de temps à courir les bistrots.

Le soir même Baptiste s'arrête à Plumozelle. Il s'installe à table en face de Paul et lui apprend la nouvelle. Paul décide :

– C'est plus un enfant ! Il sait ce qu'il doit faire !

D'aller le chercher, ça ne servira à rien ! Attendons. Quand le petit sera né, il reviendra. Et peut-être qu'il sera revenu avant !

— Laisser faire ? s'indigne Marie. C'est tout ce que tu sais dire ? Avec tout ce qui se raconte au pays... Eh bien, si personne ne veut aller le chercher, ce garçon, moi je vais y aller et il pourra rester ici, chez nous, puisqu'on lui fait des misères à la Farge !

— On va pas recommencer à se disputer ! dit Baptiste, conciliant.

— Eh bien si, on va se disputer s'il faut ! Je vous dis, Baptiste, que vous avez casé votre fille avec notre Jean qui est un garçon honnête, parce que personne d'autre n'en voulait, voilà la vérité !

— Moi, je crois, insiste Paul, qu'il faut attendre un peu avant d'aller le chercher. Qu'est-ce qu'elle en pense, la Pauline ?

— Elle s'en moque bien ! fait Marie d'une voix railleuse. Tu veux dire qu'elle est contente, oui ! Comme ça, elle peut courir les chemins !

— Bon, dit Baptiste à Paul, sans relever les propos de Marie, on va attendre quelques jours. Après, on verra bien...

Il salue Paul qui l'accompagne jusqu'à sa carriole et redescend à la Farge. Marie l'a mis de mauvaise humeur. Il dételle la jument, fait le tour de ses machines, puis se décide :

— Eh bien, puisque c'est comme ça, je vais aller le chercher et on s'expliquera comme deux hommes !

— Tu lui fais trop d'honneur ! s'écrie Camille

qui est venue prendre du grain pour ses poules. C'est tout ce qu'il attend, qu'on aille le prier à genoux !

Baptiste sort de nouveau la jument. Il s'installe sur le banc de bois et s'en va sur la route de Saint-Salvadour. Au bout d'un moment, il tire sur les guides, brusquement vide de toute volonté :

— Et qu'est-ce que je vais lui dire, moi ? Comme si on savait parler de ces choses-là, tous les deux ! On aura l'air de beaux couillons !

Il fait demi-tour, pourtant, une fois la jument attachée, il se traite de lâche.

Les jours passent, dans l'attente. Pauline semble se détacher de tout. Elle ne sort plus les après-midi et reste comme une vieille assise près du feu qui ne réussit pas à la réchauffer. Pourtant, cette année, l'hiver n'est pas très rigoureux, il pleut beaucoup, il neige un peu, mais le froid ne dure pas. Les gens rouspètent.

— Toute la vermine qu'on va avoir l'été prochain ! Il faudrait du froid, c'est la santé de la terre !

A Plumozelle, Marie Charias ne cesse de maugréer. Son fils est parti comme un vagabond et vit avec une vieille ! Les gens parlent dans son dos ; Marie est une femme d'honneur ! Elle ne voulait pas de ce mariage contre nature avec une meunière, mais Paul a tout fait pour ça, Paul qui ne voit pas plus loin que le bout de son nez ! C'est un mou qui se laisserait dépouiller de sa chemise !

Ce matin, elle se décide. Elle met la soupe sur le feu, lave les bols du petit déjeuner, prépare rapidement les tartines de Vivienne qui part à l'école, puis, une fois seule, prend son châle et descend au moulin de son pas rapide. Le ciel se couvre par l'ouest, apportant de nouvelles pluies.

Arrivée au bas du chemin de Plumozelle, elle croise Brandel qui la regarde, son béret de côté, les paupières plissées.

— Eh, la Marie, où que tu vas, si pressée?

— J'ai plus de farine pour les tourtous! Le Paul a pas eu le temps de descendre au moulin.

— Et ton Jean, il est toujours avec sa vieille?

Elle ne répond pas. L'autre, malicieux, baisse le ton.

— Les meuniers, c'est voleur et compagnie! La Pauline, c'était une coquette qui avait trop d'idées pour ton Jean. Mais de là à aller chez une vieille!...

— Paraît qu'elle est pas si vieille que ça, Brandel! Les gens sont médisants et voient le mal partout!

Marie ne s'est pas arrêtée de marcher. Brandel rit en la regardant s'éloigner, un rire sec.

— Les Rouges croyaient que la fortune s'attrape avec les dents, ma pauvre Marie! dit-il en ajustant son béret.

De sa maison, Camille Simoneau la voit passer derrière l'étang. Elle sort sur le pas de la porte.

— Mais qu'est-ce qui arrive pour que vous descendiez ici à cette heure?

— Il m'arrive que tout ça a assez duré! dit Marie d'un ton sec.

— Mais quoi?

— Vous le savez aussi bien que moi. Jean est parti depuis dix jours et personne ne fait rien!

— Jean ? Mais c'est un homme ! A vingt-six ans, il sait ce qu'il doit faire. On le regrette autant que vous, mais qu'est-ce qu'on y peut ?

— On y peut que votre fille le faisait souffrir !

Marie aperçoit Pauline à l'intérieur de la maison. Elle avance vers la porte, mais Camille, qui est un peu plus grande qu'elle, ne se pousse pas.

— Ecoutez, Marie, si c'est pour faire du bruit que vous êtes venue, il valait mieux rester chez vous !

— Du bruit ? Je suis venue dire à votre traînée de fille qu'elle doit aller chercher Jean ! Si c'est ça faire du bruit...

Camille s'emporte à son tour.

— Ma parole, mais ils manquent pas de toupet, ces Charias ! crie-t-elle. Voilà qu'ils viennent nous insulter ici, à la Farge, chez nous, sous notre toit !

— Une Charias vaut bien une Simoneau ! hurle Marie.

Baptiste qui a entendu les éclats de voix sort du moulin et voit Marie qui gesticule devant la porte. Il intervient :

— Allons, c'est pas en se disputant qu'on arrangera les choses !

— Alors, si c'est comme ça, crie Marie, j'irai le chercher, moi !

Elle tourne les talons et repart dans le raidillon, derrière l'étang.

— Quand je te disais qu'ils allaient nous mettre dehors, ces rouquins ! dit Camille à Baptiste.

Finalement, tout le monde parle et personne ne fait rien. Marie rouspète après Paul qui s'enfuit de la maison et va tailler les haies dans les prés les plus éloignés ; chaque matin, Baptiste se dit qu'il va avoir le courage d'aller à Lagraulière, mais le soir arrive sans qu'il ait pu se décider : « C'est un peu comme si je devais me déculotter devant lui ! » pense-t-il pour se donner bonne conscience.

Le mois de février 1920 est brumeux, presque doux. Il ne gèle que les derniers jours, comme cela arrive souvent avant le printemps. Les pies ramassent déjà des brindilles dans les chemins. En montant à sa digue, Baptiste remarque qu'elles construisent leurs nids sur les plus hautes branches, signe d'un été sec.

Un matin, Elise trouve le vieil Henri froid dans son lit. Personne ne s'en étonne ; à quatre-vingt-huit ans, il est bien temps d'aller saluer les ancêtres ! Baptiste ne pleure pas son père tant l'événement est naturel. Il se dit que ce serait l'occasion d'aller chercher Jean, pourtant, il ne le fait pas. Les meules sont arrêtées pendant trois jours, le temps du deuil et des visites. On enterre Henri dans le caveau des Simoneau à Saint-Salvadour. C'est un enterrement presque joyeux : après la cérémonie au cimetière, les bistrots se remplissent et, en buvant du vin, les hommes se mettent à parler de tout, sauf du disparu.

Pauline tombe malade le 19 février. A la voir se traîner de son lit aux tisons, on s'y attendait un peu.

Cette année, la brume, la pluie froide sèment la fièvre dans les bas-fonds. A Tulle, plusieurs enfants meurent de l'angine couenneuse, le croup. Malgré les avertissements répétés des médecins, le secret a été bien gardé pour éviter de vider les marchés du mercredi et du samedi. D'autres cas sont signalés à Virevialle, puis l'épidémie fait un saut de géant pour aller frapper une fillette au pont des Angles. Un bébé meurt à Madranges, un autre au moulin de la Chapelle. Toutes les victimes habitent au bord de l'eau.

La maladie suit les vallées, c'est un mal d'humidité, de brouillard. Baptiste apprend de son cousin Rittort la mort d'un enfant à Bar. Le croup s'attaque surtout aux faibles, les enfants en bas âge, dont très peu survivent, rarement les adultes; on est donc tranquille à la Farge!

Pourtant, quand Pauline commence à se plaindre de la gorge, son père s'en va tout de suite voir le docteur Leroy de Meyrignac-l'Eglise. C'est un homme très riche, qui administre ses terres en féodal, fait beaucoup de politique et pratique la médecine pour occuper le peu de temps qui lui reste. Il se déplace avec une calèche attelée à deux juments blanches. Plusieurs jours peuvent s'écouler entre le moment où on va le chercher et celui où il vient examiner le malade, autant dire qu'il arrive souvent pour signer des actes de décès.

Baptiste qui le connaît assez bien réussit à le convaincre de se dépêcher. Il pleuvote encore. Les jours grandissent et, derrière toute cette humidité, on sent que le printemps se prépare. Les bourgeons des lilas se gonflent. Dans les prés, des langues d'herbe verte se forment où l'eau a coulé. Baptiste, qui voit toujours tout avant les autres, a trouvé une fleur de pissenlit dans le fossé, à côté du canal.

Le médecin examine Pauline, puis sort de la chambre. Il demande au meunier de le suivre dehors.

— C'est de la fièvre ! On dirait une maladie de langueur. Elle se laisse aller, comme si tout lui était indifférent.

Le docteur roule une cigarette, l'allume en protégeant la flamme du briquet avec les mains.

— On parle du croup..., fait Baptiste anxieux.

— Je sais ! Mais cette année, le croup s'en prend uniquement aux enfants. Et puis, elle n'en présente pas les symptômes !

Il hausse les épaules, fataliste.

— Vous savez bien comment on le soigne dans les campagnes ! Ça réussit assez souvent, surtout chez les adultes !

A l'évocation de cette terrible maladie, Baptiste a mal partout. Il marche dans le chemin humide, à côté du médecin. Pourquoi autant de malheur pour lui seul, pour le moulin de la Farge ? Quel mauvais œil s'est posé un jour sur ces tuiles rouges pour en décider la destruction ?

— Mais dites-moi, continue le médecin, son mari n'est pas là ? Cette fièvre m'inquiète. Il ne faudrait pas qu'elle perde son enfant !

Baptiste baisse la tête. A cet instant, il a la certitude qu'une fatalité incontournable pèse sur les Simoneau.

— Son frère jumeau a été tué à la guerre... On a cru qu'elle allait en devenir folle !

— Ah, la maudite guerre !... On se demande quelquefois si les survivants ne sont pas les plus à plaindre !

Le docteur boutonne son pardessus, s'installe sur le siège de la calèche, allume le falot avec son briquet puis s'en va dans la nuit. Baptiste suit longtemps des yeux la lueur jaune qui tremble dans le chemin, entre les arbres. Il fait quelques pas dans la nuit. Ses chaussures s'enfoncent dans la boue humide. « C'est le moment ou jamais ! se dit-il. Parce qu'après, j'aurai pas le courage. Alors, j'y vais ! » Camille le rejoint.

— Alors, il a dit quoi, le docteur ?

— Cette fois, c'est décidé, je vais chercher Jean !

— Qu'est-ce que tu me caches encore ? Pourquoi tu irais chercher cette tête de mule ?

— Parce que c'est l'occasion et que ça peut pas durer ! Les gens parlent et c'est pas bon pour nous ! Et puis, il faut qu'il soit revenu quand le petit naîtra !

Il va à l'étable. La jument tourne la tête vers lui. Baptiste se sent las. Le mur de la nuit l'emprisonne dans ce carré de lumière et il a envie de se laisser tomber sur cette botte de paille, de ne plus bouger. Pourquoi ne pas attendre ici le jour, le moment heureux de remettre en mouvement les lourdes meules ? Cette démarche lui coûte beaucoup, mais il sait bien que s'il ne le fait pas tout de suite, plus jamais Jean ne reviendra au moulin. C'est tout l'avenir qui risque de basculer puisque après Charles et Louis, la maladie frappe la seule branche vivante des Simoneau.

Il a mauvaise conscience et pourtant, de quoi est-il coupable, lui ? Il est né, dans ce moulin, comme son père, Henri, qu'on a enterré la semaine dernière, le moulin le mieux placé de toute la vallée. Il a travaillé chaque jour ; son bonheur a été de voir couler de la farine toujours plus fine, toujours plus blanche et d'entendre les gens vanter le bon pain qu'ils en faisaient...

Que de rêves disparus, évanouis au fil de cette eau toujours renouvelée ! Au temps de ses deux garçons, il voulait construire une grande minoterie, maintenant, il souhaite simplement garder le moulin comme il a toujours été !

— Allez, la Barbette, on y va !

La jument secoue la tête lorsque le meunier s'approche d'elle et la détache. Elle s'ébroue puis marche à côté de l'homme qui semble encore plus petit près de cet animal dont les oreilles touchent le plafond.

— On y va, ma Barbette, parce que je m'en

voudrais toute ma vie s'il arrivait quelque chose et qu'on n'y soit pas allé !

Barbette est attelée à la carriole. Baptiste va chercher la lanterne qu'il remplit de pétrole.

— Mais tu ne vas pas partir maintenant ? s'écrie Camille. Comme si c'était le moment...

— Justement, c'est le moment !

— Et tu vas me laisser toute seule avec la petite ! Qu'est-ce qu'il faut que je fasse, moi ?

— Rien, tu lui donnes à boire de la tisane...

— Ça peut pas attendre demain ! supplie Camille. Tu as vu comme il fait noir !

— Ça peut pas attendre demain !

Camille soupire et s'essuie les yeux. Une casserole chante sur le feu.

Baptiste s'enroule dans son épaisse canadienne, s'installe sur le siège de bois et secoue les brides. Le cheval s'en va dans la nuit. La lanterne fixée à l'avant éclaire la route d'une flaque de lumière jaune. Baptiste traverse Saint-Salvadour, un village tout en pente. La pluie s'est arrêtée et le vent des Monédières souffle sur les hauteurs. Ici, il fait plus froid que dans la vallée.

La route de Seilhac court sur la crête de la colline. Le trot de la jument et le bruit régulier des roues ferrées bercent le meunier qui se sent mieux. La maladie de Pauline est restée de l'autre côté de la nuit.

Baptiste sait que les deux maisons de Lachaud sont sur la gauche, à cinq cents mètres après la descente de Lagraulière. Quelle idée ce garçon a-t-il eue d'aller s'enterrer là-bas ?

La nuit est tellement épaisse qu'il ne voit presque rien dans ce chemin creux, couvert de branches basses. La lanterne éclaire une trouée dans la haie ; les pierres libres roulent sous les sabots du cheval. Il va se renseigner à la première maison.

Le meunier arrive à une petite bâtisse qu'il devine à peine. Un chien aboie dans une autre ferme qui se trouve sur sa droite. La jument qui a probablement senti quelque mâle entier, hennit. Baptiste descend de sa carriole, prend la lanterne et se dirige vers la porte. Il frappe, la lumière s'allume au bout d'un moment.

— Qu'est-ce que vous voulez, l'homme? demande en ouvrant la porte une femme barbue et renfrognée.

— Je cherche quelqu'un qu'on appelle Jean Charias !

— En voilà une idée pour réveiller le monde à cette heure !

— C'est pressé !

— Bon, entrez donc au lieu de vous geler devant la porte.

— Je vous dis que c'est pressé ! Un malade...

— Si c'est un rouquin que vous cherchez, je sais où le trouver !

La Migou gratte les cendres du bout des pincettes. Il reste quelques braises qui palpitent. Elle ajoute du petit bois et les flammes renaissent.

Le chien à barbiche de chèvre entre, couvert de foin, et vient frétiller de la queue près de la femme.

— Voilà le chien. Il ne va pas tarder.

Jean qui a entendu le cheval sort de la grange.

Tout de suite il reconnaît Barbette qui tourne la tête vers lui. Cet instant qu'il a tant espéré est enfin arrivé et maintenant, il le redoute.

— Ah, le Jean ! dit Baptiste sans quitter des yeux les flammes qui grandissent. Faut pas perdre de temps ! La Pauline est malade ! Le docteur a dit que c'était peut-être l'angine couenneuse !

— L'angine couenneuse ?

Jean pense à cette terrible maladie qui a emporté son jeune frère, juste avant la guerre. Il se souvient de cette nuit infernale où l'enfant étouffait. Pendant que Jean et son père le tenaient, une femme farfouillait dans sa gorge avec une cuiller en bois pour arracher les peaux blanches qui s'y formaient. Le sang coulait à flots de cette gorge mutilée. Il a fallu recommencer plusieurs fois, une torture ! Au matin, le petit est quand même mort...

— Il faut qu'on parte aussi vite que le cheval pourra, même s'il doit en crever !

Jean s'est appuyé de la table, la tête basse. Pauline qui attend un enfant d'un autre homme, Pauline qui s'est refusée à lui et qu'il n'arrive pas à haïr est malade... Tout se bouscule dans ses pensées et là, en face de son beau-père, il baisse la tête comme un enfant après une fugue.

— Alors, le Jean, s'écrie la Migou de sa voix rauque, toi qui es si fort, tu vas pas nous tomber dans les pommes ! Il faut y aller puisqu'on te le demande !

— Toi seul peux la sauver, dit Baptiste à voix basse. Nous, on n'est pas assez forts pour ça !

— Alors on y va ! dit Jean, les jambes lourdes comme des poteaux.

Il prend son rasoir sur une étagère au-dessus des seaux d'eau, son tabac qui est resté sur la table. Les deux hommes grimpent sur la carriole. Jean a encore du foin accroché à sa veste.

— Garde-toi bien ! dit la Migou qui est sortie sur le pas de la porte. Et si un jour tu as un moment...

— Je l'ai pas trop forcée en venant pour qu'elle puisse nous ramener tous les deux ! dit Baptiste en parlant de Barbette. Maintenant, on va lui faire donner tout ce qu'elle a dans les jambes !

Les coqs chantent dans les fermes. La nuit a basculé et les collines à l'est se découpent, sombres sur un ciel qui s'éclaircit.

Ils n'échangent pas un seul mot pendant tout le chemin. Baptiste, qui a toujours mauvaise conscience, rouspète contre la jument. Lui, d'ordinaire calme, ne cesse de lui griffer le dos avec la mèche du fouet. Jean pense au croup : Pauline va sûrement mourir, comment a-t-il pu rester si longtemps loin d'elle ?

A mesure qu'ils descendent dans la vallée, la nuit s'épaissit. Le jour qui flambe sur les cimes est encore loin de la Farge. La lune sort entre des nuages pressés. Sa clarté jaune allume les arbres des bordures. Baptiste frappe la jument qui n'avance plus. La pauvre bête est si fatiguée qu'elle manque s'emballer dans la descente de Saint-Salvadour. Au moulin, Baptiste se précipite dans la maison. Jean va conduire Barbette à l'étable. Camille pleure au chevet de Pauline.

La respiration de la jeune femme fait un bruit de louche qui racle le fond d'une marmite. Tout son corps est agité de tremblements. Camille lève la tête vers lui.

— Vous voilà, vous, il est bien temps !

Il ne répond pas, s'accroupit près du lit. Pauline

le regarde et Jean voit dans ses yeux brillants de fièvre que sa présence la rassure.

— Ah, c'est toi! dit-elle.

Elle ferme les yeux. Sa mâchoire tremble. La fièvre lui épaissit la peau des joues qui a une couleur de cendre. Tout à coup, sa respiration se bloque. Camille s'écrie:

— Elle passe! Mon Dieu sauvez-la, je vous en supplie!

— Il faut une cuiller! dit Jean.

Baptiste revient avec une cuiller à soupe. Il reste là près du lit, les bras ballants. Jusque-là, il a eu de la force, il a traversé la nuit pour aller chercher Jean, ce qui lui a demandé beaucoup, maintenant sa volonté l'abandonne. Il est de plâtre devant ce corps dévoré par la fièvre. Pauline bat l'air de ses bras nus. La bouche ouverte, elle râle. Une bave grisâtre coule sur le coin de sa bouche. Ses grands yeux roulent dans leurs orbites, s'arrêtent un moment sur Jean dont on ne voit dans cette pièce mal éclairée que les cheveux rouge sang.

— Une cuiller en bois! précise Jean.

Il court à la cuisine, ouvre le tiroir et revient avec la grande cuiller à salade en bois noir de poirier. Pauline respire par à-coups. Des ondes parcourent son corps. La maladie fait le gros dos sous sa peau, s'installe, prend ses aises. De sa grosse main brutale, Jean immobilise la tête de la malade et lui ouvre la bouche de force. La gorge n'est pas prise par les terribles peaux blanches: si c'était le croup, il y aurait belle lurette que Pauline serait morte. Jean dit:

— C'est pas le croup ! J'ai vu mon frère avant la guerre. Ça s'oublie pas !

On dirait que Pauline va un peu mieux. Elle ouvre les yeux, regarde son père, sa mère, puis Jean. Au bout de quelques minutes, la fièvre la reprend. Elle s'agite, ses mains s'ouvrent et se ferment sur le vide. Elle se bat contre des fantômes. Jean s'est agenouillé près du lit, la cuiller en bois à la main. Avec le croup, il connaît les gestes qu'on a toujours fait ; même s'ils ne sauvent pas, ils donnent l'impression de tenter quelque chose, mais là ? Pauline tourne la tête et vomit une bouillie laiteuse qui coule sur sa joue, se répand sur l'oreiller et salit ses cheveux. Une puissante odeur de pourriture envahit la chambre.

Tout le monde est là, Baptiste toujours debout au milieu de la chambre, figé dans une immobilité de pierre, Camille qui pleure et s'essuie discrètement les joues, et la vieille Elise, minuscule, cassée en deux. Ses pantoufles sont démesurées. Elle dit de sa voix tremblante :

— J'ai mis de l'eau à chauffer, si des fois...

— Qu'est-ce que vous voulez qu'on en fasse de l'eau ? s'écrie Camille.

— On pourrait la nettoyer un peu ! suggère Jean.

La vieille s'en va de son trot de souris et revient avec une casserole fumante qui tremble au bout de son bras. Elle soulève la tête brûlante de Pauline, enlève l'oreiller souillé que Camille emporte dehors, puis, avec des gestes lents et mesurés, trempe un chiffon dans l'eau et nettoie la joue où la bave sèche se hérisse en croûtes.

Pauline délire. La fièvre lui met dans la bouche des mots sans suite qui choquent dans cette pièce trop grande pour l'unique lampe électrique qui y fait plus d'ombre que de lumière.

— Si on faisait du feu dans le poêle ? propose Jean. Il lui faut peut-être de la chaleur et je tremble de froid !

— Le feu..., s'écrie Pauline en ouvrant ses yeux angoissés. Il y a le feu au moulin !

Elle éclate d'un rire sinistre. Baptiste va chercher du bois qu'il tasse dans le poêle, allume une feuille de journal et la glisse à l'intérieur. Une odeur de cendre et de suie se mélange à l'odeur de vomissure.

— Pierre ! Pierre ! Reviens ! Tu vois bien qu'ils veulent te faire du mal !

Pauline a crié si fort que tout le monde a été surpris. Baptiste pose le couvercle du poêle et, n'y tenant plus, sort. On entend ses sabots racler les pierres devant le moulin. Tout à coup, Pauline ouvre les yeux, soulève légèrement la tête et regarde tour à tour sa mère, sa grand-mère et Jean.

— Mais qui vous êtes, là, à me regarder ? Partez ! Pierre est encore au moulin ? Allez me le chercher. Et cet homme couvert de sang, dites-moi qui c'est ?

Elise s'approche, le menton tremblant d'émotion. Elle n'est pas plus haute que le lit ; ses cheveux blancs ramassés en chignon luisent sous la lampe.

— Mais ma Pauline, tu vois bien que c'est nous. Et ton mari, le Jean qui est là, près de toi...

Baptiste entre, s'approche du lit.

— Allez me chercher mon frère, il m'a dit qu'il viendrait ! Et qui a fermé cette porte ?

— Mon Dieu, elle est folle ! dit Camille en s'agenouillant à côté du poêle où le feu ronfle.

Baptiste se dirige de nouveau vers la porte où la poignée en cuivre brille comme une petite lampe. Il pense à l'enfant que Pauline porte dans son ventre, le seul espoir de la Farge, cet enfant qui meurt peut-être à cet instant et il a mal partout. Pauline s'écrie :

— Et ce bossu qui est entré chez nous, mais c'est le diable, mettez-le dehors !

Elle fait un geste désordonné pour se signer. Son index plié lui griffe la peau du front.

— Mon Dieu, elle ne reconnaît même pas son père ! Ayez pitié de nous ! se lamente Camille.

Le jour s'est enfin levé, blanc, humide. La clarté de la fenêtre diminue celle de la lampe. Le lit vide de Pierre et de Charles se peuple d'ombres. L'armoire en coin disparaît derrière cette lumière opaque. Camille pleure en silence. L'arrivée du jour détruit la sérénité des choses les plus simples. Baptiste va se reposer un moment au moulin. Comme il ne peut pas dormir, il revient et s'occupe du poêle. C'est pour lui une manière de bouger et de se donner l'impression d'être utile. Une chaleur de four règne dans cette chambre ; la buée forme des gouttes qui serpentent sur les vitres. Pauline s'est un peu calmée. Camille passe dans la cuisine où on l'entend allumer le feu. Avec le jour, les habitudes prennent le dessus. Baptiste regarde Jean et dit, comme pour s'excuser de quitter cette pièce malodorante :

— Il faut que j'aille m'occuper des bêtes.

Jean ne répond pas. Il écoute la respiration de Pauline, sifflante, aigre. La jeune femme tremble de tous ses membres. Ses yeux vitreux regardent autour d'elle sans rien voir. Son corps est de nouveau agité d'ondes, de forces profondes qui durcissent ses muscles. Son délire se poursuit, un fouillis de sons d'où s'échappent parfois des mots dont la netteté gêne tout le monde. Par moments, la malade claque des dents, gémit comme une bête saignée. Alors, Jean pense à Dieu. Il quitte un instant du regard ce visage mouillé de sueur, ces cheveux souillés de glaires pour lever les yeux vers le plafond, comme si Dieu vivait là, près de la lampe électrique. Ce n'est pas la première fois qu'il y pense avec autant de force. Pendant la guerre, il portait un chapelet que lui avait donné sa grand-mère. Un chapelet en bois noir. Il l'avait toujours dans sa poche. Dans la Somme, un jour qu'il courait en terrain découvert, les balles pleuvaient autour de lui et les hommes tombaient par centaines. Jean avait la certitude qu'il n'atteindrait pas le boqueteau où se trouvait l'abri. Et là, en courant comme une bête devant le chasseur, il avait pensé à Dieu. Quelque chose de puissant, une force prodigieuse le remplit tout à coup de joie et il sut qu'il ne mourrait pas. Depuis, même s'il ne va pas à la messe, il croit à quelque chose qui domine les hommes et qui ne peut être que bon.

Pauline respire très vite, comme après une course. Son cœur s'emballe et la grosse veine de son cou palpite de plus en plus vite. Son front brûle. Pendant la guerre, on aspergeait d'eau froide les soldats blessés que la fièvre ne quittait pas ; beaucoup mouraient, on en sauvait quelques-uns.

Camille se tient à la porte de la chambre. Baptiste arrive à son tour et va directement au poêle qu'il tisonne. C'est tout ce qu'il sait faire !

— Il fait beaucoup trop chaud. La fièvre la brûle ! dit Camille.

La malade a le visage gris. Sa gorge émet un bruit de gong rouillé. L'air pénètre dans les poumons avec un froissement de papier.

— Si on lui mettait un chiffon mouillé sur le front ? fait Jean qui pense toujours aux blessés rongés par la gangrène.

C'est Camille qui se précipite, le mouvement lui fait du bien.

Le cœur cogne de plus en plus fort à la veine du cou. La poitrine découverte de la jeune femme est secouée de ses battements désordonnés qu'on voit à travers la chemise de nuit. Tout à coup, le cœur s'arrête. C'est, du moins, l'impression de Jean. Cette absence soudaine transperce sa chair d'un coup de couteau ; il prend Pauline par les épaules et la secoue comme une botte de paille. Et la veine du cou se gonfle de nouveau.

Il lève les yeux au plafond. A ce moment, il pense avec force à son chapelet resté à Plumozelle dans une boîte de fer, sur l'étagère de la cheminée, Baptiste est toujours debout, au milieu de la pièce.

Un client tape à la porte d'entrée en s'étonnant qu'à la Farge on n'ait pas mis les meules en marche. Baptiste va le servir. Jean a la tête lourde, un nuage de brume flotte devant ses yeux. Il est bien trois heures de l'après-midi et il n'a toujours pas mangé ni dormi. Pauline délire toujours, pousse des cris stridents qui s'entendent du moulin. La sueur coule sur son visage. Ses cheveux sont collés en épis malodorants. Camille trempe un mouchoir dans l'eau froide et l'applique sur le front brûlant de la malade qui roule autour d'elle un regard vide que la fièvre fait pétiller. Un feu intérieur brûle son sang. Le cœur cogne, irrégulier. Pauline se débat pour arracher ses couvertures qu'Elise remonte avec une obstination patiente. Camille s'est immobilisée au milieu de la chambre.

— Elle est trempée ! dit Elise. Il faut la changer et la mettre dans le lit des garçons qui est sec !

Camille ouvre les deux battants de l'armoire du fond et prend une chemise de nuit propre. Elle tire Pauline de ses draps nauséabonds, la traîne, inerte, jusqu'au lit des garçons, celui où Jean a dormi depuis son arrivée.

Au moulin, Baptiste s'est occupé du client sans parler de la maladie de Pauline. Les mauvaises langues pourraient raconter que c'est le croup : on ne compte pas les commerces qui sont morts ainsi, étouffés ! De temps en temps, il revient dans la chambre, reste un moment sans rien dire, puis repart. Ses pas sont lourds. Jamais, depuis hier, il n'a autant pensé à Dieu, ce Dieu dont il s'est toujours peu soucié. Il a même promis dans sa tête que si Pauline guérissait, il donnerait chaque jour de Noël un louis d'or au curé pour les pauvres. Il jure de ne plus jamais faire de « grosse moitié » de farine, mais n'est-ce pas une promesse de meunier ?

La fièvre est un peu tombée. La malade respire plus calmement. Les yeux fermés, elle semble dormir. Jean lève les yeux vers Elise.

— On dirait que ça va un peu mieux!

Camille court au moulin annoncer la nouvelle. La nuit tombe, grise. Les oies font un bruit infernal dans l'étable: depuis ce matin, personne n'a pensé à leur ouvrir ni à leur apporter à manger. L'ombre se tasse contre les flancs de la colline. La cascade est couverte d'une fumée blanchâtre qui enveloppe la roue. Très haut dans le ciel, des corbeaux passent et rament de leurs ailes lourdes et noires.

La respiration de Pauline est toujours bruyante, un bruit de fer râpé contre la meule. Elle ouvre ses grands yeux et regarde autour d'elle comme quelqu'un qui demande du secours, mais elle ne délire plus. Son regard fatigué a perdu cette expression égarée et menaçante. Elle reconnaît Jean.

— Ah, c'est toi! dit-elle en claquant des dents. J'ai soif.

La tisane attendait sur le coin de la cuisinière, Elise en avait préparé une grosse casserole. Elle va en chercher un plein bol. Pauline veut s'asseoir sur son lit, mais les forces lui manquent. Sa grand-mère glisse un coussin sous ses épaules.

La nuit complète tasse son ombre aux carreaux de la fenêtre. Baptiste est revenu du moulin et Camille est partie gaver les oies. Le silence minéral retombe sur le moulin, ce silence de la cascade, avec ses voix lointaines, ses menaces nées des collines qui surplombent l'étroite bande de terre plate de la vallée où la Douige coule, prisonnière.

Sans le compter, Baptiste dépose l'argent de la journée dans le coffre et demande :

— Comment ça va ?

— Elle va guérir ! répond Jean.

Elise s'est agenouillée devant le crucifix pendu au-dessus de la porte et remercie Dieu avec ferveur. Ses lèvres remuent ; elle récite machinalement des prières en latin dont elle ne comprend pas le moindre mot.

La malade somnole. Sa respiration est régulière et son front ne brûle plus la main. Jean sort. Baptiste le regarde baisser la tête pour passer dans la porte trop basse. Il sait maintenant qu'il a eu raison d'aller le chercher : « Il ferait pas de mal à une mouche ! pense-t-il. C'est ce qui faut à la Pauline ! »

Jamais Jean n'a vu une aussi belle nuit que ce soir. Le vent de l'ouest a poussé les nuages et de grands pans d'étoiles apparaissent dans ce petit ciel coincé entre les collines. Ce soir, il comprend que tout cela lui manquait à Lachaud, qu'il vivait là-bas comme en dehors du monde, dans un cocon.

Il rentre de nouveau. Camille a disposé les assiettes sur la table, il s'assied à sa place.

— Vous n'avez rien mangé depuis hier ! lui dit Elise. Je vais vous faire une grosse omelette.

Après l'omelette, Jean fume une cigarette, revient dans la chambre, s'assoit sur une chaise à côté du lit. Le silence de cette nuit bourdonne à ses oreilles. Il éprouve brusquement une immense fatigue, ses yeux se ferment, sa tête roule sur le côté ; Baptiste passe la tête par la porte, puis va se coucher. Camille est encore dans la cuisine où Jean l'entend remuer des casseroles. Il pense à la Migou, à sa figure sale d'une barbe noire. Ce visage disgracieux lui plaît à cette heure. Un visage sans méchanceté, généreux. La chambre est éclairée par la lampe du plafond qui forme de grandes ombres au sol. Il ne sent plus l'odeur de pourri qui vient des draps souillés et se répand en volutes grasses. Le feu s'est éteint dans le poêle, il commence à faire frais.

Pauline ouvre les yeux. Jean lui sourit. Ses paupières s'abaissent de nouveau. Jean ne lutte pas contre le sommeil. Il flotte dans une vie extérieure, sans poids, presque heureux. Ses membres sont lourds. Le bruit de la roue le berce.

Il s'endort assis sur sa chaise, la tête appuyée contre le rebord du lit. Déjà le jour blanchit la fenêtre. Pauline dort toujours, la respiration calme. Dehors, le ciel est clair ; le soleil qui se lève sur Orliac-de-Bar illumine la crête de la colline d'un liseré d'or flamboyant.

En cette fin février, la bande de ciel entre les collines reste claire longtemps après que le jour est arrivé à la Farge. Les journées semblent trop longues et ne cessent d'étaler leur lumière blanche aux fenêtres. Le temps des contrastes arrive avec cette fin d'hiver où le gel brûle les bourgeons éclos trop tôt et où on voit, au matin, la tourterelle ramasser des brindilles devant le moulin.

Jean se réveille en sursaut. Il se dresse ; la chaise craque. Pauline ouvre les paupières.

— Comment ça va?

— J'ai mal! dit-elle tout bas.

Ses yeux ont retrouvé leur lumière de vie. Jean passe dans la cuisine où Elise s'affaire près du feu. Camille moud le café, le petit moulin de bois carré posé entre les jambes. Dehors, le soleil brûle l'étang. Baptiste revient de sa promenade en suivant le canal. Il a oublié sa casquette et ses cheveux gris forment des épis sur sa tête carrée. Sa bosse semble plus grosse sous sa veste blanche.

— Il a gelé un tout petit peu. C'est ce qui donne à l'eau cette belle couleur claire et transparente! dit-il.

— C'est mercredi! dit Jean, le jour de cette mauvaise langue de Brandel!

— Celui-là, pour t'en raconter! Il a pas fini de refaire le pays avec ses idées à la noix!

La vie reprend comme avant. Baptiste se lave la figure à la cascade; Jean se rase dans un coin de la cuisine. Ils vont au moulin comme si Jean n'était pas parti. Le voilà de nouveau dans cette salle des sacs, toujours la même, couverte de poussière avec ses courroies, ses roues immenses qui tournent et ce sourd grondement d'orage...

Baptiste écoute à peine ce que lui dit Brandel. Il se trouve un prétexte pour laisser le vieux paysan avec Jean et s'en aller à la maison. L'anxiété creuse les rides de son front. Pauline va mieux, certes, mais le meunier craint pour le bébé: en changeant les draps, Camille a découvert une tache de sang suspecte.

L'après-midi, Pauline se lève, marche lentement jusqu'au feu en s'appuyant à la cloison. Son ventre rond de femme enceinte alourdit sa silhouette.

La journée s'étire en longues heures d'angoisse qui n'en finissent pas. Baptiste ne pense pas à la farine qui coule dans les sacs et la laisse déborder tandis qu'il regarde, distrait, des canards sur l'étang plonger dans un banc de vairons. Le beau soleil du matin s'est voilé. Une brume blanche couvre le ciel. Le vent du sud apporte un orage de printemps, vif et rapide.

A la tombée de la nuit, Pauline se plaint du ventre. Son père, qui fait ses comptes à sa place habituelle, prend un air catastrophé. Elise se précipite.

— Mon Dieu ! Elle accouche !

Baptiste pince ses lèvres. Un morceau de glace envahit sa poitrine. Son dernier espoir s'effondre. Le moulin de la Farge meurt avec cette première douleur de ventre. Bientôt les tuiles rouges joncheront les ruines ; les ronces ramperont sur ce carrelage, monteront sur cette table, sournoises. Les orties vont envahir l'entrée, cacher les marches de pierre usées par tant de pas de meunier. La grande roue pourrie sera emportée, morceau par morceau, dans le torrent. Les meules, ces belles meules qu'Henri Simoneau était allé chercher dans le Lot seront enfouies sous les décombres... Il ne fait pas bon être le dernier d'une race !

Pauline grimace de nouveau, pliée en deux. Les mains sur le ventre, elle pousse un cri.

— Mais retiens-toi un peu ! fait le meunier en colère.

— Va t'allonger ! dit Elise qui a gardé sa présence d'esprit.

Baptiste regrette son mouvement d'humeur dû à cette terrible image de destruction. Jean arrive, démesuré à côté d'une Elise minuscule.

— Aidez-la à marcher !

Jean prend Pauline par la main et l'aide à se mettre sur ses jambes. La jeune femme s'appuie à son épaule et avance lentement en traînant les pieds jusqu'à la chambre, s'assoit sur le rebord du lit. Jean lui place un oreiller sous les épaules.

— Merci ! dit-elle, tu es bon.

Une nouvelle contraction arrache un cri de douleur à la jeune femme.

– Faut aller chercher l'Anaïs aux Angles! dit Elise.

Baptiste est toujours à sa place, son livre de comptes ouvert devant lui. Il s'en veut: « C'est quand même justice! On va perdre cet enfant parce que je voulais le faire endosser à ce grand mal dégourdi. J'avais oublié que c'est un chanceux! »

Camille surveille la soupe dans la cuisine. De temps en temps, son regard se pose sur le crucifix pendu au-dessus de la porte.

– Qu'est-ce qu'on a fait au bon Dieu pour mériter autant de malheurs? s'écrie-t-elle.

Baptiste a un nouveau mouvement d'humeur.

– Mais tu vas te taire un peu!

Lui aussi en veut au monde entier. Ce soir, un règne ininterrompu de trois siècles sur tous les moulins de la Douige s'écroule. C'est peut-être normal après tout: les Simoneau ont eu leur part!

– Bon, je prends la jument et je vais chercher l'Anaïs! dit Jean en sortant.

Il va atteler Barbette à la carriole, allume la lanterne et s'en va dans la nuit. Le temps est doux, calme. Pas un souffle de vent ne perturbe la sérénité de cette nuit de fin d'hiver. Les bruits des collines parviennent à Jean étouffés, lointains. Après Vimbelle, la lune sort ; il souffle la lanterne pour économiser le pétrole. Pauline va perdre son enfant et il en est heureux.

Anaïs est couchée. Jean doit cogner dix bonnes minutes à la porte avant qu'il n'entende son pas lourd. Quand elle le voit, un éclair de surprise lui agrandit les yeux:

— Tu es bien le gendre de la Farge, toi? Qu'est-ce qui se passe encore?

— La Pauline...

— Eh bien quoi, la Pauline?

Le visage d'Anaïs s'assombrit. Pourvu que cette petite folle n'ait pas tenté de se débarrasser du bébé! Anaïs connaît tous les dangers encourus par ces pauvres filles qui provoquent l'avortement avec une aiguille à tricoter. Dieu n'aime pas qu'on contrarie ses desseins!

— Elle a eu une grosse fièvre et on croit que ça vient de là! dit Jean d'un ton neutre.

« Toi, mon gars, tu as de l'aplomb! » pense Anaïs sans montrer sa surprise, puis, se poussant de la porte:

— Entre, j'arrive!

Elle passe dans sa chambre, prend un tablier propre, cherche son gilet de laine, arrange ses cheveux blancs sous son foulard.

— Je suis prête!

Quand ils arrivent à la Farge, Baptiste est toujours assis à table devant son cahier de comptes. Il embrasse sa cousine sans un mot. Anaïs tente de le réconforter:

— T'en fais pas! Ta Pauline peut encore t'en faire une demi-douzaine d'héritiers!

Baptiste opine. Il gratte sa moustache du bout de l'index. Anaïs ôte son foulard, ses cheveux gris décoiffés lui font une tête de folle.

— Et puis, dit Anaïs, les Simoneau sont pas

éternels, ils sont comme les autres. Regarde chez moi, aux Angles. C'était pas un mauvais moulin et qu'est-ce qu'il en reste : les deux meules appuyées au mur de ma maison, toutes blanches, comme des os, lavées par la pluie et léchées par le vent !

Elle soupire. Baptiste connaît l'histoire du moulin des Angles. Un beau moulin vaincu lui aussi par la fatalité. Anaïs passe dans la chambre où on l'entend parler à Pauline. Elle examine la jeune femme, tâte son ventre et dit :

— Vous pouvez être tranquilles, c'est pas pour cette fois !

Elise lève la tête, un sourire illumine son visage de pomme flétrie.

— Je suis là, alors, je vais rester à côté d'elle jusqu'à demain, mais je me fais pas de bile !

Baptiste est tellement heureux qu'il s'en va dehors. Un rayon de lune se promène sur l'étang. Le meunier le regarde se briser en plaques mouvantes. Il marche un moment le long de la rivière, puis revient à la maison.

— Bon, je vais me coucher ! S'il y avait quelque chose...

— Pas besoin de t'appeler, le Baptiste. Tu l'entendras ! dit Anaïs.

Le lendemain matin, Jean reconduit la cousine aux Angles. Pauline retrouve un peu de force, mais ses joues restent creuses. On dirait que ses yeux sont encore plus grands, plus transparents. Les douleurs au ventre persistent, terribles, une scie qui la coupe en deux ! Cela dure quelques minutes, puis s'estompe. Elise remarque de nouvelles taches de sang sur les draps ; même si Anaïs a dit que l'héritier est bien accroché, tout le monde est soucieux.

Chaque soir, Jean rejoint le lit des garçons en évitant de faire du bruit car Pauline, toujours très fatiguée, se couche tôt. Un soir, tandis qu'il avance dans le noir sur la pointe des pieds, elle lui dit :

— Je suis contente que tu sois revenu !

Jean s'assied sur le rebord de son lit et reste ainsi, un long moment, puis se couche sans un mot.

Le mois de mars file comme à son habitude, se contentant de donner des coups de soleil vite éteints, de verdir les endroits bien exposés et de sécher à grands coups de gel les premières pousses des noisetiers. Il fait clair de plus en plus tôt ; les oiseaux piaillent sur les pruniers dont les bourgeons blancs éclatent en petites fleurs délicates. Camille annonce que deux poules couvent, signe évident que la « saison » est là. Les paysans descendus des collines ne cessent d'en parler : ils sont à l'affût des moindres indices qu'ils commentent sans fin. Le vert foncé des blés court dans les champs et nettoie la grisaille de la terre nue. Les oies sauvages montent vers le nord, très hautes dans le ciel, mystérieuses. Comme chaque année, c'est le père Brandel qui voit les premiers vols :

— Elles m'ont réveillé cette nuit ! Ça criait dans tout le ciel, à croire qu'il y en avait partout !

Baptiste, qui n'est pas en reste, annonce en revenant de sa digue qu'il a entendu le coucou dans les bois de Noyac.

C'est le 8 avril qu'on apprend la bonne nouvelle à la Farge. Il ne fait pas soleil, mais des coups de lumière allument les collines suivis de petites averses froides. Le vent souffle très haut et balaie des nuages épais qui ne s'arrêtent pas. Paul Charias arrive en courant. Il s'appuie au muret pour reprendre son souffle. Jean comprend à ses yeux, à sa bouche qui rit toute seule que ce qu'il va dire valait bien de courir tout ce chemin.

— La Louise ! Ça y est ! Elle est revenue ! On sait plus quoi dire tellement on est content !

Jean s'étonne.

— Elle est revenue ? Toute seule ?

— Non, avec son homme ! Elle a fini par le retrouver !

— Comme la mère doit être contente ! Et la petite ?

— Je vous dis, on sait plus quoi dire tellement on est contents ! On tourne en rond dans la maison et dehors, on sait plus où nous emmènent nos jambes !

— Et pourquoi qu'il est pas revenu seul, l'Alfred ?

Paul s'assied sur le muret. Baptiste a débrayé les meules.

— Viens donc boire un verre que tu es en sueur. Tu vas nous raconter ça !

Paul salue Camille, Pauline qui est assise près du feu et Elise qui apporte, arc-boutée, un seau du puits.

— Eh bien, voilà, l'Alfred a été blessé, mais c'était pas visible. Pendant le bombardement, il a reçu un coup à la tête. On l'a laissé là pour mort et il s'est réveillé aussi gaillard que vous ou moi. Il est sorti de la terre qui le couvrait aux trois quarts et il est parti au hasard. Je dis bien au hasard parce qu'il avait laissé le dedans de sa tête dans le bombardement, bref, tout ce qu'il savait, jusqu'à son nom! Il était même plus capable de te dire d'où il venait!

— Et le bracelet? dit Jean. Il avait écrit dessus son numéro de matricule.

— A croire qu'il avait pas de bracelet. Il a marché comme ça au hasard et il a été récupéré par des bonnes sœurs qui se sont mises à le faire travailler au jardin. Et l'Alfred, tu le connais, c'est pas un fainéant. Alors tout le monde était content. Et lui, il vivait là sans se rappeler de rien, même pas de sa petite fille qui l'attendait chez nous en suçant son pouce.

— Et comment qu'elle a été le chercher dans ce couvent de bonnes sœurs, la Louise?

— Quelque chose lui disait qu'il était vivant! Alors, elle a cherché! Elle s'est embauchée dans un hôpital qui gardait des grands blessés de guerre. Elle a retrouvé un copain à lui. Et puis, moi je sais pas dire, mais elle a fini par aboutir à ce couvent de bonnes sœurs!

— Eh bien, c'est une bonne nouvelle! dit Baptiste qui a le cœur pincé.

Le bonheur est souvent une offense pour celui qui en est exclu. A cet instant, le meunier pense à ses deux fils. Il n'a même pas pu récupérer les corps pour les faire enterrer dans le caveau des Simoneau ; à Tulle, on lui a dit que c'était impossible. La chance sert toujours les mêmes!

Paul Charias vide rapidement son verre puis se lève :

— Allez, je vous laisse ! Je voulais que vous soyez les premiers à l'apprendre. Comme on est en famille...

Quand il a passé la porte, Camille, qui n'a pas desserré les dents, s'essuie les yeux et se mouche sans lever la tête de sa sauce qui cuit à gros bouillons sur la cuisinière.

L'air doux caresse agréablement les joues. La terre humide exhale des odeurs fortes qui enivrent, des odeurs de vie. Avril passe ; les aubépines fleuries enneigent les haies. L'après-midi, Pauline va s'asseoir sous le grand tilleul près de l'étang. Déformée par sa grossesse, elle marche de plus en plus difficilement, en se dandinant comme un jars. Son moral ne s'est pas arrangé. Certains jours, elle aide sa mère au gavage des oies et à la cuisine, d'autres, elle reste près du feu à regarder les flammes, l'esprit ailleurs. Elle ne répond même pas quand on lui parle.

Le soir, lorsque Jean entre dans la chambre, ils échangent quelques mots, sur tout et rien, des mots sans vie, pour cacher ce qu'ils ont sur le cœur l'un et l'autre.

Baptiste, qui redoute toujours une naissance prématurée, lui interdit de faire le moindre effort. Le meunier s'accroche à une seule espérance, « pourvu que l'enfant arrive à son terme et soit normal ! ». Cela le tracasse tellement qu'un jour de foire, à Saint-Augustin, il fait un détour pour aller consulter le docteur Leroy.

— Il ne faut pas vous faire trop de bile ! dit Leroy en roulant sa cigarette. Elle peut accoucher d'un superbe bébé !

— Et ces douleurs de ventre... Ma cousine a bien dit que c'était rien, mais moi, je peux pas le croire !

— Votre cousine a peut-être raison. Et peut-être tort ! Ces contractions ne signifient rien du tout ! Cependant, la fièvre a pu avoir une influence sur le développement du bébé !

— Me voilà bien avancé ! ronchonne Baptiste. Et puis, elle n'est plus comme avant la guerre. Elle reste des heures à regarder le feu qui brûle. Je vous dis, elle devient folle !

— Personne n'est comme avant, mon cher Simoneau. Cette guerre nous a tous touchés d'une manière ou d'une autre. Mais le temps finit par tout effacer !

— Non, je ne crois pas que le temps efface tout ! réplique le meunier, obstiné. Je crois qu'elle avait un frère jumeau et que sa mort lui a dérangé la tête ! Voilà ce que je crois !

— S'il n'y avait que votre fille, mon cher ! On nous a dit qu'il fallait cette guerre pour installer une paix définitive ! Ainsi, le sacrifice de vos fils aurait-il un sens : permettre à l'enfant à naître de vivre en paix ! Le croyez-vous vraiment ?

Baptiste fait un pas en direction de sa carriole. Il n'a que faire de la paix dans le monde. Ce qui l'intéresse pour l'instant, c'est ce dernier survivant d'une race de meuniers qui s'éteint.

— Je sais qu'on a toujours monté le coup aux pauvres gens.

— Et vous? Cela ne vous est-il jamais arrivé de monter le coup aux pauvres gens?

Baptiste fait un au revoir bref et s'installe sur son banc. Il tire sur les brides de la jument qui s'en va au trot. Les réflexions du docteur Leroy l'ont mis de très mauvaise humeur.

Les craintes du meunier étaient justifiées. Au matin du 27 avril, il est en train de se laver à la chute, appuyé au muret quand Elise sort précipitamment. C'est un de ces matins chauds et lourds de printemps qui font pousser les feuilles. L'orage s'entasse au-dessus des collines.

— La petite... Les douleurs... Ça la reprend !

Baptiste en oublie de s'essuyer le visage. Il court à la maison où Camille se lamente.

— C'était écrit qu'on le garderait pas, cet enfant !

— Jean, cours chercher l'Anaïs ! dit Baptiste.

Jean attelle la jument à la carriole et s'en va par la route qui suit le fond de la vallée. Il croise le moulin de Lamartinie, celui de Laute, celui de Vimbelle beaucoup plus bas, à la rencontre de plusieurs ruisseaux, et se dirige vers le pont des Angles, sur la route de Tulle. Le ciel est couvert d'un léger voile de brume qui tasse la chaleur à hauteur d'homme. La lumière est intense, sans ombres. Les taillis se teintent de vert tendre ; les merisiers en fleur tachent les coteaux de flaques blanches. Ça sent la mousse tiède et l'herbe humide.

Jean trouve Anaïs en train de bêcher son potager. Dès qu'elle voit le cheval, elle comprend, pose sa bêche, et va se laver les mains.

— Ça la reprend ! Cette fois, c'est peut-être la bonne !

Anaïs est une forte femme aux épaules carrées, pourtant, à côté de Jean, elle semble toute petite.

— Encore un petit rouquin, Charias ! Mais toi tu ne me sembles pas bien dégourdi pour quelqu'un qui va être père ! T'en fais pas, ils sont tous comme ça quand ils entendent les premiers cris !

Anaïs pose ses bottes, prend des chaussures de cuir, et pousse sa porte. Jean l'aide à grimper sur le banc de la carriole.

— C'est mieux que la première fois, mais c'est trop tôt pour un petit meunier ! Ceux qui tardent sont toujours les plus robustes !

Ils mettent un peu plus d'un quart d'heure pour arriver à la Farge. Pauline est couchée. Camille a mis sur le feu un grand chaudron d'eau qui bout. Elise se tient près du lit. Baptiste qui avait disparu, passe la tête à la porte.

— Viens, Jean, c'est pas une affaire d'hommes, ça !

Ils sortent. Un léger vent caresse les joues. Le soleil n'est pas sorti de la brume qui blanchit l'horizon. Des insectes volent sur l'eau et, sur les bordures calmes de l'étang, flottent les grappes d'œufs de grenouilles, masses gélatineuses pointillées de virgules noires, comme des raisins.

— M'étonnerait pas qu'un de ces matins, on voie la première hirondelle ! dit Baptiste.

Depuis plus d'une semaine, il s'attarde auprès de sa digue dans l'attente de cet événement qu'il répétera toute la journée. La première hirondelle comme le chant du coucou sont des signes qui rassurent. Pour ceux qui vivent de la terre, les saisons doivent arriver à la bonne date, ni trop tôt, ni trop tard.

Baptiste entraîne Jean dans le moulin, les premiers clients ne devraient pas tarder. Le meunier, qui ne sait pas contenir son angoisse, éprouve le besoin de parler. Il explique à Jean que le printemps est une mauvaise saison pour eux :

— Ils raclent les fonds de grenier et la marchandise qu'ils apportent vaut rien. Tu y trouverais plus de charançons que de grains. Et ça pourrit les meules.

Il fait quelques pas entre les sacs, les mains dans les poches. Avec sa bosse, on a l'impression qu'il va basculer. Il pince ses lèvres qui disparaissent sous sa fine moustache.

— C'est à l'odeur que tu reconnais ce que vaut du grain. Tu ouvres le sac et tu y mets le nez. S'il sent la terre chaude et la paille sèche, il est bon. S'il sent la poussière moisie, tu peux dire qu'il est foutu. Alors tu ne garantis pas la marchandise ! Ça peut faire de l'aliment pour le bétail, mais rien de plus, sauf si le pain manque !

Il ouvre la trappe de la chute. La grande roue de châtaignier tourne régulièrement, poussée par l'eau qui remplit les aubes, comme des seaux. Baptiste sait bien ce qui assombrit le visage de son gendre, mais il ne s'en soucie pas pour l'instant : seul l'héritier des Simoneau a de l'importance à ses yeux et le nom de son véritable père ne sera pas écrit sur son front.

— L'Anaïs a dit que ça se passait bien. Tu peux lui faire confiance, c'est pas le premier ventre rond qu'elle voit ! Pourtant, celui-là avec ce qu'il a enduré... Et puis, c'est deux mois trop tôt !

Ils s'assoient sur un sac. Baptiste a fermé la porte. Les meules tournent à pleine vitesse ; le plancher tremble, les murs vibrent. Les cris de Pauline n'arrivent pas jusque-là.

— On va moudre l'orge ! dit Baptiste qui ne peut pas rester inactif. Ce sera ça de fait, puisqu'il est onze heures et qu'on n'a vu personne ! Maintenant, faut pas attendre quelqu'un avant l'après-midi.

Ils moulent l'orge, puis ensuite quelques sacs d'avoine que Baptiste a achetés l'hiver dernier. La petite horloge au-dessus de la porte marque deux heures, mais ils ne veulent pas aller à la maison. Ils s'assoient de nouveau sur un sac et roulent une cigarette.

— Tu vas voir le bon meunier qu'on va en faire de ce petit ! On fera construire un deuxième bâtiment comme le voulaient mes deux gars. On fera venir de la graine des pays de culture... Moi qui te parle, j'étais pas bien costaud tout petit, mais la force finit toujours par venir. Tu te mets à bouger des sacs et tes bras s'habituent et tu n'y penses même pas. J'ai vu de ces gros gaillards qui ne pouvaient pas mettre une balle de cent kilos sur l'épaule.

Jean se contente d'acquiescer des yeux. Baptiste

continue ainsi de parler de tout et de rien pour oublier cette angoisse qui lui noue l'estomac. Tout à coup, des pas rapides sonnent sur le pont de la cascade. Baptiste retient sa respiration, se mord les lèvres. Son cœur s'arrête. Elise, pas plus haute qu'un tabouret, toute cassée, arrive en trottinant. Elle rit.

— C'est un garçon ! dit-elle de sa petite voix que l'émotion rend encore plus fragile.

Baptiste regarde Jean. Les larmes lui montent aux yeux.

— Un garçon que tu dis?

— Et beau comme un astre! Gaillard comme tout!

Elle repart ; la joie lui donne des ailes. Ses pas de souris martèlent de nouveau le pont de la cascade. Baptiste grimace, la bouche tordue, les yeux plissés. Il écrase sa cigarette par terre. De grosses larmes roulent sur ses joues. Est-il possible d'être aussi heureux, de se sentir ivre de bonheur, incapable d'avancer d'un pas sans trébucher? Est-il possible, tout d'un coup, d'oublier la mort des autres, d'oublier ceux qui sont restés là-bas, comme des chiens, sans sépulture ou dans une fosse commune, mélangés à des inconnus? Le meunier a envie de serrer Jean contre lui, ce Charias, un étranger, un Rouge de Plumozelle. Il parle entre ses dents, baisse les yeux, s'essuie le visage avec son mouchoir blanc. D'ordinaire, Baptiste ne montre pas ce qu'il a sur le cœur, mais aujourd'hui, il se découvre une formidable envie de vivre qui était restée en lui, prête à jaillir, une graine d'espoir qui germe tout à coup! Comme il a eu raison de faire taire tout le monde quand il a appris cette grossesse! Il pousse le levier qui débraye les meules. Le bruit décroît lentement, pour ne laisser qu'un roulement mouillé.

Tout à coup, Baptiste s'assombrit, dégrisé: si tout cela était une plaisanterie, si sa mère avait mal vu et que le malheur ait encore frappé? Baptiste a appris à ne plus croire que son cœur peut être léger comme celui d'un enfant!

Il traverse le pont, le pas lourd d'une terrible appréhension. Dans la cuisine, l'Anaïs est en train d'emmailloter le bébé qui pousse des cris de rat. Baptiste aperçoit cette petite tête grimaçante, rouge et ridée, ces mains minuscules aux ongles noirs. Près du feu, Camille rit et pleure. Elise s'affaire au-dessus du berceau de noyer qu'on est allé chercher au grenier, ce berceau qui a servi à Baptiste et, avant, au vieil Henri. C'est là que dorment les bons meuniers!

— Eh bien, vous pouvez être contents! Un bien beau petit mâle que vous avez là! dit l'Anaïs. Et pas faible pour un gars à qui il manque deux mois!

— Et qui n'est pas rouquin! ajoute Camille. C'est toujours ça!

— On sait pas encore! Les bébés naissent d'une couleur et dès que poussent leurs premiers cheveux, ils changent du tout au tout!

— Non, il a tiré des Simoneau! Ça m'étonnerait qu'il soit rouquin!

— Et si l'idée lui prend de ressembler à son père, fait Anaïs d'un ton roublard, on le laissera faire!

Anaïs pose enfin le bébé emmailloté dans le berceau.

Jean est resté debout près de la porte, en peine de son grand corps. Ce qui l'entoure lui semble irréel, cette cuisine avec ses étagères, ses pots de faïence, le mur peint, le feu qui brûle sous un autre chaudron. Personne ne s'occupe de lui. Il se dirige vers la chambre. Le lit a été refait, avec des draps propres. Un gros ballot de linge taché de sang est posé à côté. Pauline est très pâle. Elle lève les yeux sur Jean et soupire. Une larme roule sur sa joue.

Jean traverse de nouveau la cuisine et sort. Il marche droit devant lui, passe le pont de planches noires et continue dans les bois de Noyac. Les feuilles sèches craquent sous ses pas. Un soleil épais allume les collines. L'air doux coule dans les pentes. Sur une branche, un geai joue à roucouler comme une tourterelle. Jean le regarde un moment. Il a toujours pensé que les geais étaient les plus intelligents des oiseaux puisqu'ils savent les imiter tous et parlent comme des hommes.

Un lézard vert qui se chauffait sur un rocher part avec un bruit de papier froissé. La brume se morcelle en nuages épais qui pourraient bien faire un orage avant la nuit. C'est un temps de labours et de semis. La terre manque à Jean, cette terre grasse et rouge que le soc découpe en une bande carrée et qu'il retourne.

Il s'est assis contre un tronc d'arbre. Le printemps va briller sans lui. Même s'il décide de repartir chez la Migou, il sait que sa blessure ne se refermera jamais. Comment se débarrasser de Pauline, de cet amour tenace qu'il a toujours pour elle ?

— Eh bien, le Jean ! Voilà que tu t'en vas tout seul un jour pareil ! Allez, viens, on va boire un coup !

C'est Baptiste qui l'a retrouvé. Lui aussi est parti marcher au hasard pour distiller sa joie, pour rire seul avec le printemps.

— Moi, toutes ces manières de femmes, ça me casse les pieds ! Alors j'ai fait comme toi, je suis parti !

Sa bosse est moins haute, ses cheveux moins gris et sa figure qui rit tout le temps a rajeuni de dix ans. Le voilà redevenu l'homme qu'il était avant la guerre.

— Viens, je te dis ! On va vider une bouteille, et une bonne qui a presque autant d'âge que moi !

Jean se lève, secoue la mousse collée à son pantalon de toile. Il suit son beau-père qui marche très vite. Ses jambes en arc de cercle renversent l'herbe nouvelle avec une vivacité que Jean ne leur a jamais connue.

— On va aller dans le moulin ! Bien au chaud sur les sacs ! Et si ça nous prend, on videra deux bouteilles. C'est pas tous les jours la fête !

Ils s'installent chacun sur un sac. Baptiste va chercher deux bouteilles et des verres. Il en ouvre une avec le titre-bouchon de son couteau. Tout à coup il s'assombrit.

— Faudrait pas qu'il nous attrape le croup, ce petit diable. Tu te vois lui gratter la gorge avec la cuiller à salade ?

Il rit, comme pour conjurer le mauvais sort.

— Tu sais, moi, le bon Dieu et tout le bazar, j'y

crois sans trop y croire, pourtant, on va le baptiser. Faudrait pas qu'on lui attire la peste ! Tiens, goûte-moi ça, c'est du bordeaux !

— Pour le baptiser, il faudrait qu'il ait un nom..., dit Jean en posant son verre.

— Pauline t'a pas dit ? Elle veut l'appeler Henri, comme mon pauvre père qui est mort l'hiver dernier !

— C'est un joli nom, constate Jean qui vide son verre. Mais chez nous, il n'y a pas de Henri. Les hommes s'appellent Paul, Jean ou Pierre.

— Le moulin a toujours eu des Henri ! tranche Baptiste. Et les Simoneau s'en trouvent bien ! Tiens, approche ton verre.

A mesure qu'il boit, Jean sent une lourde peine grandir en lui, épaisse comme une fumée d'herbe verte ; Baptiste s'en aperçoit.

— Tout va s'arranger maintenant qu'il y a le petit. Pauline, tu comprends, elle a toujours la douleur de Pierre. Le docteur Leroy me l'a dit, il faut de la patience ! Cet enfant, je le sais, c'est la chance qui revient à la Farge. J'ai bien fait de te choisir comme gendre !

— La propriété du moulin, elle fait combien d'hectares ? demande Jean, toujours songeur.

— Bah ! Une trentaine d'hectares avec les bois de Noyac. Mais pourquoi que tu me demandes ça ?

— Pour savoir !

— Les prés sont pas trop mauvais avec l'eau. Mais les champs ne valent pas cher. Ici, dans ce trou, la brume gâte le blé... C'est ce que dit Brandel !

— Brandel la travaille mal ! répond Jean. Les prés de la Gane s'en vont en friche. Les joncs poussent sur le bord parce qu'il n'a pas fait de rigoles depuis deux ans. Et puis les champs des côtes qu'il a mis en luzerne peuvent donner du bon blé qui ne brumerait pas !

— Je sais tout ça, Jean. Je sais aussi que tu connais le bon travail, toi. Mais qu'est-ce que tu veux que j'y fasse ? Laisse... Tu vois, c'est la première nuit où je vais bien dormir depuis la fin de la guerre !

— Moi, ça me fait mal, de voir de la terre qui souffre ! insiste Jean en portant le verre à ses lèvres.

Au moulin de la Farge, l'arrivée du petit Henri a changé les habitudes de tout le monde. Elise passe ses journées près du berceau et ne supporte pas que le bébé pousse le moindre cri. Camille lui fait la guerre : il ne faut pas bercer le nourrisson, mais dès que sa belle-mère s'éloigne, elle prend sa place. Baptiste revient à la maison plusieurs fois par journée ; tous les prétextes lui sont bons et lorsqu'il se penche au-dessus de ce berceau d'où monte une odeur de lait aigre, son visage s'éclaire et rayonne.

Jean est exaspéré par ces manières et il a envie de crier, de tout casser sur son passage. Camille lui reproche cette froideur qu'elle ne comprend pas.

— Vous, les Charias, on sait jamais si c'est du lard ou du cochon !

Pauline est toujours très fatiguée. Ses joues creuses et pâles, ses lèvres qui semblent flétries inquiètent Camille. Aussi lui prépare-t-elle des plats riches en viande. Baptiste pose des filets dans l'étang pour lui attraper des truites. La jeune mère dort peu ; plusieurs fois par nuit, elle doit ouvrir sa chemise et installer Henri contre son sein. Jean enfouit la tête sous les couvertures. Chaque cri de ce bébé réveille en lui des sentiments de révolte.

La quiétude de Baptiste ne dure pas. Le troisième jour, le 1er mai, Henri est fiévreux. Camille se lamente et s'en prend au monde entier. C'était trop beau pour durer! La nuit suivante, Baptiste n'arrive pas à dormir ; les pleurs de son petit-fils lui font mal, comme il ne croyait pas qu'il fût possible d'avoir mal, une souffrance bien plus cruelle que lorsqu'il a appris la mort de ses deux fils.

Agacé, Jean se lève, enfile son pantalon.

— Je vais dormir dans le moulin! dit-il simplement.

Il traverse la chambre et sort. Camille l'entend ouvrir les portes.

— C'est bien un Charias, celui-là! Assez ours pour s'en aller quand son fils est malade!

Le lendemain matin tout le monde est de mauvaise humeur. Baptiste a sa tête des mauvais jours, les lèvres pincées, les sourcils bas, la moustache hérissée. Le bébé s'est enfin endormi; Camille marche sur la pointe des pieds; la grand-mère déplace les casseroles avec une infinité de précautions.

Jean n'a pas fermé l'œil de la nuit. Pourquoi est-il revenu à la Farge? Pourquoi a-t-il repoussé la bru des Morel, le soir où elle est venue le rejoindre dans le foin? Il le regrette, maintenant; son cœur triste a besoin d'une revanche qui ne vient pas.

Ce matin, le printemps invite à la promenade. Le soleil illumine la colline de Noyac. Le ciel est si léger qu'on n'en voit pas le fond. Jean se rase dans un coin de la cuisine, puis dit :

— C'est la foire à Saint-Salvadour! Je vais en profiter pour aller dire bonjour aux miens.

Camille lui envoie un regard méchant.

— A la foire? Et si le petit a besoin du médecin, qui ira le chercher?

— J'ai pas besoin du cheval pour monter à Saint-Salvadour!

Baptiste a bien compris. Son gendre est un homme des collines, un paysan têtu, obstiné, travailleur aussi. Un de ces solitaires qui n'acceptent de conseils de personne. Chez la vieille de Lagraulière, Jean était bien parce qu'il commandait. Le meunier qui redoute une nouvelle fugue ne le contrarie pas.

— Eh bien, va donc à la foire, ça te sortira un peu!

Camille le foudroie des yeux. Baptiste s'est assis devant le feu. Pauline arrive et pose le bébé sur ses genoux. Alors, il rayonne: cet enfant n'est pas comme les autres, il le trouve infiniment plus beau, plus doux. Il n'avait jamais regardé ses fils de cette manière, d'ailleurs ni l'un ni l'autre n'étaient aussi gracieux qu'Henri. Baptiste est au paradis, en peine de ses mains, ne sachant comment tenir ce petit être qui semble si fragile. Il sourit comme jamais personne ne l'a vu sourire; il sourit aussi quand Camille, jalouse, vient le disputer pour s'emparer de ce paquet chaud à la respiration rapide comme celle d'un oiseau.

Jean s'est habillé. Il a remplacé son pantalon blanc de meunier par un pantalon en toile rayée. Sa veste grise rehausse la couleur de ses cheveux. Il change son chapeau pour une casquette de toile.

Camille ne cesse de rouspéter.

— Comme s'il avait besoin d'aller à la foire aujourd'hui avec tout le travail qui attend au moulin !

Baptiste parle très peu, comme chaque fois qu'il est préoccupé. Toute la matinée, il pense à Jean. A midi, Camille s'emporte de nouveau.

— C'est un Charias ! On sait bien qu'ils n'ont pas inventé la poudre !

Baptiste baisse la tête sur son assiette.

— Cette guerre les a tous détraqués ! Même ceux qui sont revenus sans blessures comme lui !

A l'évocation de la guerre le visage de Pauline s'assombrit. Elle sort son mouchoir et s'essuie une larme au coin de l'œil.

Camille baisse la voix.

— Tu crois qu'il pourrait pas s'occuper un peu de son fils ? Il le regarde pas plus qu'un chien !

— C'est pas des affaires d'homme, ça ! tranche Baptiste.

— Et toi tu le défends ! Eh bien, défends-le, tu verras qu'il aura tôt fait de nous mettre sur la paille !

Baptiste sort. Pauline s'installe sur le banc près du feu, ouvre son corsage et approche la bouche du bébé de son sein gonflé et douloureux. Le contact de ce petit nez froid qui se frotte contre sa peau, de cette bouche qui aspire comme une ventouse lui donne la chair de poule.

Désormais, elle s'habille comme une paysanne, avec un tablier sombre qui lui descend aux chevilles, une veuve. La naissance de l'enfant ne lui a pas rendu son sourire, au contraire, elle semble se détacher chaque jour un peu plus de ce qui l'entoure.

Toute la nuit, Baptiste attend Jean qui n'est pas rentré de la foire. Il arrive enfin au petit matin ; un jour blanc baigne les collines. Les coqs chantent depuis un bon moment dans les poulaillers. Baptiste qui n'est pas levé comprend au pas hésitant qui racle le chemin sous la fenêtre que son gendre a trop bu. Sa main gratte un bon moment le bois de la porte avant de trouver la poignée. Une fois dans la cuisine, Jean bouscule les chaises qui grincent sur le carrelage, pousse la table. Une bouteille se renverse et se casse. Perdu dans cette petite pièce, il s'écrie d'une voix forte qui éclate dans cette nuit comme un coup de clairon :

— Qu'est qui m'a mis cette table dans le chemin ?

Camille sursaute. Baptiste lui pose la main sur l'épaule pour la retenir.

Le tonnerre de plusieurs chaises renversées réveille le bébé qui se met à pleurer. On entend la voix de Pauline qui tente de le rassurer, puis la cascade reprend possession de la nuit finissante. A l'est, le ciel clair annonce une belle journée de printemps. Les oiseaux se sont mis à chanter sur le tilleul. C'est l'heure de se lever.

Camille tend l'oreille pour comprendre ce qui se passe dans la cuisine. Baptiste lui dit :

— Il a dû forcer un peu sur la bouteille ! C'est pas bien grave !

— Pas bien grave? Pendant que les autres travaillent, lui il prend le temps de forcer sur la bouteille! Et tu trouves ça pas grave?

Baptiste se lève, passe son pantalon, sa chemise et sa veste. Dans la cuisine, il s'arrête près du bouton de la lumière.

— C'est toi, Jean, mais qu'est-ce que tu fais par terre?

Jean tente de se relever, mais perd de nouveau l'équilibre.

— Vous l'avez fait exprès de mettre des chaises pour me faire tomber!

— Tu vois bien que les chaises sont à leur place! Qu'est-ce que tu racontes!

— A leur place! Mon œil, oui! C'est pas moi que vous roulerez! Gardez ça pour les clients!

— Qu'est-ce que tu racontes, Jean? Sors donc faire un tour dehors, ça te remettra les idées en place!

Le bébé pleure de nouveau. Camille arrive de la chambre, ses cheveux blancs en désordre.

— Mais qu'est-ce que vous faites à tant parler! Vous n'entendez pas le petit qui pleure! Eh bien, vous m'en avez fait du bazar!

Jean a réussi à se mettre sur ses jambes. Il titube et s'appuie sur une chaise. Le doigt pointé sur sa belle-mère, il bredouille:

— Vous, un jour, je vous étranglerai!

Camille pousse un cri pointu. Baptiste la regarde fixement; elle baisse la tête et se tait.

— Viens, dit Baptiste, je vais t'aider à sortir.

Il lui prend le bras, le guide vers la porte.

Dehors, le soleil levant allume les collines de Saint-Salvadour. Les oiseaux font un raffut infernal dans le tilleul. De l'autre côté du canal, une tourterelle pousse son chant d'amour. Un petit vent frais fouette le visage.

— Tu as bu un verre de trop. T'en fais pas, ça m'est arrivé aussi!

Jean se laisse entraîner. Il lance ses grandes jambes devant lui, au hasard, Baptiste est obligé de soutenir ce corps immense. Ils évitent de justesse de tomber dans l'étang. Enfin, Baptiste installe son gendre sur les sacs.

Jean murmure quelques mots sans suite et sombre dans un sommeil lourd. Le meunier le laisse. A la maison, Camille est dans tous ses états.

— Et si maintenant, il se met à se saouler, c'est le bouquet!

— Tu ferais bien de te taire! dit Baptiste en élevant la voix.

A mesure que les jours passent, Henri ressemble de plus en plus à son grand-père. La même tête carrée, les mêmes cheveux noirs et drus qui commencent à pousser, la même bouche aux lèvres fines. Baptiste en est tellement fier qu'il passe beaucoup de temps près du berceau et que, parfois, Camille vient le secouer en lui disant qu'un client attend à la porte du moulin. L'enfant est devenu l'objet d'une guerre incessante entre Camille et la vieille Elise. Celle-ci multiplie les recommandations à Pauline qui la regarde d'un air agacé. Tous les prétextes lui sont bons pour entrer dans la chambre où dort Henri. On la disait un peu sourde et pourtant, elle se précipite dès que le bébé pousse le cri le plus infime.

Comme Pauline n'a plus assez de lait, Baptiste va acheter une chèvre à Orliac-de-Bar, une vieille bique blanche au pis énorme. Il attache la bête dans l'étable à côté de la jument et, chaque soir, Jean la trait jusqu'à la dernière goutte.

Jean ne monte presque plus chez ses parents, à Plumozelle. Depuis le retour d'Alfred, cette maison triste est devenue celle d'un bonheur dont il est exclu. Sa sœur chantonne tout le temps et

Paul lui dit que sa place est au moulin, avec les siens.

— Tu devrais passer moins de temps à te promener. Les gens parlent. Tu vas pas laisser dire que Jean Charias est un fainéant!

Au moulin aussi, il est exclu de la joie des Simoneau. Alors, il s'échappe aussi souvent qu'il le peut. Le soir, quand Baptiste arrête les meules, il prend le chemin de traverse qui remonte jusqu'à Saint-Salvadour et n'en revient que tard dans la nuit, souvent ivre. Camille rouspète, mais Baptiste la fait taire.

— Quand il sera reparti chez sa vieille, tu seras contente! dit-il.

— Et même s'il repartait, ce serait pas une grande perte!

— Les gens parlent! Et c'est pas bon pour le moulin!

Un soir, tandis que Jean trait la chèvre, Pauline le rejoint à l'étable. Il ne montre rien, mais cette visite lui procure un grand bonheur.

Le lait gicle dans la casserole; la chèvre trépigne, mais Jean l'a attachée court et serrée contre le mur.

— Tu peux pas me laisser essayer? demande Pauline, un sourire amusé aux lèvres.

— Une meunière ne sait pas traire! Surtout une chèvre, c'est plus difficile qu'une vache, mais si le cœur t'en dit...

Il se lève et lui cède la place sur le tabouret. Pauline s'installe, mais malgré ses efforts, pas une seule goutte de lait ne perle au bout de la tétine qu'elle serre entre ses doigts.

— C'est pourtant pas bien compliqué ! dit Jean. Tu laisses descendre le lait en bas de la tétine, tu le sens comme une boule dure, après tu pinces en haut pour qu'il ne remonte pas et tu appuies pour le faire sortir !

Pauline s'applique. Un peu de lait coule dans la casserole.

— Tu vois que même une meunière peut y arriver !

Puis la jeune femme se tourne vers Jean, trop grand dans cette étable au plafond bas. Des toiles d'araignée pendent aux poutres. On n'entend pas le bruit de la cascade.

— Jean, pourquoi tu t'en vas courir les bistrots ? demande-t-elle, grave. Ça fait dépit à tout le monde !

Jean baisse la tête, incapable de soutenir le regard de cette femme que, depuis toujours, il a placée si haut qu'elle lui semble inaccessible.

— Qu'est-ce que tu veux que je fasse ici ? Il me faut bien un peu de distraction aussi !

Pauline n'insiste pas. Elle sort de l'étable et Jean la voit s'en aller seule dans le raidillon derrière l'étang. L'envie folle de courir derrière elle, de la rattraper, de lui parler lui fait faire quelques pas en direction du pont, mais il s'arrête : à quoi bon ? Devant Pauline, il se sent tellement maladroit, tellement roux qu'il baisse la tête, comme un enfant timide.

Baptiste se réfugie entre ses balles de farine ou reste des heures à écouter le bruit de la cascade et à regarder la grande roue de châtaignier qui tourne lentement poussée par le poids de l'eau lumineuse. Et quand les clients s'étonnent de ce gendre qu'ils ont vu trébucher dans les chemins, il répond invariablement :

— Ah, le pauvre ! Il n'a pas été blessé à la guerre d'une façon qui se voit, mais croyez-moi, il l'a bien été dans sa tête.

Cela suffit pour faire courir au pays le bruit que Jean est fou. Les langues se délient : on l'a vu ramper dans la bruyère, comme s'il passait à l'attaque des troupes ennemies. Une femme de Croussac raconte qu'elle l'a vu grimper sur le toit de la vieille chapelle. Cela n'étonne personne : les Rouges ne sont pas des hommes comme les autres. Leurs yeux de cuivre attirent le malheur.

De son côté, Pauline ne s'occupe pas de son bébé autant qu'elle devrait. C'est, du moins, l'avis de sa mère qui ne cesse de rouspéter.

— Tu pourrais quand même lui laver son linge ! C'est ton fils, après tout !

Pauline ne répond pas. Les après-midi elle va parfois se promener le long de la rivière, seule, comme une âme en peine. Auprestre multiplie les occasions de la revoir. Il l'attend chaque dimanche, sur le chemin de la messe, mais Pauline l'évite ou passe sans le regarder. Un jour, il lui demande :

— Mais Pauline, c'est que tu veux plus me voir ?

— Auprestre, c'est comme ça, on n'en parle plus ! répond la jeune femme.

Il veut la prendre dans son bras unique, la serrer contre lui comme il le faisait l'été dernier, Pauline se dégage.

— Je suis mariée, Auprestre, ne l'oublie pas !

— Toi, tu l'as bien oublié l'an dernier. Même que le petit qui dort au moulin de la Farge, c'est peut-être bien le mien !

— Sûrement pas ! Tu entends, ce n'est pas le tien, c'est celui de Jean Charias, mon homme !

— Ton homme ? Eh bien, il porte de solides cornes, ton homme !

Elle part en marchant très vite, laissant derrière elle cet éclopé qui l'écœure. Ses blessures ne l'apitoient plus. Cette déchéance est un peu la sienne et grandit l'horreur de sa faute.

L'été arrive à pas de géant. En ce début de mois de juin, l'herbe est déjà grande dans les prés. Les blés fleurissent. Baptiste sait qu'avec ce soleil, les premiers sarrasins seront bientôt mûrs. On va lui apporter des grains peu secs dont la farine lourde qui sent la verdure encrasse le moulin. Une saleté ! Chaque soir, il doit tout nettoyer, passer la gueule de loup dans les conduits où se forment des bouchons humides. Vivement les belles récoltes de septembre, avec des grains secs et durs comme du sable qui font chanter les meules !

Un matin, Jean décide d'aller voir la Migou. Cela fait bien longtemps qu'il en a envie, mais il s'est retenu jusque-là sans trop savoir pourquoi, redoutant peut-être de ne plus avoir la force de revenir. Il pense au chien à barbiche de chèvre, au fenil, et au grand feu qui illuminait toute la maison. Comme tout cela doit avoir changé avec l'été !

Le soleil est déjà haut sur la colline de Noyac quand Baptiste, après avoir bu son bol de café, se lave la figure au bord de la cascade. Jean va donner un seau d'avoine à la jument, sort la chèvre qu'il attache à un pommier dans la pâture, près du canal. La journée commence comme toutes les journées à la Farge : les femmes s'occupent à l'intérieur. Elise lave le linge du bébé, Camille accroche un gros chaudron d'eau à la crémaillère puis sort apporter du grain aux jeunes oies achetées à la foire de Tulle.

Quand il a attaché la chèvre, Jean regarde un moment les tuiles rouges qui s'estompent derrière les feuillages vert clair des noyers. Baptiste se débarbouille en prenant de l'eau à pleine main et s'aspergeant le visage. Il souffle comme un canard qui s'ébroue. Quelques instants plus tard, les meules vont se mettre à tourner avec un bruit énorme qui fait trembler le sol.

Sans rien dire à personne, Jean prend le chemin de Saint-Salvadour. Il s'échappe un peu honteux de le faire, comme un fugitif, un lâche. L'air est doux. Une belle journée de juin se prépare. Dans le chemin en contrebas, des hommes parlent à leurs bêtes. La saison des foins approche. A Plumozelle, on doit vérifier les lames des faucheuses. Près de Noyac, le bruit régulier d'un marteau sur le fil d'une faux avertit Jean qu'on a déjà commencé à faucher les prés les mieux abrités. A

Noyac, la saison est toujours en avance et les gens ont la manie de vouloir tout faire plus tôt que les autres. Avant la guerre, les jeunes de Noyac et de Plumozelle ne manquaient pas une occasion de se battre. Un bal sans une bagarre entre ces deux villages n'était pas un bal réussi !

Jean arrive à la route de Seilhac. Il respire à pleins poumons le bon air chaud des collines. Les hirondelles rasent les fossés ; au-dessus d'un pré où les fleurs de pissenlits piquent de taches jaunes, un faucon tiercelet vole sur place en battant très vite de ses ailes fines comme des lames noires. Une compagnie de perdrix détale devant Jean avec un bruit de mitraillette. Il marche d'un bon pas ; sa main droite touche dans sa poche son rasoir et son blaireau. Il rêve d'herbe à couper, de foin qui grille sous un soleil puissant, de charrette remplie à la hâte tandis que l'orage approche. Et de ces nuits fraîches où, après une rude journée, les membres fatigués, il prend le temps de fumer une cigarette en regardant les étoiles ! Comment pourra-t-il rester enfermé tout l'été au moulin à respirer la poussière de farine ?

Vers midi, il s'arrête à Seilhac, entre dans une boulangerie et achète une miche qu'il grignote en marchant. Ce pain de ville est léger comme du gâteau, agréable dans la bouche où il fait beaucoup de salive, mais ne cale pas l'estomac comme le bon pain de ferme. La route est déserte, les gens ont d'autres soucis que la promenade. Tout a bien changé depuis la guerre ! Avant, les bergères s'appelaient d'un pré à l'autre, les hommes chantaient dans les champs. Les hameaux regorgeaient de jeunes et chaque recoin, pour peu qu'il y ait de la terre sur le rocher, était cultivé. Les dimanches, on dansait dans les granges et sous les tilleuls... Désormais, il ne reste que des vieux, des femmes vêtues de noir et des enfants qui remplacent les hommes derrière les charrues. Les violons restent dans leurs boîtes.

Il arrive chez la Migou vers trois heures de l'après-midi. Comme tout a changé ! Le petit chemin creux qui monte vers la maison disparaît sous de grosses aubépines lourdes de feuilles ; l'herbe a envahi le devant de la grange et de l'étable. D'énormes ronces rampent le long du mur. Le barbet l'a reconnu et vient à son devant. Il frétille de la queue, tourne autour de lui en poussant des gémissements de joie. Jean lui pose la main sur la tête.

— Allez, laisse-moi !

La Migou est à l'étable en train de sortir le fumier de ses deux vaches. Elle arrive devant la porte, et aperçoit Jean. Sa barbe s'est épaissie ; elle a un peu maigri.

— Toi ? Mais qu'est-ce que tu viens faire ici ?

— Je viens te voir.

— Eh bien, regarde-moi, mon cochon !

— Ça fait longtemps que je voulais venir !

— Qu'est-ce que tu racontes, espèce de rouquin ? Tu n'as pas fait autant de chemin pour me dire des sornettes ! Viens donc boire un coup. A te voir suer, je crois que tu as soif !

Dans la maison, rien n'a changé. La vaisselle s'entasse sur l'évier de pierre. La Migou rouspète contre l'essaim de mouches qui tournent au-dessus de l'écrémeuse. Elle va chercher une bouteille de vin au tonneau calé au fond, près de la porte de la chambre. La cheminée est morte.

— Tu saurais pas comment te défaire de ces maudites bestioles! dit-elle en parlant encore des mouches. Et puis, en ce moment, j'ai autre chose à penser qu'à faire la coquette!

Elle remplit le verre de Jean puis le sien et boit d'un trait.

— Je peux t'aider à faire ton foin...

Le visage de la Migou s'éclaire puis se referme. Ses cheveux gris attachés en une sorte de chignon sur la tête dégagent son front ridé à la peau tannée et huileuse. Elle lève ses petits yeux sombres sur Jean.

— Tu vas pas me faire des miracles, non?

— Qu'est-ce que tu veux dire, la Migou?

— Je veux dire que je sais que tu as eu un enfant! Les nouvelles de la Farge finissent par arriver ici. Je sais que ta femme, c'est la fille de Baptiste Simoneau! Je sais aussi qu'on a beaucoup parlé de son gendre rouquin qui s'était retiré chez une vieille...

Jean baisse la tête. Ses cheveux rouges brûlent dans cet intérieur gris.

— Je croyais que tu serais contente!

— Tu vas arrêter de dire des bêtises! Tu es un mou, voilà ce que tu es! On te donne tout sur un plateau, un moulin, une belle femme et tu t'en vas ! Tu n'as même pas le courage d'être un homme ! C'est ça, la vérité, mon cochon !

— Mais la Migou, voilà que je suis venu te voir et que tu m'engueules !

— Oui, je t'engueule. Je t'ai gardé l'hiver parce que j'ai vu que tu savais pas comment mettre un pied devant l'autre. J'ai cru que tu étais un de ces gars que la guerre avait tournés en bourrique comme il en passe de temps en temps. Mais tu n'es pas une bourrique, t'es un mal dégourdi, je te dis...

Elle vide un autre verre de vin et va ranger la bouteille. Jean est abasourdi. Voilà que la Migou lui fait la morale et de quelle façon !

— Bon, si tu le prends comme ça...

— Cesse de faire l'enfant, le Rouge. Tu venais te faire plaindre, et moi, je te plains pas ! Tu peux venir me voir quand tu veux, mais avec une autre tête et d'autres idées dedans !

Elle sort. Jean la suit d'un pas lourd. Quand il arrive à l'étable où la Migou est entrée, il aperçoit la bru des Morel qui emmène les moutons au pré. Vêtue d'une robe légère, elle descend dans le chemin. Jean prend plaisir à regarder ses hanches rondes, ses seins libres sous le tissu.

— Bonjour ! dit-elle en lui souriant.

Ses yeux sont toujours aussi grands et aussi beaux.

— Bonjour ! dit Jean en s'éloignant à regret.

A cet instant, il se dit que c'est peut-être pour Jeannette qu'il est revenu à Lachaud.

Le voilà de nouveau sur la route. Il va retourner au moulin. La prison se referme: on ne s'évade pas de la Farge! Demain matin, dans cette atmosphère feutrée, il reprendra sa place à côté de Baptiste. Pauline passera près de lui sans lever les yeux, lui dira quelques mots vides. Camille fera des remarques méchantes et ce sera tout. Chacun ira de son côté, à ses affaires, comme tous les matins ordinaires.

Il arrive à Seilhac vers huit heures du soir. Depuis ce matin, Jean n'a mangé que la miche ; la faim lui tiraille l'estomac. Pourquoi retourner tout de suite à la Farge alors qu'il n'est même pas nuit ? Il va entrer dans un bistrot et se faire servir un bon repas avec une bouteille de vin, ça lui remettra les idées en place !

Seilhac est tout en longueur. Jean admire les tours du château de Bournazelle, traverse la place où des femmes bavardent, croise un groupe d'hommes. Arrivé aux dernières maisons du village, une petite musique attire son attention. Des notes claires comme des gouttes d'eau papillonnent dans l'air du soir. C'est une mélodie pure comme du cristal que Jean ne connaît pas. Le soleil passe derrière la colline et, dans cette lumière jaune du soir, il n'a jamais rien entendu d'aussi beau.

Il s'approche de la porte ouverte d'un petit bistrot. Le musicien lui tourne le dos dans une salle où quelques hommes sont assis et boivent du vin. Jean l'a tout de suite reconnu. Des épaules aussi grêles, ce dos voûté et ces cheveux très noirs, un peu longs dans le cou... La mandoline chante entre ses mains longues et fines, et ses notes pénètrent jusqu'au cœur de Jean, répandent en lui un bonheur sans nom.

La musique s'arrête; l'homme se tourne. En apercevant Jean, son visage s'éclaire.

— Mais c'est le champion d'Uzerche! Ah, foutu rouquin, tu nous as joué la belle!

Jean est encore sous le charme de cette musique qui n'en finit pas en lui. Il s'approche et serre dans sa grosse main de paysan la main fine et blanche d'Anselme.

— Comme on se retrouve! Mais cette fois, on va plus se quitter. Tu vois, j'ai joué de la mandoline. Ça te plaisait?

— Ça me plaisait!

— Bon, alors tu vas me rendre service. J'ai pas mangé depuis ce matin et, pourtant, j'ai beaucoup joué de musique. Tu connais les paysans? Ils sont avares! Tu vas me payer une omelette à l'oseille. Si tu savais comme c'est bon, l'omelette à l'oseille.

— Ça peut se faire!

Anselme va commander lui-même l'omelette à l'oseille puis revient et dit aux gens attablés:

— Ce rouquin est imbattable au bras de fer. Il a été meilleur qu'Eric Jure, le gros Eric d'Uzerche. C'est pas peu dire!

Au bout d'un moment, une femme vêtue de noir apporte l'omelette fumante et la pose sur la table entre Jean et Anselme.

— Je vais vous chercher des assiettes et des verres! dit-elle d'une voix rauque.

— Et du vin surtout! ajoute Anselme.

Jean le regarde se servir. Ses mains bougent avec

une grâce infinie. Quand il découpe l'omelette, ses doigts semblent ne pas toucher la fourchette. La mandoline est posée à côté de lui, appuyée à la table, comme un chien fidèle qui attend son maître.

— Bois ! dit Anselme en remplissant les verres. C'est un grand jour. On ne va plus se quitter tous les deux et on va gagner de l'argent ! Tu as de l'or dans les bras !

— En jouant au bras de fer ? J'aime pas bien ça !

— Au bras de fer et au reste. Les manières ne manquent pas ! Bois donc !

Jean se dit qu'il devrait partir une fois l'omelette terminée. Anselme, avec ses yeux brillants de buse, n'est pas un bon compagnon pour lui. Mais comment résister à son charme, ses doigts fins, ses gestes de femme et cette grâce qu'il met dans tout ce qu'il fait. Et puis, il y a la mandoline appuyée contre la table.

— Dis-moi, le Rouge, continue Anselme en versant de nouveau à boire, tu es bien le gendre du moulin de la Farge ?

— Comment tu sais ça, toi ?

— Je sais tout parce que je le devine, couillon ! Je le sais parce que des rouquins aussi rouquins que toi, il n'y en a pas des stères et que ça passe pas inaperçu !

— Mais toi, Anselme, tu es du pays ?

— Je suis de partout ! Je traîne ma misère d'un endroit à l'autre. Ma mère a habité Naves et Seilhac...

— Qui t'a appris à jouer de la mandoline ?

— Ça s'apprend tout seul. Tu prends la mandoline, tu la poses sur tes genoux et elle joue toute seule !

Jean voudrait bien mettre la mandoline sur ses genoux, mais il n'ose pas le demander. Il n'a plus envie de partir. Le vin répand en lui une douce chaleur et il se sent bien, en face de cet homme à la voix douce aussi légère que sa musique.

— Donc, tu es du moulin de la Farge. La place est bonne ! Comment as-tu fait pour avoir la fille qui n'était pas du genre à aimer les rouquins ?

Jean baisse les yeux. Il lui semble qu'Anselme le transperce de son regard d'oiseau, fouille ses pensées et sait tout sur lui.

— Et puis c'est pas ta première fugue ! L'hiver dernier, tu as passé du temps chez la vieille de Lachaud ! Toi, t'es pas du genre amoureux collant !

Anselme commande une autre bouteille, il boit très peu, se contente de tremper ses lèvres dans son verre qu'il ne vide pas. Jean s'étourdit de vin. Il voudrait rester là une éternité, sans bouger, à écouter Anselme. Sa voix le réchauffe. Dehors, la nuit tombe lentement. Les hirondelles frôlent la route en poussant des cris stridents. S'il était à Plumozelle, Jean saurait que l'orage n'est pas loin. Ici, au fond de ce bistrot, il ne se soucie pas du ciel ni de la pluie. Il boit.

— Toi, tu as une sacrée descente ! On va jouer un autre litre aux cartes. Tiens, choisis-en une sur le tas !

— C'est moi qui paye, je te l'ai déjà dit !

— Alors, commande puisque tu as soif ! Après, on ira voir des amis dans une ferme. Il y aura une fille pour toi.

— Pour moi ?

— On traite toujours bien les amis ! Tu vas pas me dire que tu ne veux pas une fille pour te tenir chaud, cette nuit... Mais dis-moi, le moulin de la Farge, c'est un des meilleurs du pays ! C'est vrai ce qu'on dit : que le grenier est plein de sacs d'or ?

— Qu'est-ce que tu veux me faire dire ? demande Jean en levant les yeux sur Anselme.

— Tu m'as déjà tout dit ! Il suffit de regarder derrière le rouge de tes yeux pour comprendre que t'es un pauvre malheureux, toi. Tu es au moulin parce que la guerre t'a laissé des bras solides et ça doit pas rigoler tous les jours ! Il a fallu la guerre, sinon, tu n'aurais pas été gendre dans une aussi bonne maison, avec une aussi belle femme !

La colère blanchit les joues de Jean. Les dents serrées, il se dresse, prend Anselme par le col, un Anselme aussi léger qu'un enfant.

— Te fâche pas, le Jean ! Je disais pas ça pour le mal. Je disais seulement qu'ils se sont moqués de toi, tous les Simoneau ! Au lieu de te laisser faire ta vie comme tu voulais, dans une ferme au grand soleil, ils t'ont enfermé avec leurs sacs !

— Leur grenier n'est pas plein d'or !

— Tu vas pas me dire que le vieux meunier n'a pas de l'or ! Tous les meuniers en ont et c'est le plus riche !

Jean a les fourmis dans les jambes. Au fond de lui, une voix aigrelette lui conseille de s'en aller, de courir très vite loin de ce bistrot, de cette mandoline au ventre rond. Il vide son verre.

— Qu'est-ce que tu veux me faire dire ? répète Jean.

— Je veux rien te faire dire. Je veux même t'apprendre que le meunier, ton beau-père, c'est un sacré salopard ! Et si tu le sais pas, moi, je le sais ! Maintenant, viens, on va voir mes amis.

Il prend sa mandoline et sort. Jean le suit, le pas lourd, hésitant. Il a déjà trop bu et se sent hargneux. L'autre marche avec légèreté ; ses pieds ne touchent pas terre.

La nuit est tombée, une nuit de juin, légère, parfumée d'odeurs d'herbe sèche et de fleurs sauvages. Dans les prés voisins les gens travaillent encore, on les entend encourager leurs bêtes. Les deux hommes sortent de Seilhac et prennent un chemin de traverse creusé de chaque côté par les roues des charrettes.

— Tu sais, la Pauline, je l'ai bien connue !

Jean sursaute. Comment Anselme aurait-il pu connaître Pauline ? Anselme qui se dit du pays, mais a tout d'un étranger, d'un homme de ville ! Il ne parle pas le patois et son français n'a pas l'accent rugueux des gens d'ici.

— Tu l'as connue ?

— Oui, pendant la guerre. Je jouais de la mandoline les dimanches dans les villages pour gagner de quoi manger un peu de soupe...

Jean a du feu dans les bras. La colère lui brûle le visage. Le monde entier complote donc contre lui pour l'écraser, pour l'humilier ! Tous les hommes du pays ont connu Pauline ! Celui-là, rencontré par hasard à Uzerche, sait tout sur lui. Il pense encore à ce que lui disait le vieux Brandel un jour de foire à Saint-Salvadour... Brandel n'est pas allé à la guerre et son œil méchant a dû traîner dans les granges et derrière les haies ! Il a vu tous ces hommes coucher Pauline par terre. Tous, même Anselme, surtout Anselme avec ses doigts de musicien.

Jean pose sa lourde main sur l'épaule d'Anselme et l'oblige à lui faire face. L'envie de frapper cette figure de renard aux yeux brillants lui durcit le poing.

— Tu me fais marcher, hein ? Dis-moi aussi que tu l'as couchée dans le foin, la Pauline ?

— Lâche-moi ! Tu n'es qu'un pauvre rouquin qui connaît rien des femmes ! On a seulement parlé ! Qu'est-ce que tu vas croire ? Je l'ai vue quelques dimanches et puis plus rien. Son père l'a enfermée. C'est qu'il veillait sur la belle, le vieux meunier de la Farge. Et elle n'avait pas le droit de fréquenter un coureur de chemin comme moi ! Mais si j'avais eu le temps, peut-être que je l'aurais couchée dans le foin, ta Pauline, et j'aurais pas été le premier !

— Tu n'es qu'une mauvaise langue ! dit Jean en repoussant violemment Anselme qui tombe sur le chemin dur.

La mandoline émet une longue plainte.

— Arrête de faire le con ! crie Anselme.

Ils ont traversé une petite forêt et arrivent à une maison ancienne dont Jean remarque les belles pierres taillées autour de l'entrée. Anselme pousse la porte tandis que des chiens enfermés dans le hangar voisin n'en finissent pas d'aboyer. Ils traversent un couloir sombre, entrent dans une cuisine où brille une lampe électrique. Un homme est assis près de l'âtre mort. Jean remarque qu'il est très brun, avec des cheveux épais. Ses épaules sont impressionnantes ; il a un regard froid et méprisant. Deux femmes, probablement la mère et la fille, s'activent à la vaisselle.

— Tiens, l'Anselme ! Mais qui tu nous amènes ? demande l'homme.

— Je t'amène le gendre de la Farge !

L'autre siffle entre ses dents.

— Isabelle, va chercher à boire ! continue Anselme. Il a soif. C'est le fameux rouquin qui a battu Eric au bras de fer. Il vient de me dire qu'à la Farge, c'est plein d'or et qu'il n'y a pas de chien pour aboyer.

— Comment tu sais qu'il n'y a pas de chien ? demande Jean.

— Les meuniers n'ont jamais de chien ! Tu devrais le savoir, c'est pour ne pas apeurer les clients !

Jean s'est assis à côté d'Anselme. L'homme vient à table avec eux. Il n'est pas très grand, ses épaules semblent d'autant plus larges. Jean se dit qu'il est plus fort que lui au bras de fer.

La jeune femme apporte une bouteille de vin. C'est une blonde à la figure large, à la bouche épaisse. Ses gros seins se balancent à chaque pas. Elle roule des hanches, provocante, vulgaire.

— Bois, le Rouge. Je t'ai dit qu'il y avait une fille pour toi ici. Viens donc voir, Isabelle !

La jeune femme s'approche en souriant. Ses dents sont très blanches dans la pénombre de cette pièce mal éclairée.

— Toi, tu n'as pas de dégoût pour les rouquins. Ce serait même ceux que tu préfères, non?

Jean a l'esprit embrumé, les jambes très lourdes. Une immense tristesse le gagne. Les paroles de ses voisins lui arrivent comme atténuées. Un bourdon lui remplit la tête.

— Qu'est-ce que tu as mis dans ce vin? demande-t-il à Anselme. Tu m'as fait boire quelque chose pour m'endormir?

— Mais j'ai rien mis dans ce vin, seulement tu en as bu trois litres, alors je comprends que ça commence à te peser!

Jean se réveille en sursaut. Il est couché sur un lit dont l'oreiller sent mauvais. La jeune femme aux gros seins est allongée contre lui. Il se dresse.

— Viens près de moi! dit-elle d'une voix langoureuse. Il fait à peine jour. On a tout notre temps!

Les événements de la veille au soir se précisent dans son esprit. Il a rencontré Anselme dans un bistrot de Seilhac, Anselme qui jouait de la mandoline; ils ont mangé une omelette à l'oseille et bu du vin, beaucoup de vin. Ils ont traversé une forêt et sont entrés dans cette maison sombre... La suite lui échappe. Mais que fait-il dans ce lit, avec cette femme nue? Jean éprouve un immense dégoût pour ce corps qui sue et ces seins énormes. Il descend du lit, enfile sa veste.

— Mais où vas-tu? Reviens donc près de moi, on n'a pas commencé!

— Je m'en vais!

Il pousse la porte de la chambre qui grince. Le

jour laiteux éclaire un couloir aux cloisons de planches. Même l'homme costaud ne pourrait pas l'empêcher de partir. Il se sent la force de renverser une montagne.

Il descend un escalier au bas duquel se trouve la mandoline d'Anselme. Maudit Anselme ! L'instant d'un éclair, Jean a envie de voler cet instrument, mais non, qu'en ferait-il avec ses gros doigts maladroits ? La porte est verrouillée. Jean passe dans la cuisine, ouvre la fenêtre assez basse, saute de l'autre côté et tombe sur un rosier qui le griffe au visage. Les chiens hurlent à la mort. Jean reconnaît le chemin creux qui s'enfonce dans le bois, il y court, très vite, comme s'il échappait une nouvelle fois à un terrible danger. L'odeur de la femme et de l'oreiller est encore accrochée après lui. Il voudrait plonger dans l'eau, pour s'en débarrasser. Voilà enfin la route de Naves. Dans les prés d'où s'élève une brume blanche, des hommes sont déjà en train de faucher. Jean aime cette heure du matin où rien ne bouge. Le jour trop grand surprend les bêtes de nuit et les arbres qui semblent irréels. Les porcs grognent dans les courtils, des vaches meuglent, la vie recommence. Comme il était heureux, Jean, juste avant la guerre, lorsqu'il descendait au pré, la faux sur l'épaule. Comme il sifflait de bon cœur quand l'herbe rasée s'inclinait devant lui. Et cette soupe chaude que sa mère apportait vers neuf heures, un régal ! C'était tout le parfum du mois de juin, ce bouillon de navets et de poireaux ! A cette époque, Jean pensait garder la propriété de Plumozelle et voulait défricher les taillis, labourer, semer, travailler de toutes ses forces, une envie qui dort encore en lui.

Le soleil sort de l'horizon. Il fait déjà chaud et quelques nuages sur le creux du ciel annoncent l'orage pour l'après-midi. Comme s'il redoutait qu'Anselme se soit lancé à sa poursuite, Jean quitte la route pour des chemins de traverse sous les châtaigniers en fleur dont l'odeur épaisse rappelle la cire chaude. Il marche très vite. Comment a-t-il pu une nouvelle fois partir du moulin ?

Il arrive à la Farge par le chemin de la Chapelle. Baptiste est près de sa digue, les mains dans les poches. Le jour qui se lève blanchit l'eau. Tout dort encore autour du meunier, même la rivière immobile sous sa couverture de brume. Pas une feuille ne bouge ; les oiseaux piaillent dans le bois. Sur la colline de Saint-Salvadour, les hommes appellent leurs bêtes ; les fers des roues cahotent dans les chemins creux. Baptiste est soucieux ; cela se voit à sa bosse qui a grossi et à sa démarche plus lourde que d'ordinaire.

Jean arrive à côté de lui. La rougeur de ses cheveux dépasse l'ombre de son chapeau.

— Ah, c'est toi ? dit Baptiste en baissant sa tête carrée aux cheveux gris.

Jean n'a pas son visage habituel ; ses yeux gonflés, ses joues piquées de barbe montrent qu'il n'a pas dormi.

— Hier, j'ai moulu le blé noir des Dumont. Du beau grain, cette année, et pas tellement humide. Aujourd'hui, peut-être que ton père va descendre.

— Peut-être. Je l'ai pas vu d'un moment ! Depuis qu'Alfred est revenu, il va plus à la foire et, quand j'y monte, il me regarde comme un étranger.

Le silence de nouveau. Un mur de silence qui immobilise les arbres, la lumière au-dessus de Noyac. Ils suivent le canal. Baptiste, d'un œil distrait regarde le courant sombre. Il sait que l'orage va éclater dans la journée. La couleur de cette eau, son aspect laiteux en témoignent. Pour un meunier, l'eau est beaucoup plus sensible au temps que l'air. Une eau d'orage n'a pas l'aspect d'une eau de soleil. La plus pure de toutes, celle qui laisse voir en les agrandissant les moindres galets du fond, c'est l'eau de gel aux reflets bleutés. Vient ensuite l'eau d'été, couleur d'or et l'eau d'automne, transparente et en même temps mystérieuse. Il pourrait en dire des choses, Baptiste, sur cette rivière, sur ses grosses truites qu'il attrape au filet les nuits d'orage ! C'est le sang de son moulin, son sang à lui. Chaque fois qu'il s'en éloigne, chaque fois qu'il n'a plus au fond des oreilles le bruit régulier et sourd de sa cascade, le silence de l'air cogne à ses tempes, martèle sa tête et il a envie de courir.

A mi-chemin, il s'arrête là où une trouée entre les noyers laisse voir le moulin. Ces arrêts successifs, toujours au même endroit, ont taillé dans l'herbe un petit cercle de terre tassée, comme l'auge d'un sanglier. Il regarde ce beau bâtiment aux tuiles rouges qui colorent la vallée comme une grande fleur toujours épanouie. L'étang sommeille à côté, ce même étang où, enfant, il a failli se noyer plusieurs fois. Il a d'ailleurs décidé de l'entourer d'un grillage l'hiver prochain à cause du petit Henri qui commencera à marcher.

Depuis trois siècles, le moulin de la Farge domine tous ceux qui se succèdent sur la rivière ; c'est le mieux placé, le maître moulin, celui des Simoneau. La chute peut actionner quatre paires de meules et la farine qui en sort est si fine, si légère qu'on la reconnaît entre toutes les autres... Pourquoi un aussi beau moulin devrait-il disparaître ? Peut-être, simplement parce que chaque chose a une fin !

Baptiste arrive à l'étang, passe le pont de planches et monte les trois marches usées par les pas des meuniers successifs, des Simoneau comme lui. C'est là qu'il a passé sa vie, dans cette pièce blanche, sans s'occuper de l'extérieur, comme son père, comme son grand-père. Une succession d'hommes ininterrompue jusqu'à la guerre. Maintenant, c'est un paysan des collines qui marche sur les traces des Simoneau, pas un meunier de la vallée. A-t-il ramené toute sa tête de cette terrible guerre ? Ce silence qui l'entoure, ses escapades cachent un tumulte qu'on sent à fleur de peau. Et ces cris qu'il pousse encore la nuit, qui glace d'effroi toute la maison... Quel ennemi invisible le poursuit jusqu'au fond de son sommeil ?

Baptiste et Jean entrent à la maison. Camille tourne vers Jean un regard plein de reproche.

— Vous voilà, vous ? C'est pas trop tôt !

Jean a mal à la tête ; les vapeurs du vin lui donnent mauvaise bouche et il est encore un peu ivre. La colère, cette colère qui lui blanchit les lèvres et les joues monte en lui par vagues chaudes. Il regarde fixement sa belle-mère qui ne baisse pas les yeux.

— C'est pas la peine de me regarder comme ça! Si personne ne veut rien dire, moi je vais parler et je prendrai pas de gants!

Jean, d'un geste brutal, balaie de la main les bols et la soupière qui étaient sur la table. Le café se répand sur le plancher.

— Qu'est-ce qui te prend?

C'est Baptiste qui a crié de sa voix rude et sèche. Il s'est dressé sur ses jambes courtes en face de son gendre qui le dépasse de deux têtes. Jean baisse les yeux et sort. Pauline va chercher le balai.

— Mais c'est qu'on va tout lui laisser casser! s'écrie Camille.

— C'est toi qui en es la cause! dit Baptiste, hors de lui.

— C'est ça, défends-le!

Le bébé s'est mis à pleurer. Camille s'enferme dans la chambre et on l'entend parler de sa voix la plus douce.

Baptiste est sorti. Le soleil brille, large et fort sur la colline de Plumozelle qu'il arrose d'une lumière épaisse comme du lait. Il trouve Jean sous le tilleul près de l'étang. Il le rejoint, s'assoit et lui tend son paquet de tabac. Jean roule une cigarette en silence. Dans le pré voisin, la chèvre tourne autour de son piquet et tire sur sa corde pour attraper des brins d'herbe hors de sa portée.

— Faut pas lui en vouloir! dit Baptiste. Elle est comme ça à cause des deux petits...

Jean se sent hargneux. Il pense à Anselme qui a connu Pauline et à cette femme aux gros seins qui sentait la sueur. Il a honte, une de ces hontes empoisonnées qu'on éprouve quand on se sait en tort.

— Ecoute ! dit Baptiste. On va pas passer notre temps à se disputer...

Il voudrait parler franchement de Pauline, dire à son gendre toutes ces paroles qu'il avait préparées et qui, maintenant, lui semblent ridicules.

— J'ai une idée qui me trotte dans la tête depuis quelque temps. La farine te fait tousser, Jean. Maintenant, on a le petit Henri, alors on peut penser autrement... On peut se dire que je tiendrai assez longtemps pour lui apprendre le métier. Les Simoneau sont solides ; regarde, mon père est mort à quatre-vingt-huit ans ! Notre sang est plus fort que le sang pourri des Martinie. Toi, puisque tu aimes la terre, tu vas prendre la propriété du moulin. Le blé y brume un peu dans ces champs près de la rivière, mais tu sais travailler, et tu y feras ce qui faut ! Je m'arrangerai avec le père Brandel qui la tient en ce moment. Je vais embaucher un domestique au moulin. Le dernier fils de Rittort, de Vimbelle, part pas au régiment. Il paraît qu'il a quelque chose au poumon, mais ça l'empêche pas de courir. Son père, qui est mon cousin second, me l'a proposé plus de vingt fois... Il m'aidera aux sacs ! Qu'est-ce que tu en penses ?

Jean frotte la molette de son briquet et allume sa cigarette. Un merle siffle sur une branche basse du tilleul.

— Je sais que tu es pas bien dans le moulin... Tu es un gars de là-haut, alors...

Jean souffle un long jet de fumée bleue.

— J'ai pas eu raison tout à l'heure! dit-il.

— Laisse, c'est pas grave! La Camille fait beaucoup de bruit, mais elle y pense déjà plus.

Pauline sort en poussant le landau dans lequel Henri est assis. La jeune mère l'installe sous le tilleul protégé des mouches et des guêpes par un voile de tulle. Elise vient le surveiller. La rivière scintille.

— C'est pas la peine de faire de la graine. Il y en a assez au moulin. C'est avec les bêtes que tu gagneras le plus!

Ils vont vers l'étable où est attachée la jument. C'est un bâtiment que les fils de Baptiste voulaient transformer en dépôt. Il mesure une vingtaine de mètres de long et peut se diviser en deux, un côté pour les vaches, l'autre pour les porcs. Les prés du moulin sont bien exposés et s'ils ne valent rien pour le blé à cause de l'eau toute proche, ils peuvent donner de la bonne herbe, cela Jean le sait.

— Viens, on va casser la croûte. Après, tu iras dire à Brandel que tu reprends notre propriété! Moi, je vais aller voir le Julien Rittort pour m'entendre avec lui!

— Il va me falloir un chien! dit Jean.

— Eh bien, trouve-toi un chien!

L'idée de travailler la ferme et d'avoir des bêtes le séduit; pourtant, Jean éprouve une certaine amertume. C'est comme si Baptiste le mettait à l'écart du moulin, comme s'il reconnaissait son incapacité à faire le métier de meunier, c'est un aveu d'échec. Baptiste a dû comprendre.

— Tu es chez toi ici, Jean. Si je fais ça, c'est

parce que je sais que tu n'aimes pas qu'on vienne te dire de quel côté tu dois tourner! Et puis, dans le moulin, j'ai mes manies et toi, tu voudrais avoir les tiennes alors, tu comprends que... Si par malheur, je m'en vais, tu seras bien obligé de me remplacer!

A la maison, Camille lui lance un regard mauvais puis sort. Pauline tourne les pommes de terre dans la marmite. Le meunier va caresser la joue du bébé qui lui sourit.

Julien Rittort arrive le soir même pour le dîner. Camille lui montre sa chambre — celle du fond, la plus petite, mais aussi la plus tranquille parce qu'on y entend moins la cascade —, et lui demande des nouvelles de sa famille. C'est un garçon d'une vingtaine d'années qui a échappé de justesse à la guerre. Il est presque aussi grand que Jean, mais beaucoup plus grêle. Ses yeux très clairs, comme délavés, ont la fixité des yeux de serpent. Il porte une superbe moustache noire comme ses cheveux qu'il laisse boucler de chaque côté d'une raie parfaite au milieu de la tête. Camille qui l'a connu tout enfant le tutoie; Pauline lui adresse un joli sourire lorsqu'il prend Henri à bout de bras et le fait sauter dans les airs. Jean le trouve bavard et prétentieux. Julien sait tout.

— Les blés noirs ont été bons jusqu'à présent, mais vous allez voir que ceux de l'automne le seront moins! Le printemps a été trop chaud pour que l'été soit bien grainé. D'ailleurs, il suffit de regarder les épis sur Noyac où sont les meilleurs champs pour comprendre qu'on aura beaucoup de son et pas trop de farine!

Baptiste opine. Il l'entraîne au moulin où ils inspectent les machines. Julien, les mains dans les poches, commente tout. Il veut montrer qu'il connaît le métier, critique certaines installations, propose des modifications. Baptiste ne dit pas non, mais il s'arrange toujours pour avoir le dernier mot, car il sait parler de meunerie à un meunier et ça lui plaît. Dommage qu'il soit si jeune, ce petit Rittort, il aurait pu lui donner Pauline! Quand il a été question de la marier, juste après la guerre, Baptiste n'y a pas pensé un seul instant. On disait ce cousin malingre et chétif, fanfaron et fainéant alors qu'il est bien assez costaud pour faire un bon meunier. Peut-être manque-t-il un peu d'épaules et ses jambes sont trop longues et trop droites, mais le moule d'où sortaient les bons meuniers bas des fesses, les jambes en arc de cercle et bossus s'est cassé depuis longtemps!

Le soir à table, Julien ne cesse de bavarder, de raconter des histoires de la basse vallée. Un matin, son grand-père a trouvé, bloqué contre la vanne du moulin, un homme gonflé d'eau. Comme il était allé chercher quelqu'un pour l'aider à le sortir, le cadavre s'est mis à bouger. Il n'était pas mort et dormait comme ça, à la surface du ruisseau. Baptiste sourit.

— Tu veux quand même pas nous faire croire ça, le Julien! Je sais bien que chez vous, c'est plus bas qu'ici, mais tout doit bien s'y passer à peu près de la même manière!

Henri gazouille, assis dans son landau. Maintenant, il reste éveillé plusieurs heures de suite et sourit à tout le monde. Julien lui gratte la joue et lui fait des mimiques. Pauline sourit aussi. Elle a changé son habituel vieux tablier pour une robe blanche d'été qui lui va bien.

Julien anime cette maison. Même s'il parle trop et souvent à tort et à travers, sa voix claire et jeune redonne vie à cette tablée où l'on se contentait souvent du strict nécessaire. Camille oublie un peu son chagrin et sourit ; Pauline rit franchement quand le jeune homme fait des grimaces à Henri. Jean se tait, comme toujours, mais personne ne s'en étonne. Ce jeune fanfaron qui, dès son arrivée, se comporte dans cette maison comme s'il était chez lui, l'agace. Il ne saurait dire pourquoi, mais chacune de ses paroles le pique au plus sensible de son être. Comme si ce domestique qui va le remplacer au moulin lui prenait quelque chose d'essentiel !

Les jours suivants, Jean visite les étables des alentours et cherche des bêtes à sa convenance. Là il est plus à son affaire qu'au moulin. Son père, qui est un connaisseur, l'accompagne, et le vieux Charias s'amuse beaucoup à acheter les plus belles vaches avec l'argent des Simoneau. En une semaine, l'étable de la Farge se remplit. Ensuite, Jean coupe l'herbe de ses prés. Comme le temps est beau, il travaille très tard. Camille, que cette activité inhabituelle distrait, vient l'aider. Elle emmène Henri, écarte une couverture à l'ombre et y pose le bébé. Quand tout va bien, Pauline monte dans la charrette et s'amuse beaucoup à tasser le foin chaud. Jean est alors heureux et a envie de chanter.

Il rentre fourbu, mais il retrouve l'été, le soleil et l'orage qui donnent un sens à ses journées, ces gestes de paysan qui le remplissent d'un contentement sans nom. Il a enfin quitté la prison du moulin, la brume de la farine et sa tête est pleine de projets. Dès l'automne, il va défricher le bois des Combes qui est assez loin de la rivière pour y faire pousser des légumes ; il assainira les pacages de Laute qui sont retournés aux friches depuis la guerre. Cette reconquête de la terre le guérit de ses peurs.

Il parle de tout cela à Baptiste qui s'en montre satisfait. Jean ne va plus trinquer dans les bistrots de Saint-Salvadour. Il prend à peine le temps de manger et le matin, tandis que le meunier se lave la figure sur le muret de l'étang, il vient se raser à côté de lui. C'est plus pratique : à l'intérieur, les femmes sont toujours dans ses jambes. Baptiste tout comme Julien – mais lui n'a que trois poils de barbe au menton – ne se rasent que le dimanche. Jean se sent mal tant que le fil du rasoir n'a pas glissé sur ses joues. A chacun sa manie ! Là, tous les deux au bord de la cascade sont d'accord ; Jean parle de sa terre, Baptiste de sa farine : deux rois dans leurs domaines.

Camille n'a d'yeux que pour le domestique, qu'à table on a placé en face de Jean. Quand Julien parle, son regard va des uns aux autres, mais s'arrête toujours sur Pauline. Quelquefois, ses blagues réussissent à la faire sourire, alors ses yeux retrouvent, l'espace d'un éclair, leur éclat d'autrefois.

Jean n'a toujours pas le courage d'approcher la jeune femme, de tendre la main vers elle. Comment survivrait-il à un nouveau refus, un mouvement de dégoût, comme au soir de leur mariage ? Ce qui les sépare ne peut pas se définir, un fossé qui en même temps les unit. Si Jean va passer la nuit à l'étable pour surveiller une vache prête à mettre bas, Pauline reste de longues heures les yeux ouverts. Le bruit de la roue devient si fort, les murs tremblent avec tant de violence qu'elle redoute, à chaque instant, de voir le moulin s'écrouler.

Maintenant qu'Henri n'a plus besoin du lait de sa mère, Camille a décidé qu'il dormirait dans sa chambre.

— Ce pauvre Jean travaille comme un forçat. Et le petit qui fait ses dents est grognon...

Pauline ne s'y oppose pas, elle se détache de tout. Sa maigreur s'est encore accentuée. Il ne reste dans ce visage sans couleur que de grands yeux ardents.

L'été 1920 passe, très vite pour tout le monde. Un matin, en allant au pré de Laute, Jean découvre dans un repli de terrain une langue de gelée blanche. L'automne sera précoce ! Il a entrepris de défricher le bois des Combes qui fait bien trois hectares et cache de la bonne terre à blé. Il arrache d'énormes châtaigniers, creux comme des tambours. Lorsque le travail ne presse pas au moulin, Baptiste et Julien viennent lui donner un coup de main. Il s'amuse alors de voir ces deux meuniers si habiles à porter les sacs, incapables de se servir d'une pioche. Jean a acheté une paire de très gros bœufs qu'il utilise pour tirer les souches hors de leur gencive d'argile. Et à mesure que le travail progresse, que cette terre retrouve sa nudité, il se sent un peu plus fort, un peu plus chez lui.

L'automne est superbe comme tous les automnes en Corrèze. Si le gel persiste toute la journée dans les coins de la vallée, il ne blanchit guère les herbes folles de la défriche. Le soir, Jean s'occupe de ses bêtes puis rentre au moulin, fourbu. Il fait alors de grandes flambées et se rôtit la figure en fumant une cigarette, les membres lourds, presque heureux. Les femmes lavent la vaisselle ; Baptiste fait ses comptes ; Julien raconte des histoires, il en sait toujours une nouvelle et Camille s'étonne :

— Toi alors, je me demande où tu vas chercher tout ça !

Henri gazouille. On pourrait croire que le bonheur est revenu au moulin de la Farge. Julien sait que ce n'est pas vrai. Il observe surtout Pauline : même si le dimanche elle prend une belle robe pour aller à la messe, le jeune homme a compris que derrière ces yeux encore beaux se cache une grande détresse, une terrible solitude.

— C'est la fièvre qui lui a laissé ça ! dit Baptiste. Avec le temps, ça s'arrangera !

— Vous devriez aller voir la Léonarde, d'Orliac. Elle a bien guéri ma grand-mère !

— Bah, fait Baptiste en déplaçant un sac de grains, si tu commences à te tracasser pour les femmes, tu as pas fini !

Jean passe très peu de temps au moulin. Il se réfugie dans l'étable, près de ses vaches ou repart dans sa défriche et travaille jusqu'à s'engourdir les bras, jusqu'à ce que le noir et la fatigue se répandent dans sa tête.

C'est par hasard qu'il croise Pauline dans le chemin de la Chapelle. Là, les barrières du moulin sont moins épaisses. Elle s'étonne de le voir aussi grand et lui de la trouver si belle malgré sa maigreur. Gêné, Jean baisse les yeux.

— Mais c'est toi, Jean ! dit Pauline.

— Comme tu le vois, c'est moi !

Il s'est arrêté à quelques pas de la jeune femme. Elle porte une robe blanche dont les plis vivent autour de ses mollets ; ses cheveux blonds pleins de la lumière jaune de l'automne resplendissent. Elle fait la moue avec grâce.

— Tu reviens de ta défriche ? Je voulais voir ce que tu as fait ! Brandel en parle tellement !

— C'est pas grand-chose ! Mais je suis content ! Au printemps, je pourrai y semer le blé noir !

Il avance de quelques pas. Il a envie de rester avec Pauline, de l'emmener voir son travail, mais quelque chose en lui le pousse à s'éloigner, un orgueil mal placé, le désir de ne pas se montrer faible. Pauline aussi voudrait qu'il reste puisqu'elle le regarde s'en aller, son chien sur les talons. Pourquoi cet homme roux tant aimé des animaux ne peut-il être son mari ?

Elle continue jusqu'à la défriche, marche le long du chemin de terre que Jean a tracé sur la bordure pour débarrasser les souches. Il reste encore quelques arbres à arracher sur le haut, un très vieux châtaignier et quelques charmes noueux. Ce qui était un bois épais où elle venait jouer à cache-cache avec Pierre s'est transformé en un champ immense. La terre rouge et nivelée attend d'être ensemencée. La pente est moins forte qu'on la voyait lorsque les arbres assombrissaient ce flanc de colline. Pauline s'approche des cratères hérissés de racines coupées. Quelle force, quelle obstination a-t-il fallu pour accomplir ce travail titanesque ! Quelle volonté farouche de conquête !

L'automne est là avec son vent voleur de feuilles sèches. Le silence est sans fond. Les branches immobiles se déplument. En cette fin d'après-midi, le soleil colle au regard sa lumière aveuglante, grasse comme du beurre. Pauline frissonne. Le champ transforme ce coin de colline. Le ciel n'y est plus le même. Avant, on ne le voyait que du chemin, partout ailleurs, il était gribouillé de branches et de taillis. Maintenant, il apparaît démesuré sur cette terre de sang, rouge comme les cheveux de Jean, un grand océan de ciel qui donne envie de s'envoler jusqu'à un horizon inaccessible de la vallée.

Pauline revient au moulin par la rivière. Quand elle arrive à l'étable, le soleil a passé derrière la colline de Saint-Salvadour. L'humidité de l'air pique les joues ; les premiers froids ne sont pas loin. Jean ramène les vaches du pré. Pauline le regarde marcher tranquillement, les mains dans les poches. Jean ne prend jamais de bâton. Pour se faire obéir, il parle de sa voix basse et les bêtes le suivent.

Parfois, le dimanche matin, les femmes vont à la messe. Julien qui passe la journée chez ses parents les accompagne jusqu'à la route de Plumozelle. Jean les regarde partir, planté au milieu du chemin. Il ne se cache que lorsque Camille et Elise restent au moulin et que Pauline s'en va seule avec le jeune homme. Il les suit en se dissimulant dans le taillis voisin et tend l'oreille. L'autre dimanche, Julien a tenté d'embrasser Pauline. Ils s'étaient arrêtés au croisement du chemin de Plumozelle et de Noyac.

Le vélo était entre eux et Julien s'est penché vers la femme comme pour rattraper le guidon, mais Jean a nettement vu ses lèvres effleurer celles de Pauline.

Le dimanche suivant, Jean est derrière la haie bien avant qu'ils n'arrivent. Il a donné du foin à ses bêtes et s'en est allé par le chemin de la défriche en suivant la côte rocailleuse de Plumozelle. Au croisement, il s'est posté derrière un énorme houx peuplé de moineaux braillards. Un éclat dc rire l'avertit que Pauline arrive. Un rire gai, heureux! Seule en compagnie de ce garçon, la jeune femme retrouve ses bonheurs passés. Elle embellit; ses joues se colorent. Julien a coiffé ses cheveux noirs avec la raie bien au milieu du front et taillé sa moustache avec soin.

Ils s'arrêtent comme d'habitude à quelques pas de la croix. Le vélo est encore entre eux. Et cette fois, Jean ne le voit pas tomber quand Julien se penche vers la jeune femme qui recule.

— Non, Julien, pas ça!

— Et pourquoi?

— Parce que je suis mariée!

Julien éclate d'un rire sonore. Un merle s'enfuit de la haie en rasant les herbes du chemin. Le vent roule au-dessus de la vallée de gros flots de nuages noirs.

— Mariée? Qu'est-ce que tu racontes, la Pauline? Toi et Jean vous ne couchez pas ensemble!

Elle rougit et baisse les yeux.

— Tu dis n'importe quoi, Julien, et tu ferais mieux de te taire!

— Je dis pas n'importe quoi! Moi, je l'entends

ronfler, le Jean, vu que je couche dans la chambre voisine. Et il n'est pas dans ton lit quand il ronfle !

Pauline ne répond pas. Elle tourne les talons et s'en va très vite dans le chemin qui serpente entre les ajoncs de cette colline pelée. Jean n'a pas bougé de place. L'envie de rattraper Julien, de le frapper lui durcit les poings, pourtant il rentre au moulin, rejoint Baptiste qui est assis sur ses sacs. Les machines au ralenti ronronnent ce dimanche, comme un gros chat endormi. Jean s'assoit à côté de son beau-père et là, tous les deux fument en regardant la rivière qu'un coup de soleil fait miroiter.

— Tu vois, dit Baptiste, la Pauline, c'est pas une femme comme les autres. Tu veux lui faire plaisir et elle te rit au nez. Tu peux bien crever à côté qu'elle s'occupera pas de toi ! C'est tout le caractère de sa grand-mère...

— Le temps va se mettre au froid ! dit Jean. J'ai vu les girouettes qui tournaient le nez vers le nord. L'hiver risque d'être en avance, cette année !

— Et puis, cette maladie l'a pas arrangée. Tu dirais une bête en cage qui ferait n'importe quoi pour qu'on la regarde. Mais qu'est-ce que tu veux qu'on y fasse ?

— Je sais pas ! dit Jean.

— Et ses crises... Il y en a bien d'autres qui ont perdu leur jumeau et qui font pas tant de manières !

Pauline revient de la messe vers midi et demi, et toute la famille se met à table. L'absence de Julien redonne sa force au roulement de la cascade.

Camille retrouve ses paroles aigres, son pas sec martèle le plancher. Henri babille; les autres se taisent comme s'ils profitaient un peu de ce silence revenu. Un jour Baptiste dit:

— Ce Julien, c'est pas un mauvais ouvrier, mais alors quel hâbleur. Qu'est-ce qu'on est tranquille quand il n'est pas là!

Jean ne dit pas un mot de tout le repas. Il regarde Pauline: ses joues creuses, ses yeux trop grands pour cacher leur trouble... Il pense à ce que lui a dit Baptiste et à Julien qui a tenté d'embrasser la jeune femme dans le chemin.

— Un de ces jours, il faudra qu'on monte chez les miens! dit-il en fermant son couteau.

Depuis que Marie est descendue, l'hiver dernier, les femmes du moulin ne lui ont plus adressé la parole.

— On peut y monter quand tu voudras! répond Pauline.

— Alors cet après-midi! Faut pas que les gens croient qu'on est brouillés!

Ce qui l'a décidé, c'est de se trouver avec Pauline au croisement, là ou Julien lui a parlé. Après la vaisselle, la jeune femme habille Henri et prend une robe blanche qui la serre à la taille. Jean est toujours ébloui par sa beauté, ses cheveux blonds dont une mèche dépasse son chapeau de paille plat, sa peau couleur de miel, ses yeux, surtout ses yeux. Comment oser passer son bras sur ces épaules un peu grêles, mais droites, approcher ses lèvres de cette bouche? Ce géant roux qui peut assommer un bœuf d'un coup de poing se sent minuscule devant

Pauline, inférieur, honteux. Pourtant, cette marche jusqu'à Plumozelle le remplit de bonheur. C'est la première fois qu'il impose une telle corvée à Pauline. Depuis le début de leur mariage, l'habitude est prise ainsi : ceux du moulin ne se déplacent pas, on va chez eux. Et les parents de Jean n'ont jamais adopté cette bru qui ne fait pas partie de leur monde.

Le soleil bas sur l'horizon rase la cime des arbres, embrase des touffes d'ajoncs. Il pleut des feuilles. Jean montre à Pauline un écureuil sur un pin de bruyère. Ils parlent de tout et de rien ; à cette heure Pauline semble presque heureuse.

Paul Charias s'étonne de cette visite inattendue ; Marie dit que c'est une bonne idée et se met à moudre du café. Alfred roule une cigarette et tend son paquet de tabac à son beau-frère. Alfred essaye de réapprendre à vivre ; on lui a dit que c'était sa maison, que c'était sa femme et sa fille, alors il reste là, mais ce n'est plus le même homme. Il ne reconnaît pas les gens du pays, ni sa famille. Tout lui est indifférent. Paul soupire.

— Le pauvre bougre ! Il n'est même plus capable de gagner son pain ! Et pourtant, on n'a pas de pension ! La pire des choses, c'est de ressusciter !

Marie Charias qui n'aime pas Pauline fait bonne figure. Elle se lave les mains avant de prendre Henri sur ses genoux. Louise et sa belle-sœur qui n'ont rien à se dire parlent beaucoup de tout et de rien, comme pour fuir ce silence écrasant qui s'installe entre elles. La petite Vivienne a accaparé le bébé et lui raconte des histoires. Jean et son père passent à l'étable voir les vaches, bavardent un moment puis Jean s'inquiète de la nuit qui tombe vite en cette saison.

Ils repartent. L'ombre monte des bas-fonds, gagne le chemin creux, submerge les châtaigniers nus, coule sur les pentes, assombrit quelques nuages dorés, aussi légers que des draps. Quand ils arrivent au moulin, le vélo de Julien est appuyé au tilleul.

L'hiver arrive, en effet, plus tôt que prévu. Aux premières gelées blanches qui ont allumé les prés, succèdent des gelées sèches sous un ciel très bleu, profond et superbe. L'eau de la Douige devient cristalline; la surface de l'étang se couvre de langues de glace, sauf au milieu où passe le courant. Toute une dentelle de verre se forme autour de la chute. Chaque matin, Baptiste brise ces chandelles avec une perche de bois. Ça fait un bruit de vitres cassées à coups de marteau.

C'est encore un hiver sans neige. L'air vif mord le visage dès que le soleil passe derrière les collines. Les chaussures sonnent contre le chemin dur. Jean profite des beaux après-midi pour aller brûler les restes de bois dans sa défriche. Il fait d'énormes brasiers dont la flamme monte jusqu'au ciel.

Au moulin, ce n'est pas une saison de repos, bien au contraire. Les gens des alentours descendent moudre leur grain, presser les noix et la forte odeur de cette huile lourde et grasse imprègne l'atmosphère. Jean donne un coup de main. Même en travaillant, Julien n'arrête pas de parler; sa voix couvre le roulement des machines. Seule la vibration des murs et cette poussière blanche rappellent que les meules tournent. Pour fuir la mauvaise humeur de Camille, Elise amène Henri dans la salle des sacs. Le bébé se tient déjà sur ses jambes et fait même quelques pas maladroits en s'accrochant au tablier de sa grand-mère. Baptiste est alors si fier qu'il dresse la tête sur sa bosse. Il rit franchement quand le bébé, curieux de tout, se traîne sur ce plancher poudré d'une poussière blanche. Un matin, il le trouve seul en train de jouer au milieu des sacs entassés. Pauline est dans la pièce voisine en train d'écouter les fariboles de Julien. Baptiste se met en colère.

— Et si un sac roule sur lui ? Pour une fois que tu t'en occupes !

Pauline prend le bébé et l'apporte à sa grand-mère tout heureuse d'hériter de ce gros paquet turbulent, puis s'en va dans la campagne. Cette solitude de la nature silencieuse et jaune, cette mort sereine et grandiose lui plaisent. Camille rouspète :

— Une femme qui s'en va comme ça toute seule traîner les chemins est bien prête à mal faire. Qu'est-ce qu'on va dire ?

Pauline ne répond pas. Brandel qui est descendu balayer les feuilles dans son pré la regarde passer de ses petits yeux de porc et rit en coin :

— Y te donne rien à faire, ton Rouge ? A croire que tu as les fourmis dans les jambes !

Il ricane de nouveau, le mégot mouillé de salive au coin des lèvres. Son béret à plat ressemble à une assiette noire en équilibre sur ses cheveux blancs.

— Ou bien, c'est ailleurs que tu les as, les fourmis !

Pauline s'éloigne, une ombre dans ce chemin creux blotti entre ses deux haies vives que l'hiver a trouées. C'est dans tout le corps que Pauline a les fourmis. Elle étouffe au moulin, prisonnière de ces murs épais. L'air pèse sur ses épaules, l'écrase. Le moindre cri d'Henri l'irrite. La simple vue de sa mère dont les cheveux blancs tombent en mèches éparses dans le cou lui donne la nausée. Elle voudrait lui lancer son assiette à la figure chaque fois qu'elle parle de sa voix aigre. Et son père? Gentil, souriant avec les clients du moulin, dur, intraitable avec les siens. Tout ce qui bouge au moulin ne bouge que par lui. Il écrase chaque chose de son autorité. Il sait tout, voit tout, commande tout. Pourquoi l'a-t-il obligée à se marier? Pour le moulin, toujours le moulin! Baptiste n'a que ça au fond du cœur, ce moulin tassé sous ses tuiles rouges, cette chute qui anime les meules... Pour la Farge, il sacrifierait le monde entier! Lorsqu'il a appris la mort de Charles qu'il préférait à Pierre, Baptiste est allé pleurer au milieu de ses sacs et de ses courroies. Charles était autoritaire et obstiné comme lui, Pierre aimait rire et faire des farces... Les larmes du meunier ont séché aussitôt qu'il a eu l'idée de marier Pauline à Jean Charias. Celles de Pauline coulent toujours en elle, des larmes de feu.

Heureusement qu'il y a Julien avec sa jeunesse, ses blagues, ses yeux couleur d'eau qui rient toujours et la regardent avec intensité. Julien est encore un enfant à la peau douce comme du satin. Il est très brun et le contact de ses cheveux bouclés doit être agréable aux doigts. De temps en temps,

Pauline va au moulin, et passe en sa compagnie des moments presque heureux, seule au monde avec ce beau cousin qui lui fait une cour assidue.

La salle des sacs ressemble à un grand lit. Le plancher couvert d'une couche de farine blanche est un drap soyeux. Il y fait toujours bon et on a envie de rouler sur ces balles molles, de s'y vautrer, d'y faire l'amour. C'est là que Julien tente une nouvelle fois d'embrasser Pauline. Il lui pose les mains sur les épaules, Pauline se tourne vivement et ses lèvres rencontrent celles de Julien. Elle se dégage.

— Qu'est-ce que tu fais ? Tu n'y penses pas ?

— Que si j'y pense ! Et même depuis bien longtemps je ne pense qu'à ça !

Elle sort. Dehors, le soleil rase la colline de Saint-Salvadour ; le village de Noyac est caché par une brume bleutée qui flotte à hauteur de maison. Pauline s'éloigne d'un pas rapide, traverse le pré de la digue et s'enfonce dans le bois de la Roume. Ses joues rouges avivent l'éclat de ses yeux. Le contact des lèvres de Julien est encore sur sa bouche, doux avec un goût de tabac qui reste sur sa langue. Plus jamais, elle ne reviendra dans cette salle des sacs et, dimanche prochain, elle partira à la messe sans l'attendre.

La jeune femme marche très vite dans le chemin gelé. La voilà au bas d'une sente taillée dans l'herbe par le passage des troupeaux. Jean est à quelques pas d'elle, en train de surveiller son feu qui craque et pétille. Le chien sur ses talons a tourné la tête vers Pauline, mais ne bouge pas. Jean le solitaire,

Jean le Rouge regarde les flammes, se brûle le visage. A quoi pense-t-il? A la guerre dont il ne parle jamais? Comment lui dire que là, à cet instant, elle a envie de se précipiter dans ses bras?

Elle retourne au moulin de son pas rapide. Son père est rentré de Plumozelle où il était allé chercher du grain avec la jument. Julien décharge les sacs et les emporte dans la salle du haut. Quand elle passe, il lui fait un clin d'œil qui ne la révolte pas. Elle se griffe le dessus de la main jusqu'au sang.

Le dimanche suivant, Pauline insiste pour qu'Elise aille à la messe avec elle. La grand-mère juge qu'il fait trop froid et refuse: à la Farge, on ne retrouve la ferveur religieuse qu'aux mauvais moments! Pauline s'en va donc dans le chemin, tandis que Jean la regarde du bord de l'étang. Elle voudrait lui faire un signe de la main, mais pense que ce serait ridicule. Au croisement de la route de Plumozelle et de Noyac, elle s'assoit un moment au pied de la croix. Il fait un peu moins froid que les jours passés. Le vent a tourné à l'ouest et va probablement apporter de la neige et de la pluie. Le silence des feuilles qui tombent en tournoyant est serein.

Un grincement de pédales dans le chemin l'avertit de l'arrivée de Julien qui s'est lancé à sa poursuite. Il pose pied à terre, appuie son vélo au fossé, s'assoit près d'elle, si près qu'elle sent son épaule.

— Tu m'attendais?

Pauline rougit et prend un air offusqué.

— Je suis partie trop tôt et j'aime pas arriver en avance pour me faire voir!

Il sourit. Son bras se pose sur l'épaule de la jeune femme qui frémit. La figure de Julien s'approche de la sienne. Elle voit ce regard fixe ni bleu ni vert, sans couleur, et ne sait plus lui échapper. Le jeune homme pose ses lèvres sur les siennes. Le cœur de Pauline bat très fort, un étrange bonheur l'envahit.

Un merle pousse un cri strident dans la haie. Pauline se dégage, tire sur sa veste et s'éloigne dans le chemin de Saint-Salvadour. Julien la rejoint en courant.

— Allez, fais pas la bête. Tu as envie, toi aussi !

Elle ne répond pas et continue de marcher, raide, le regard fixé sur le bout de la route. Les premières maisons du village sont derrière le tournant, alors Julien fait demi-tour et revient à son vélo.

La semaine qui suit, Pauline va très peu au moulin. Si elle vient chercher du grain pour les oies, c'est toujours quand son père est présent. Julien a remarqué tout cela, et, quand elle part se promener les après-midi, le jeune homme la regarde de la porte. Il ne se presse pas ; il sait qu'il a déjà gagné.

C'est certainement par calcul que le dimanche suivant, il laisse Pauline partir seule et s'occupe jusqu'à midi. Le soir, au dîner, il évite les longs regards de la jeune femme.

Julien n'attend pas longtemps. Le mardi suivant, comme Baptiste est parti avec Jean à l'étable, Pauline entre chercher du froment pour les oies. Elle ferme la porte en prétextant le vent froid qui descend des Monédières. Julien s'approche d'elle, les yeux brillants de malice. Pauline se laisse embrasser sans protester. Il l'entraîne sur les sacs rassemblés au milieu de la salle. Ses mains s'égarent dans ce corsage et palpent ces seins un peu grêles, mais fermes comme des fruits encore verts. Pauline a un mouvement de recul.

— Je t'en prie. Si mon père arrivait!

— Il en a pour un bon moment! On a tout notre temps!

Alors elle cède. Ses jambes s'ouvrent à ce jeune homme aux gestes un peu maladroits et dont elle sent la respiration rapide et chaude sur son cou.

Le bruit sec des sabots du meunier sur les pierres de l'escalier la fait sursauter. La porte s'ouvre, laissant passer la lumière laiteuse de ce soir de fin d'automne. Julien se dégage, arrange rapidement son pantalon. Pauline, les joues en feu, les vêtements froissés prend son seau de grain et sort. Sans un mot, Baptiste, le visage grave va à l'armoire où il range l'argent de la journée. Le battant de chêne craque puis se ferme. Le meunier revient vers Julien qui est en train d'empocher les balles de farine.

— Voilà ce que je te dois. Tu prends tes affaires, ton vélo et tu t'en vas tout de suite!

Il a parlé d'une voix blanche, qui n'est pas sa voix habituelle. Il se tient les mains dans le dos et attend, debout près des sacs. Julien, d'ordinaire si fanfaron, ne répond pas. Il prend l'argent et sort. Quelques minutes plus tard, le pédalier de son vélo grince dans la petite côte après l'étang. Camille fait irruption dans le moulin.

— Mais qu'est-ce qui se passe encore? Tu es devenu fou, mon pauvre ami!

Baptiste empoche les sacs et les range près de la porte où les paysans viendront les prendre demain dans la journée.

— Toi, tu ferais bien d'aller à la maison et de me laisser tranquille!

Elle s'emporte, pousse des cris de colère, puis finit par sortir. Son pas rapide décroît sur les planches du pont. Jean arrive à son tour. Le travail de la ferme l'occupe très peu en cette période de gel. Il vient donc aider au moulin. Baptiste précise:

— C'est qu'il m'aurait vidé la caisse si je l'avais laissé faire, celui-là!

La soirée se passe dans un silence pesant. La pendule ponctue le bruit souverain de la cascade. Henri babille, se traîne sur le carrelage avec le chien. Pauline, prétextant une migraine, passe une partie de la soirée dans sa chambre. Ses yeux rouges montrent qu'elle a pleuré. Durant tout le dîner, Baptiste ne la regarde pas une seule fois. Camille rouspète:

— C'est pas malheureux! Un garçon aussi gentil! Avais-tu besoin de le mettre à la porte comme un malpropre! N'oublie pas que c'est ton cousin!

— Ecoute, la Camille, dit le meunier en colère, je ne veux plus t'entendre parler de lui!

Après la soupe, Pauline aide sa mère à la vaisselle, puis se retire dans sa chambre. Jean et son beau-père fument en silence devant le feu. Avant de passer au lit, Jean s'en va voir ses bêtes à l'étable. La nuit étincelle. Une poussière d'étoile semble se poser sur le chemin gelé. La lune se noie dans l'étang. Des chiens aboient au fond des collines. Le bruit de la rivière ressemble à une lointaine houle marine. On y distingue des voix très douces qui s'interpellent, des voix de l'au-delà.

Jean passe dans sa chambre sans allumer. Il entend comme un sanglot étouffé. Son cœur s'emballe. Il pourrait s'asseoir sur le rebord de ce lit, prendre les mains de Pauline, y porter ses lèvres, mais comment oser ?

Un nouveau sanglot détone dans cette nuit comme une bombe. Pourquoi, lui qui sait parler aux bêtes, qui ne baisse les yeux devant personne, n'ose-t-il pas dire les mots qui conviennent à cette heure? Pauline se tourne et le bruit des draps habite un moment le roulement de la cascade.

— Je deviens folle ! murmure-t-elle.

Jean se dresse sur un coude, les yeux grands ouverts.

— Mais non ! C'est le vent qui te donne mal à la tête !

— C'est pas de ça que je parle !

— Alors, tu parles de rien !

Le dimanche suivant, il fait encore très beau. Le soleil se lève sur une campagne étincelante de givre, figée, fragile comme du verre. Le ciel n'a pas de fond. Malgré le gel, on n'a pas l'impression de froid: pas un souffle de vent n'agite les feuilles sèches des chênes. Vers neuf heures, Pauline part à la messe. Elle marche d'un bon pas, légère comme chaque fois qu'elle s'éloigne du moulin. Ses chaussures sonnent sur le sol dur.

Julien l'attend au croisement des chemins de Saint-Salvadour et de Noyac. Son vélo est posé à côté de lui, contre la haie. Il porte sa chemise blanche à col amidonné et une cravate de soie rouge. Ses cheveux soigneusement peignés luisent au soleil cru. Pauline n'est pas surprise. En souriant, Julien s'approche d'elle et la prend dans ses bras.

— Viens, dit-il, on va aller dans la grange de Brandel. Il n'y passe jamais personne!

Pauline lève sur lui des yeux résignés.

— Et si Brandel descend...

— Tu penses qu'il a autre chose à faire!

Il lui prend la main et l'entraîne. Pauline se laisse faire.

La grange de Brandel est une vieille bâtisse dont la toiture a été rafistolée avec des tôles. Julien pousse la porte de planches noires qui s'écaillent, simplement maintenue fermée par une tirette de fer rouillé. Il règne à l'intérieur cette sérénité propre aux granges. De chaque côté de l'allée, le foin est entassé jusqu'à mi-hauteur. Au fond, une échelle est appuyée au mur. Un peu de lumière arrive par une ouverture du pignon. Julien fait signe à Pauline de grimper à l'échelle.

– J'ai peur ! dit-elle d'une voix blanche.

– Tu vas pas me la faire croire, celle-là ! Une fille de meunier qui a peur sur une échelle !

Elle monte les barreaux un à un, lentement. Julien tout près d'elle lui tient la taille d'une main.

Le foin d'hiver est toujours doux et chaud du duvet qui garde une odeur de soleil. Ils s'y enfoncent comme dans un ventre. Pauline a le sentiment de ne plus être Pauline Charias, mais quelqu'un d'autre qui vient de naître là-bas, à cinquante mètres, près de la croix. Le bateau sans quille cesse de dériver. Dans les bras de ce jeune homme ardent, elle croit enfin à la joie. Elle vole du bonheur en cachette. Les murs de sa prison s'effritent, tombent en poussière. C'est sa vengeance ; elle rattrape d'un coup tant d'années de solitude, tant de privations, de dégoûts, de désillusions. Elle est ailleurs. Le moulin de la Farge n'existe plus, elle l'a jeté aux orties avec tout le reste, avec Henri qui s'accroche à sa jupe et la retient. Couchée dans ce foin, mélangeant sa salive à celle de ce garçon qui a bien dix ans de moins qu'elle, la voilà une autre Pauline, celle d'avant la guerre.

La grande porte s'ouvre brutalement, poussée d'un coup d'épaule puissante. Le jour entre dans cette grange où la pénombre recèle un silence qu'on n'ose pas briser. Jean avance dans l'allée, s'arrête. Il a oublié son chapeau et ses cheveux rouges saignent sur le foin. Il est pâle ; ses épaules semblent démesurées dans cette minuscule bâtisse. Pauline se mord la lèvre inférieure.

— Nom de Dieu ! souffle Julien. Le Rouge !

Il fait signe à Pauline de ne pas bouger ; elle se tasse dans le trou du foin. Le jeune homme se dresse.

— Eh bien, le Jean, qu'est-ce que tu viens donc faire ici ?

Jean est déjà au sommet de l'échelle et prend Julien par la chemise qui se déchire avec un bruit de râpe.

— Qu'est-ce qui te prend ? Je faisais une petite sieste. C'est qu'hier soir j'ai un peu trop bu...

D'un mouvement puissant, Jean pousse Julien au bas de l'échelle. Le jeune homme roule par terre. Jean le soulève d'un bras avec une facilité étonnante. Là, dans cette lumière vraie d'hiver, il est colossal. Pauline se tasse dans le foin, le cœur battant, arrange sa jupe. Pourquoi ne va-t-elle pas s'interposer ? C'est elle, la coupable !

Julien est à quatre pattes et se traîne en suppliant Jean de ne plus le frapper. Sa voix jeune est aiguë, lamentable. Il a perdu cette arrogance qui lui allait si bien au moulin. Et Jean le soulève de nouveau, frappe de son gros poing rouge cette figure bien rasée et parfumée. Ça fait un bruit étouffé. Le jeune homme rampe, gémit, implore. Du sang coule de ses pommettes. Il réussit à gagner la porte et s'enfuit en courant. Jean ne le poursuit pas. Là, au milieu de cette grange, entre ces deux tas de foin qu'il a coupés, fanés et rentrés l'été dernier, le voilà vidé de sa colère. Il baisse la tête, les bras ballants, les mains ouvertes, ces mains qui ont frappé si fort ce gamin sans défense. Pauline qui n'a pas bougé le voit tourner vers elle ses yeux rouges.

Midi approche. Le chien qui est resté à la porte durant la bagarre vient lécher la main de Jean qui s'en va à son étable. Hier au soir, Camille a fait toute une histoire à cause de ses vaches. Elle s'en est prise à Baptiste :

— Tu as renvoyé le petit Julien et te voilà bien avancé ! Il faudrait vendre toutes ces vaches qui coûtent plus qu'elles ne rapportent !

C'est vrai que le départ de Julien a donné un surcroît de travail ; Baptiste porte la main à son cœur de plus en plus souvent. Jean prend à peine le temps de manger. Il aide au moulin et s'occupe de sa ferme en plus. Et le matin, lorsqu'il se rase au bord de la chute, Baptiste remarque les cernes gris de fatigue autour de ses yeux. Si Jean aimait autant le moulin que la terre, quel bon meunier il ferait ! De son côté, Jean s'aperçoit que la bosse a grossi sur le dos de son beau-père. Lui, d'ordinaire si habile à grimper l'escalier, trébuche souvent sur la dernière marche.

— Il va falloir qu'on trouve un autre domestique! dit Baptiste en posant sa serviette sur le muret.

Il prend l'eau glacée dans ses mains et s'asperge le visage en soufflant comme un canard qui s'ébroue. L'eau ruisselle de ses joues, goutte du menton, le purifie des lourdeurs de la nuit.

— Et pas un voleur! ajoute-t-il en s'essuyant.

Jean revient près de la rivière. L'eau blanche bruit. Le soleil anime des liserés d'or sur les galets. Un oiseau de proie tourne au-dessus de la colline de Saint-Salvadour. Ses larges ailes déployées, il monte, souverain. Ses cris aigus alertent un merle qui se cache à l'ombre d'une souche. Il n'y a pas de vent, mais un air dense sensible. Un air d'hiver.

Jean marche dans l'allée centrale. Les vaches le regardent. La chèvre enfermée dans la pièce du fond qui était autrefois la cuisine du domestique, l'a entendu et se met à bêler. Jean l'emmène dans le pré à côté du canal. Il n'a pas besoin de l'attacher. La bête s'en va parfois dans le bois brouter la bruyère ou chercher de la verdure, mais il suffit qu'il l'appelle et elle revient, docile, se frotter à lui.

Le dimanche, personne ne se presse. Jean va tranquillement à la maison; c'est l'heure de manger. Elise, debout à côté d'Henri ficelé sur sa chaise, enfonce dans cette petite bouche ouverte de grosses cuillerées de purée. Camille a mis les assiettes, Baptiste, assis, fume en silence.

— Tu n'as pas vu la Pauline? D'habitude, elle est rentrée de la messe à cette heure! demande le meunier sans lever les yeux de son assiette vide.

— Bah! dit Jean, elle sera restée plus longtemps que d'habitude chez la tante!

Baptiste finit par s'impatienter. Il regarde la pendule qui marque une heure. Camille apporte la soupière.

— Ma sœur l'aura gardée à manger! dit-elle.

— Faudrait pas qu'elle nous ait inventé quelque nouveau miracle! grogne Baptiste.

L'après-midi, le soleil est chaud. Le vent qui doit souffler sur les collines n'arrive pas à la Farge. La lumière est aveuglante. L'étang miroite, immobile. Pour se passer le temps, Jean et Baptiste rangent les sacs.

— On devrait demander à Brandel de venir nous aider à la propriété! dit Baptiste. Avec ses deux hectares de bruyère, il n'a pas beaucoup de travail et crève de faim. Ça lui rendrait service et à nous aussi.

— On peut! dit Jean.

La nuit en décembre arrive si vite qu'elle surprend. Le soleil s'éteint d'un coup, comme une lampe et l'ombre englue la vallée. Le ciel immense et sans le moindre nuage continue pourtant d'être clair. La brume monte de la rivière, le moulin n'est plus qu'une tache rouge dans cette encre qui s'épaissit. Une frange de lumière vive suit le contour de la montagne. A la Farge, en hiver, il ne faut pas compter sur plus de trois heures de soleil par jour.

Vers six heures, Baptiste referme les portes du moulin. Jean s'assoit en face de lui, près du feu. De grandes flammes entourent le chaudron de soupe qui chante. Henri se traîne sous la table avec le chien. Elise surveille l'enfant de sa chaise qu'elle semble ne pas toucher. Camille rouspète.

— Cette fille... Vous croyez pas qu'elle aurait pu se rendre à une heure pareille ! Et son petit qui est là à l'attendre ! Une femme qui ne se presse pas de rentrer à la maison est une bien piètre femme !

— Je vais aller l'attendre ! dit Jean en jetant son mégot dans le feu.

Il prend la lanterne accrochée à l'entrée. La nuit est épaisse, visqueuse. Son chien le suit dans le halo de lumière jaune qui tremble.

La flamme en équilibre sur la mèche repousse le mur incertain de l'ombre qui écrase les collines. La rivière roule son eau avec un grondement puissant d'avalanche. On s'attend à être écrasé par des rochers en mouvement. Il n'y a pas une étoile et, par endroits, le courant luit d'une lueur bleue qui danse sur les cailloux. Jean arrive à la grange de Brandel. Le verrou n'est pas tiré. La porte s'ouvre en grinçant. Il accroche la lanterne au clou de la poutre et s'en va vers l'échelle. Le trou dans le foin où se trouvait Julien est vide. Le silence de ces murs a une force souveraine.

Il dévale rapidement l'échelle et s'éloigne dans le pré. Le chien se tient près de lui. Quelle direction prendre dans cette nuit qui serre son étau autour de tout ce qui bouge ? Vers la rivière ? Vers la colline et le bois profond ? Jean se dirige jusqu'à la digue et lève la lumière pour voir la surface de l'eau calme. Il suit le canal, puis arrive à l'étang, en fait le tour. Sur l'eau sombre, la lanterne répand des langues jaunes et huileuses qui s'étirent, s'emmêlent, jouent un étrange ballet d'amour. Pauline n'est pas là. A-t-elle rejoint son amant ? Ce soir, Julien doit avoir une belle figure de fruit pourri ! Jean marche dans lechemin jusqu'à la croix. Pauline est là, assise, enroulée dans son manteau.

— Te voilà enfin ! On commençait à s'inquiéter !

Recroquevillée, Pauline baisse la tête. Ses épaules sont agitées de tremblements. Une branche morte tombe d'un arbre voisin avec un bruit énorme.

— Allez, viens manger la soupe ! dit Jean. Ça te réchauffera.

Elle fait non de la tête. La lumière jaune vacille. Jean s'approche de Pauline et lui tend la main.

— Va-t'en ! s'écrie-t-elle en retirant sa main comme si elle s'était brûlée.

— Mais tu vas pas passer la nuit ici !

— Si, je passerai la nuit ici ! Je veux plus jamais revenir au moulin ! Plus jamais !

— Pauline...

Il s'est approché d'elle et lui prend l'épaule pour la forcer à se lever.

— Me touche pas ! crie-t-elle avec une grimace de répulsion.

— Je te dis : viens !

Le ton est ferme, incisif. Pauline ne bronche pas.

— Viens ! Ça suffit !

— Non !

La gifle claque comme une mèche de fouet. La large main rousse s'abat sur cette figure baissée de petite fille capricieuse. Les cheveux ouvrent leurs ailes, accrochent la lumière de la lanterne, retombent.

— Maintenant, tu viens ! dit Jean.

Il la prend par l'épaule et la force à se lever. Elle claque des dents. Tout est mort en elle, sauf ce corps qui malgré les brimades reste jeune et a soif de plaisir. Elle voudrait disparaître sous terre.

— C'est tout de ta faute ! dit-elle en sanglotant.

— De ma faute ? Et quoi encore ? Essuie-toi ! Qu'est-ce qu'il va dire, ton père ?

Pauline déplie son mouchoir, sèche ses yeux. Elle avale un dernier sanglot. Son visage redevient de marbre. Rien de ce qui l'agite au fond d'elle, rien de cet immense désespoir entrecoupé de courtes rémissions ne transparaît.

Le lendemain, il fait gris. Le temps humide englue la cime des arbres, attend la neige. La brume reste toute la matinée. Jean est allé voir Brandel à Plumozelle. Le vieux, les joues creuses piquées d'une barbe blanche de plusieurs jours, le front bas, a planté sur lui son regard de fouine.

– Tu vois, le Rouge, que j'avais raison ! Tu te prends pour le patron !

Il accepte, finalement, de venir travailler à la ferme du moulin. S'il discute le prix et les conditions, c'est simplement par habitude et pour tirer le plus grand avantage de l'offre. Au fond de lui, il est très content.

– Tu me roules, le Jean ! Je devrais pas être d'accord, mais je t'ai vu haut comme ça, alors, si ça peut te rendre service !

Cette bonne affaire conclue, Jean passe manger la soupe chez ses parents. L'état d'Alfred ne s'améliore pas. On pensait qu'il finirait par retrouver son passé au fond de sa mémoire, par se retrouver lui-même, mais non, il s'enfonce chaque jour un peu plus dans une nuit impénétrable. Paul Charias a essayé de le faire faucher, impossible, et pourtant c'était le meilleur faucheur du pays. Dès qu'il voit briller le fer de la lame, ses mains tremblent, il regarde partout, bredouille des mots sans suite. Son esprit reste vide. Quand on lui parle de la guerre, Alfred ne réagit pas. Louise a bien compris qu'elle n'a ramené qu'un corps qui marche et fait semblant de vivre, pourtant, chaque jour, elle remercie Dieu de le lui avoir rendu. Reconnaissante, elle ne rate pas une messe. Là, elle trouve les autres femmes des hameaux voisins et, parfois, Pauline, sa belle-sœur. Elles se parlent très peu parce que la cloche sonne et qu'elles n'ont rien à se dire. A l'église, Pauline s'assoit au banc des Simoneau, marqué à leur nom, seule, isolée des paysans ordinaires. A la sortie, elle s'en va dire bonjour à sa tante — une sœur de sa mère — qui tient une épicerie sur la place, s'y arrête quelques minutes, le temps de boire un café avant de retourner au moulin.

Jean profite de l'arrivée de Brandel pour se libérer un peu. Il va aux foires des alentours, dont chacune a sa spécialité : Saint-Salvadour, les moutons ; Tulle, les veaux ; les porcs à Magranges et les génisses à Seilhac. Baptiste ne dit rien : Jean sait acheter et vendre, la propriété rapporte presque autant que le moulin... Jean profite de l'hiver pour réaliser de bonnes affaires.

— Je vais aller faire un tour à Seilhac ! dit-il à son beau-père. Je voudrais acheter une ou deux vaches maigres. On les mettra à l'engrais avec les tourteaux et les farines du moulin pour les vendre au mois de juin !

Baptiste opine.

— C'est pas une mauvaise idée, mais on va finir par manquer de place !

Jean attelle la jument à la carriole et s'en va. Depuis hier, le vent a changé et le beau soleil d'hiver s'est voilé. Chaque fois qu'il quitte le fond de la vallée, Jean retrouve avec bonheur ce grand ciel qui drape les collines, les entoure de son bleu vivant. Il aime cet air venu de loin qui coule d'un sommet à l'autre, cette lumière et cette transparence des choses qui n'existent pas dans la vallée. Un peu de brume flotte entre les sommets. C'est là-dessous qu'il vit désormais, au fond d'un grand récipient humide. Il arrive à Seilhac, passe devant le bistrot où il a retrouvé Anselme, l'été dernier. Le village est envahi de paysans en blouse grise qui tirent des bêtes par la corde, de camelots qui vendent toutes sortes d'objets dans un parapluie tourné à l'envers. Sur la place, devant l'église, s'entassent des bancs où l'on trouve tout ce qu'on veut pour quelques sous. Des marchands d'outils, de tissus crient des prix. Dans cette cohue, Jean a du mal à avancer avec sa carriole. Il attache Barbette à un arbre et va au foirail. Les bêtes sont alignées sur plusieurs rangées. Une foule de paysans se pressent autour, les tâtent, leur regardent les dents, palpent les pis, examinent l'état des cornes. On discute âprement les prix en criant ; le marchandage peut durer plusieurs heures pour quelques sous. Jean trouve facilement ce qu'il cherchait : les vaches maigres ne manquent pas puisque les prés sont retournés en friche et qu'il n'y a pas assez d'hommes pour faucher ceux qui restent. Le gars à qui il achète deux bêtes habite sur la route du Lonzac. Jean lui dit :

— Garde-les-moi jusqu'à ce soir. Je viendrai les prendre chez toi !

En une demi-heure, Barbette arrive à Lachaud. La maison de la Migou a retrouvé son aspect hivernal ; les ronces ne marchent plus le long du mur de l'étable, le tilleul écarte ses branches osseuses sous le ciel gris. En arrivant, la jument hennit ; le chien sort en courant. Il reconnaît Jean et se met à frétiller de la queue. La Migou qui était dans la maison arrive sur le pas de la porte, toujours vêtue de noir. Elle bougonne :

— Mais c'est encore toi ? Qu'est-ce que tu viens foutre ici ?

— Je viens te voir, la Migou, dit Jean en posant pied à terre. J'étais à la foire à Seilhac et j'avais un moment...

— Fais attention, dit la vieille. Si c'est pour me raconter tes histoires, tu peux repartir tout de suite.

— Je veux pas te raconter mes histoires. Je veux simplement te voir ; je me demandais comment tu allais ?

— Je vais bien. Mais il faut pas me faire marcher, moi ! Tu es venu parce que tu recommences à avoir la tête de travers ! Alors, si c'est pour te plaindre, tu vois le chemin ? Mais si tu veux parler, parlons. En attendant, fais donc du feu ! Ce bois est si mouillé que je n'arrive pas à le faire brûler !

Jean s'accroupit près de la cheminée et tourne les bûches noires d'où s'échappe une petite flamme sur des braises sans chaleur. Il les dispose à sa manière et le feu jaillit entre les chenets. La Migou a regardé, debout à côté de lui.

— Tu es le diable, c'est pas la peine de dire le contraire. Et ta Pauline, va-t-elle mieux?

Le visage de Jean s'assombrit.

— On peut pas dire que ce soit formidable!

Ils vont visiter les champs et l'étable. Jean voit de loin la bru des Morel qui le regarde et lui sourit. La Migou s'emporte.

— Tu penses qu'elle a besoin d'un homme, cette putain! Le sien peut plus bouger. Mais dis-moi pourquoi cette guerre a fait de vous des hommes pas comme les autres?

— Qu'est-ce que tu veux dire, la Migou? Cette guerre a fait comme toutes les autres, beaucoup de malheur chez les plus pauvres et enrichi les plus riches!

— Toi, faut pas te plaindre! Mais raconte-moi un peu ce que vous avez enduré pour revenir tous aussi misérables?

— Qu'est-ce que tu veux que je te raconte? Il n'y a rien à raconter!

C'est toujours la même chose. Lorsqu'on demande à Jean de parler de ces années terribles, il ne sait pas. Il n'a plus de souvenir. Tout est confus dans son esprit, même le nom de ses camarades d'enfer. Les mots pour exprimer tout cela n'existent pas dans le langage quotidien.

Vers quatre heures, Jean décide de s'en aller. Au moment où il va s'installer sur le banc de la carriole, la Migou le prend par le bout de la manche.

— Dis donc, le Rouge, tu choisis les copains que tu veux, mais tu leur diras qu'ils me laissent en paix ! Parce que moi, la prochaine fois, c'est le fusil que je sors !

— De quels copains tu veux parler, la Migou ?

— Ce musicien qui te fait tourner la tête avec sa mandoline et qui te volerait bien ton peu d'argent si tu en avais !

Anselme ! Le maudit, le bandit d'Anselme ! Jean pense à ses mains.

— Qu'est-ce que tu veux dire ?

— Je veux dire qu'il est venu, ce gars aux épaules étroites, et qu'il m'a joué de la mandoline en me parlant de toi. S'il ne m'avait pas parlé de toi, je l'aurais probablement foutu dehors à coups de pied au cul. Et puis, il a essayé de me rouler avec sa musique. Et moi, bonne folle, je l'ai écouté. Jusqu'au moment où il a commencé à me demander mes économies. Comme si j'avais des économies, moi !

— Il a voulu te voler ?

— Il m'aurait même rossée s'il avait été assez costaud. Mais un petit homme comme ça, tu penses ! Il m'a bien dit qu'il reviendrait avec du renfort et qu'il me ferait cracher mes sous, mais moi j'ai pas peur !

La jument qui n'a pas mangé depuis ce matin piaffe d'impatience. Jean s'approche de la Migou, colossal à côté de cette petite femme ronde et lui pose une main sur l'épaule.

— Tu lui diras à ce ver que s'il a le malheur de te faire la moindre misère, je le saurai et je le lui ferai payer ! Il sait que je suis costaud !

— Bon, le Jean, laisse ça, je suis assez grande pour me défendre. Un jour, il faudra que tu me l'emmènes, ton Henri. Ça doit être un sacré rouquin !

— Pas du tout, la Migou, il est noir comme un corbeau !

Là-dessus, Jean secoue les brides et la jument avance dans le chemin creux. La Migou reste un long moment devant la porte à écouter les pas du cheval qui s'éloignent entre les haies. A Seilhac, Jean passe prendre les deux génisses qu'il attache derrière la carriole. Il pense à la fille aux gros seins, au copain d'Anselme, à ses épaules impressionnantes. Ce n'est pas qu'il en a peur : avec un peu de chance, il peut être le plus fort, non, la menace est d'un autre ordre. Confusément, il sent que cet homme n'est pas comme les autres...

La nuit tombe lentement sur cette route qui suit l'arête des collines. Les génisses marchent docilement. Le grand ciel se couvre de brume qui s'épaissit et noircit graduellement. Un froid humide monte de la terre. La colline de Saint-Salvadour vire au gris cendreux. Le pas régulier du cheval berce Jean qui s'assoupit. Finalement, il n'a pas été très content de revoir la Migou. Il regrette de ne pas avoir pu parler à la bru des Morel qui a passé plusieurs fois dans le chemin, mais la vieille ne l'a pas lâché d'une semelle.

Il arrive au moulin de la Farge vers huit heures du soir. En conduisant les génisses à l'étable, l'étrange silence de la nuit lui martèle les tempes. Un pressentiment l'envahit. Dans la cuisine, Elise met les assiettes sur la table en les posant tout doucement pour ne pas faire de bruit. Camille qui surveille une casserole d'eau sur le feu se tourne.

— Ah ! C'est vous ! Il faut toujours que vous partiez quand ça va mal !

Pauline est assise près du feu. Elle regarde les tisons qui finissent de se consumer dans la cendre. Elle lève les yeux sur Jean, des grands yeux froids avec une expression qui ne leur est pas habituelle. Henri joue avec le chien près des chenets. Au-dessus de la porte, la croix de bois noir a été bougée. Cela se voit à la place blanche sur le côté.

— Baptiste a eu une attaque ! dit Camille.

— Une attaque ?

Par la porte de la chambre entrebâillée, Jean voit son beau-père assis sur son lit. Un filet de bave coule au coin de sa bouche. La lampe éclaire ses yeux vitreux d'un reflet jaune, imprécis. Jean s'approche. Baptiste tourne lentement la tête vers lui. Il respire difficilement ; son visage est pâle, ses joues fripées. Il soulève la main vers Jean.

— C'est rien ! dit-il. Un coup dans la poitrine ! Demain, ça ira mieux, t'en fais pas !

— Il faut que j'aille chercher le médecin ?

— Bah, qu'est-ce que tu veux qu'il y fasse le médecin ! C'est passé, je me sens déjà mieux !

Camille arrive.

— Tu veux un peu de soupe ? On n'a pas idée de perdre la santé à trop travailler ! Si tu avais gardé le petit Julien, ça serait pas arrivé, j'en suis bien certaine !

— Apporte-moi de la soupe au lieu de dire n'importe quoi !

Jean revient à la cuisine, s'assoit à sa place habituelle, soulève le couvercle de la soupière. La fumée monte jusqu'à la lampe électrique. En face de lui, Pauline mange en silence. Jean regarde son grand front clair et sans rides. Elle n'a pas dit un seul mot, mais ses yeux ont toujours cette expression nouvelle : un pli s'est formé au coin des paupières, à peine visible ; il suffit pour changer son regard.

— Je crois pas que ce soit bien grave ! dit Jean en se servant. On dirait qu'il va mieux !

Elise se mouche.

— Tous les Martinie finissent comme ça ! souffle-t-elle à Jean.

Elle ramasse Henri qui rampe sur le plancher et l'installe sur sa chaise pour le faire manger.

Après avoir bu son bouillon, Baptiste se sent mieux. Il demande qu'on éteigne la lumière et s'endort. Camille qui passe la tête à la porte l'entend respirer calmement.

— Ça va peut-être se passer pour cette fois ! constate-t-elle.

Pauline s'est couchée juste après la vaisselle. Sa migraine, dit-elle, ne l'a pas lâchée de la journée. Jean profite du calme pour fumer une cigarette en silence. Au bout d'un moment, il va à l'étable voir ses deux génisses à qui il a donné une brassée de foin. Il s'assoit sur une botte de paille, l'esprit préoccupé par la maladie de Baptiste. Finalement, ses pensées s'arrêtent sur Pauline. Il décide d'aller se coucher. La nuit est minérale, sans bruit. Le gel fait craquer la terre.

Il passe dans la chambre sans allumer. Pauline, qui ne dort pas, se tourne.

— Mon père va mourir ! dit-elle d'une voix qui ne trahit aucune émotion.

Jean sursaute. Pas un instant, il n'a pensé à ça.

— Non ! C'est un coup de fatigue ! Il est encore costaud !

— Il va mourir ! insiste Pauline. J'ai vu mourir mon arrière-oncle, Martinie. Il est mort comme ça ! C'est dans la famille, du côté des hommes.

Jean se tait. Le roulement du moulin le berce. Les yeux fermés, il pense à Julien qui faisait l'amour avec Pauline et il a mal partout.

— Bientôt, ça va être toi, le patron de la Farge ! continue la jeune femme de sa voix monocorde.

— Si c'est pour dire des bêtises, tu ferais mieux de te taire ! dit Jean.

Vers minuit, un râle réveille Jean en sursaut; il enfile rapidement son pantalon. Pauline le rejoint dans la cuisine où Camille s'emporte contre la fatalité et, se tournant vers le crucifix au-dessus de la porte, s'écrie:

— Mais vous nous laisserez donc jamais tranquilles?

Baptiste s'est assis sur son lit; les yeux mi-clos, ses mains posées sur la poitrine, il ouvre la bouche, comme si l'air lui manquait.

— Je vais aller chercher le médecin! dit Jean.

— C'est pas la peine! répond le malade dans une grimace qui lui plisse les joues.

— Quand on est têtu comme une mule..., s'emporte Camille qui se tient près du lit, les bras ballants, en peine de ses gestes.

— Ça me fait comme si j'avais un sac de cent kilos sur la poitrine, mais ça va passer! C'est pas la première fois.

Il grimace, déplace ses épaules. Pauline lui arrange l'oreiller tassé sur le côté.

— Mon cœur tape! Tu dirais une casserole rouillée que tu écrases du pied!

— Je vais te faire un peu de tisane ! dit Camille qui ne peut plus rester en place.

Elle passe dans la cuisine où on l'entend remuer les bûches dans la cheminée. A cette heure, le grondement de la cascade est profond, lourd, mystérieux. Il domine la nuit, l'épaissit, imprègne cette lumière jaune de la lampe qui reçoit d'elle son électricité, se heurte aux murs tapissés de papier défraîchi et n'en finit pas de rouler comme un tambour. Pauline qui s'est approchée du lit prend la main de son père.

— Je serai mieux debout ! fait Baptiste qui se dresse sur les coudes. Je vais me lever !

Il enfile son pantalon en rentrant soigneusement les pans de sa grande chemise, devant et derrière, comme il le fait tous les matins. Pauline l'aide à marcher jusqu'à la cuisine et il s'assoit sur le banc, près du feu. Chaque chose semble être dérangée par la lumière. La soupière restée sur la table n'a pas son aspect habituel. Elle luit comme une lune sur cette nappe cirée. A côté, la chaise vide du bébé semble démesurée sur ses grands pieds raides. Le bruit de la pendule est souverain. Camille jette dans l'eau qui bout des fleurs sèches de tilleul. L'eau se teinte aussitôt d'une belle couleur d'or.

Le malade va un peu mieux. Sa respiration est encore bruyante, hachée, mais ses yeux ont retrouvé leur éclat de vie. Par moments, il porte une main à son cœur.

— Tu vas pas nous faire le con ? dit-il comme pour lui-même en se massant le sein gauche.

Jean s'est assis en face de lui, à côté de Pauline.

— Il va vous falloir prendre le temps de rester assis ! dit-il.

— Tu parles bien, toi, mais le moulin...

— Le moulin ! s'écrie Camille. Tu ne vois que le moulin... Quand tu seras sous la terre, il continuera de moudre sans toi !

Il tourne sa cuiller dans le bol fumant, puis boit à petites gorgées.

— C'est chaud ! dit-il en soufflant. Mais pourquoi vous vous êtes levés ! Allez donc vous coucher, puisque c'est rien !

Les couleurs lui reviennent. Un peu de rose colore même ses pommettes. Il racle le sucre qui est resté au fond du bol. La pendule sonne une heure du matin, un bruit de gong à cette heure où on entendrait, à travers la cascade, le craquement d'une brindille. Jean n'a pas de chapeau. Ses cheveux flamboient dans cette pénombre, s'animent des lueurs rouges du feu. Pauline ne quitte pas son père des yeux.

— Viens donc au moulin ! dit Baptiste à Jean. On sera plus tranquilles !

— Qu'est-ce que tu veux aller faire au moulin ? s'emporte Camille.

— Ah, toi ! Tu vas me laisser un peu !

Il se lève. Pauline veut l'aider, mais il la repousse.

— Ça ira, ma Pauline, Jean va venir avec moi. Toi, il faut pas que tu ailles attraper froid !

— Tu crois que c'est le moment de sortir ? continue Camille.

— Justement, c'est le moment! fait Baptiste qui marche en traînant ses pieds.

Jean ouvre la porte. La nuit miroite ; les étoiles sont tombées au fond de l'étang. Le froid est vif. Les sabots du meunier raclent le sol. Le pré de la digue scintille d'une lumière qui vient de l'herbe gelée et se reflète dans le ciel.

Baptiste marche sans hésiter. Depuis qu'il fait ce chemin, de la maison à la porte du moulin, il connaît chaque bruit de ses pas en toute saison. Il pousse la grande porte sans avoir à chercher le loquet, trouve le bouton de la lumière sans que sa main hésite sur le mur. Les sacs aussi semblent être dérangés dans une vie qui est la leur, celle de la nuit et que les hommes ne connaissent pas. Ici il fait bon. Le froid ne rentre jamais dans la salle des sacs, la farine et le grain sont source de chaleur.

— On va fumer une cigarette, ça me fera du bien!

Il est essoufflé d'avoir fait vingt pas à travers ce mur de nuit. Il s'assoit sur un sac, cherche son paquet de tabac.

— Maintenant qu'on est entre hommes, on va pouvoir parler! Le sang des Simoneau ne sera pas toujours plus fort que celui des Martinie, ce sang pourri qui vient de ma mère. Alors, il faut que je te parle tant que je peux. Peut-être que demain, ça sera trop tard!

Il s'arrête un instant, pose une main à plat sur son sein gauche.

— Le moulin de la Farge, c'est celui des Simoneau. Il est là planté sur la Douige depuis trois cents ans. Et c'est toujours des Simoneau qui l'ont tenu, qui l'ont servi. Un moulin sans farine, c'est un moulin mort. Tu vas pas me dire que celui de cet abruti de Rittort qui fait de l'électricité est un moulin? Non, nous, on fabrique de l'électricité pour s'éclairer, pas pour la vendre...

C'est la première fois que Baptiste parle comme ça, aussi longtemps avec des mots que Jean n'aurait pas placés dans sa bouche.

— Ce cœur, il m'en a fait d'autres! Un jour, l'hiver dernier, j'étais là, à ta place. Je tassais un sac de belle farine, si blanche que tu avais envie de la garder dans tes mains. Il s'est réveillé d'un coup! Comme si j'avais eu un couteau planté dedans. Une douleur à lâcher le sac et laisser cette farine couler sur le plancher, comme du lait, douce et froide quand tu y enfonces les doigts... Là que j'étais, Jean, à ta place. Et puis j'ai roulé sur la farine qui m'a fait une figure d'amuseur de foire. Je voyais tout noir, le nez dans cette farine blanche. C'était noir comme l'enfer qui doit être noir. Je sais pas combien de temps ça a duré, mais quand je me suis réveillé, je me suis demandé ce qui m'était arrivé. Aussitôt, j'ai relevé le sac et ramassé la farine, parce que de la si belle farine, c'est un crime de la laisser perdre...

Jean a roulé sa cigarette et appuie de la paume de sa main sur la molette de son briquet. Une flamme jaune surmontée d'un filet de fumée noire brille entre ses doigts. Il l'approche de la cigarette de son beau-père.

— Tu n'as pas besoin de causer, Jean. Je vais le faire ; je vais te dire tout ce que tu dois savoir du moulin. Alors écoute-moi...

Jean se tait. Devant cet homme qui ne lui monte pas à l'épaule, il se sent tout petit. Ce soir, il n'ose pas soutenir ce regard plein d'une force, d'une volonté qui le dominent.

— Le meilleur grain du pays, c'est celui de Noyac. Du grain bien rond avec peu d'écorce et une bonne farine. La plus légère de toutes qui sent la noisette sèche quand tu l'approches du nez. Les farines qui viennent des plaines sont plus grasses, plus lourdes, mais moins bonnes !

Je peux parler de la farine ! De toute ma vie, j'ai rien vu d'autre autour de moi, même pas les feuilles des arbres. Je peux te dire que l'année 1913 a été la plus terrible de toutes. Les blés étaient brûlés de chaleur. Du son et pas de farine. En 1905, ils étaient pourris. Tout ça, je peux te le dire, parce que je le sais, pas le reste !

Moi, tu comprends, je ne connais que la manière d'aiguiser une meule et chaque matin quand je me lave dans cette eau qui nourrit mon moulin, je ne pense à rien d'autre qu'à lui. Tu sais, Jean, il y a eu pourtant beaucoup de choses tout autour de moi, mais j'ai pas regardé. Il me semblait que si je détournais les yeux de ma roue, de ma cascade, c'était du temps perdu. Il me semblait aussi que tout ce qui passe dans la tête d'une femme, c'est du vent, rien que du vent froid ou chaud, mais du vent qui va et s'arrête pas !

J'avais mes gars. Le Charles et le Pierre. De

beaux gars que les filles regardaient. Tu les aurais vus dans cette salle des sacs quand ils chargeaient une charrette ! Ça y allait, je peux te le dire ! Et je croyais que j'étais le meunier le plus riche, non pas à cause de mes sous, ça on en parlera plus tard, mais à cause de ces deux gars qui voulaient agrandir le moulin et acheter un camion. Ah oui, je me croyais riche et je me disais que le sang des Simoneau était un bon sang de meunier et qu'il durerait !

C'était le bon temps. La Camille, que tu vois maintenant à rouspéter après tout le monde, était toujours contente, et à la maison, c'était la fête. Pauline, tu t'en rappelles comme elle était belle ! Toujours avec Pierre ! Ah, la paire qu'ils faisaient, tous les deux ! Et coquette comme une fille de la ville ! Trop coquette peut-être, mais c'était égal puisque j'avais prévu de la marier au fils de Chastang, celui qui est au château de Roussac. Avant, les filles Simoneau prenaient un meunier et les fils, une meunière, mais à force ça pourrit le sang ! Tu comprends qu'avec la dot qu'elle aurait emportée, la Pauline, je pouvais choisir une famille qui a ses papiers*. Mais la Pauline, c'est pas une fille comme les autres. Un peu trop décidée et qui n'aime pas qu'on parle à sa place ! Tu la regardais comme ça, toute menue d'apparence, avec ses cheveux blonds qui brillaient comme une lumière de lune et tu voyais bien que

* Expression qu'on employait au début du siècle en Corrèze pour désigner une famille dotée de titres de noblesse.

c'était pas une fille comme les autres. Comment te dire... Elle avait au fond de ses yeux quelque chose qui n'était pas d'ici. Quelque chose du bout du monde qu'elle regardait souvent et qui t'échappait! Je crois que la Pauline n'avait pas besoin de nous. Et qu'on n'a pas su l'écouter. Mais va savoir, avec les femmes, tu ne peux pas parler franchement, tu ne peux rien. Parce que tu comprendras jamais ce qui leur passe dans la tête!

Et puis, il y a eu la terrible nouvelle. Je peux te le dire, je préférais Charles qui avait une vraie tête de meunier. Pierre, c'était un drôle d'oiseau, comme Pauline. Quand elle a appris sa mort, j'ai passé plus de temps à la surveiller elle que le moulin. J'avais peur qu'elle se jette dans l'étang. Les jumeaux s'aiment d'une manière qu'on peut pas comprendre, nous.

Il grimace, ses lèvres retroussées montrent ses dents jaunes et plates. La cigarette roule. Il respire très fort. Jean l'aide à s'allonger sur les sacs.

— Couillon de cœur! dit-il. Tu l'entends pas taper comme un fou? Ça va mieux aller dans un moment! Tu as écrasé ma cigarette? Ça fait rien, je vais en rouler une autre!

Il prend une feuille et la colle délicatement au coin des lèvres, ouvre son paquet de tabac. L'unique lampe au milieu de cette pièce étale des ombres immenses comme des linceuls, qui vibrent avec le sol.

— Toi, j'ai bien fait de te choisir. Tu es de la race des patrons. Ça, je l'ai tout de suite vu et deux patrons dans ce moulin, ça n'allait pas toujours, même si on n'en parlait pas ! C'est pour ça que je t'ai donné la propriété, et j'ai vu que je m'étais pas trompé ! Maintenant, tu vas avoir le moulin et le reste... Faudra garder la Pauline, même si tu dois la surveiller comme le lait sur le feu. Elle est chez elle, ici, et on n'enferme pas les filles Simoneau dans un asile.

Là-haut, ils ont décidé qu'on avait assez eu de bon temps. Je m'y attendais ! Depuis cette guerre, j'ai compris que tout allait de travers et c'est peut-être le mauvais œil... Où que j'en étais ?

— Peut-être qu'il vaudrait mieux qu'on revienne à la maison ? dit Jean. Vous allez prendre froid !

Baptiste secoue la main en guise de protestation. Il a mal collé sa cigarette et le tabac sort par un côté.

— Pas avant que je t'aie parlé complètement, le Jean. Tu dois tout savoir. Je crois que j'ai compris pourquoi tu es parti l'hiver dernier, mais laisse faire ! Les femmes, c'est rien dans la vie d'un homme. Ce qui compte, c'est son travail. Et tu auras le moulin. Tu entends, tu auras le moulin de la Farge. Ce moulin qui sort de notre famille, tu vas le garder intact, parce que c'est pas ton moulin, c'est celui du petit Henri. Tu entends, tu le garderas pour lui, pour le lui donner un jour que ton cœur cognera, même si ce petit te rappelle de mauvais souvenirs ! Parce que, n'oublie pas, il a le sang des Simoneau ! Ce jour-là, tu feras ce que je vais faire...

— On devrait rentrer ! insiste Jean.

— Pas encore ! Allons, aide-moi à descendre l'escalier jusqu'en dessous. Il faut que tu saches !

Baptiste passe un bras sur l'épaule de Jean et ils marchent ainsi jusqu'à l'escalier de bois qui descend à la cave taillée dans la pierre. L'humidité accentue l'impression de froid. Sur la droite, la grande roue de châtaignier tourne, mue par la cascade qui s'écoule dans un canal souterrain. Elle actionne d'énormes poulies, des courroies qui emportent sa force vers des machines aux autres étages, les meules, et la dynamo pour la lumière. A côté de l'escalier, il y a un petit réduit creusé dans le rocher et isolé par une porte toujours fermée. C'est là que Baptiste range ses outils à affûter les meules. Il en garde la clef sur lui, attachée à la chaîne de sa montre.

— Ouvre donc cette porte ! dit-il en tendant la clef à Jean.

Dans le réduit sont disposées des étagères sur lesquelles se trouvent des caisses en bois. Baptiste qui se tient difficilement debout s'appuie au mur humide couvert de salpêtre. Il règne une odeur de moisi.

— Donne la caisse qui est dessus !

La caisse est très lourde. Jean la pose au sol, juste sous la lampe. Le meunier lui fait signe d'enlever le couvercle. Elle est pleine à ras bord de boulons et d'écrous graissés pour qu'ils ne rouillent pas.

— Sors toute cette ferraille !

Jean prend les boulons à pleines mains et les dépose sur les dalles de pierre. Tout à coup, il aperçoit, juste en dessous une pièce de monnaie qui brille comme une étoile, puis une seconde... Il n'ose plus bouger. Ses yeux rouges se lèvent sur Baptiste.

— Il y en a la pleine caisse. Et c'est des francs-or ! Tu comprends maintenant pourquoi on dit que le moulin de la Farge est le plus riche du pays ! Tout ça, c'est l'argent des Simoneau et tu es le premier étranger à le voir.

Jean n'en croit pas ses yeux. Du bout des doigts, il effleure les pièces. L'une d'elles se déplace et émet un tintement métallique minuscule qu'il entend à travers le bruit énorme de la cascade.

— Tu peux y toucher. C'est toi le gardien. Tu ne t'en serviras qu'en cas de gros pépin. Et si tu t'en sers pas, tu le donneras au petit Henri, mais garde-toi d'en parler aux femmes ! Mon père a vécu ici quatre-vingt-six ans et ma vieille mère n'a jamais su que cet argent existait. Ni la Camille ! Garde-toi de le dire à la Pauline !

Les doigts tremblants, Jean range les boulons au-dessus des pièces et replace la caisse tout en haut. Il aide son beau-père à remonter l'escalier.

— Bon, garde la clef et surtout la perds pas ! On retourne se chauffer à la maison.

Dehors, Baptiste se sent un peu mieux. Le froid piquant calme le tumulte de son cœur et il peut marcher seul.

— Tu entends, n'en parle jamais aux femmes ! C'est pour voir venir ! On sait jamais ! Rien n'est aussi fragile qu'un moulin !

Quand ils arrivent à la maison, Pauline est allée se coucher ; le feu s'éteint. Jean aide Baptiste à s'asseoir sur le banc et ajoute une bûche.

— On va fumer encore une cigarette ! dit Baptiste. On dirait que ça se calme là-dedans. Après, on essayera de dormir un peu. C'est que demain, il fera jour !

Jean ne réussit pas à s'endormir de nouveau. Quand il se lève, l'étang sort de la brume. La cascade exhale son haleine de mousse et de sous-bois. Camille est dans la cuisine en train de moudre le café.

— Comment ça va, ce matin? demande Jean.

— Il a dormi un peu.

La porte de la chambre s'ouvre et Baptiste arrive. Lui qui voulait mourir cette nuit semble complètement rétabli. C'est à peine si son visage conserve des cernes de fatigue. Il sort, s'arrête devant le moulin pour rouler une cigarette. La brume noie les collines et le pré. Le sol est toujours gelé et l'herbe craque sous les pas comme du poil de brosse. Jean accompagne son beau-père jusqu'à la digue. Le meunier traîne ses sabots. Visiblement, il fait un gros effort pour avancer, mais comment débuter une journée sans cette promenade indispensable? Les deux hommes s'arrêtent à mi-chemin près du ruisseau qui coule, toujours le même, toujours jeune dans son éternité de ruisseau. Pourquoi les meuniers sont-ils si peu de chose face au temps? C'est la question que se pose Baptiste en regardant ce remous qui n'a pas changé depuis sa plus lointaine enfance. Pourquoi meurent-ils tout d'un coup, comme lui qui n'a pas soixante-dix ans ?

— Si ce putain de cœur avait pas commencé à faire des siennes, je serais encore aussi fort qu'à trente ans !

Il a parlé au courant, sans regarder Jean qui se tient à côté de lui. Même ce gendre aux épaules puissantes, ce rouquin chanceux sera vaincu par le temps ! Tu crois que c'est rien le temps, tu crois que tu en as à dépenser, à perdre. Tu te dis que tout va s'arranger quand ça va mal et que tu as le temps ! Tu passes des heures à des choses sans importance ou avec des gens que tu n'aimes pas parce que tu as le temps. Eh bien non, tu n'as pas le temps !

Voilà que sa manie de parler le reprend. Heureusement qu'il y a beaucoup de brouillard et que les mots ne vont pas plus loin que la vue. En plein soleil, il n'oserait pas dire tout ça. Ici, près de la Douige, seul le silence des hommes convient à l'éternité de l'eau.

Ils reprennent la marche. Baptiste est essoufflé. Il avance cependant jusqu'à la digue et se plante là, soudain grave, en se disant qu'il ne la reverra peut-être pas !

— Tu comprends, Jean, ce barrage, il faut que tu le surveilles. Le courant vient de la droite, il est caché par les saules du pré de Brandel. Je lui avais dit de couper ces saules, mais le vieux n'a jamais voulu. Il espérait sûrement que l'orage les mettrait par terre et qu'ils endommageraient la digue. Tu les lui feras arracher ! Et s'il veut pas, tu l'emmènes au tribunal... Je te disais que le courant vient de la droite. Un tronc qui flotte arrive ici sur le mur et il l'emporte... Tu viendras tous les matins et, après, tu suivras le canal pour enlever tout ce qui peut boucher les grilles !

Par moments, sa respiration se bloque. Il ouvre la bouche et le souffle lui revient. Ses yeux ont le même éclat vitreux que cette nuit. Ce ne sont plus des yeux qui regardent le présent.

— Aide-moi !

Baptiste a surestimé ses forces, le voilà les jambes molles. Il passe son bras sur l'épaule de Jean qui le soutient et trébuche à chaque pas.

— C'est la fin ! dit cet homme qui en une nuit est devenu un vieillard.

Camille dit qu'il faut aller chercher le médecin ; Baptiste s'y oppose de nouveau : c'est pas la peine de faire tant de dérangement pour quelque chose qui va passer. Il ose mentir devant les femmes.

— Je sens que ça va déjà mieux !

Elise a compris. Elle a vu mourir son père de la même manière. Chez elle, les hommes partent comme ça, ils portent la main à la poitrine, et c'en est fait. Un couteau leur tranche la vie du cœur et ils se mettent à parler comme de beaux diables, comme s'ils se vidaient d'un coup de tout ce qu'ils n'ont pas dit... Ce matin, la vieille sent la mort tapie dans l'ombre sous la table comme une bête malfaisante qu'elle n'ose pas pousser du bout du balai. C'est pour ça qu'elle a pleuré et prié toute la nuit. Elle a surtout pensé à Henri ; son arrière-petit-fils aura-t-il hérité de cette malédiction des Martinie ? Elle ne sera pas là pour le savoir !

Jean aide son beau-père à s'asseoir à table. Le meunier respire de plus en plus vite et grimace. Pauline s'est assise en face de lui, comme la nuit dernière et ne le quitte pas des yeux avec cette ride nouvelle au coin des paupières.

— Si je te faisais un peu de tisane? demande Camille.

Baptiste s'emporte.

— Mais vous allez me laisser un peu tranquille!

Il roule une cigarette de ses doigts qui tremblent.

— Bon, on y va!

— Tu vas pas aller attraper d'autre mal! Reste ici. On va aller chercher le docteur! s'écrie Camille qui ne sait pas contenir son anxiété autrement qu'en criant.

— Bah! De me remuer un peu me fera du bien! A rester là et ruminer, c'est la meilleure manière d'être malade!

Il se dirige vers la porte. Ses sabots raclent les dalles de l'entrée; sa main tremble sur la poignée. Jean le suit. Ils arrivent à l'étang. Le froid est un peu moins vif. La blancheur du brouillard noie tout, le tilleul, les prés, le pont. Le bruit de la cascade plus fort que d'habitude se tasse dans ce peu de jour visible. Baptiste s'arrête.

— Voilà que j'en ai oublié la serviette! Va me la chercher! Ces femmes, à me tourner autour et me faire avaler leurs tisanes, me font perdre la tête!

Jean retourne à la maison. On entend Camille s'emporter.

— Vous n'allez quand même pas le laisser se laver! Avec ce qu'il a eu cette nuit...

Jean passe prendre son rasoir, son blaireau et son savon à barbe dans sa table de nuit. Assis sur le muret, Baptiste s'asperge le visage. L'eau glacée ruisselle sur ses joues, coule dans son cou, mais son souffle manque de force et les gouttes ne giclent pas en gerbe comme les autres matins. Jean passe le fil de son rasoir sur le cuir de sa main et commence à se racler les joues. Il se nettoie de toutes ses fatigues, de ses peurs, de sa rougeur qui fait de lui un homme différent des autres.

Baptiste s'essuie la figure. L'eau froide lui a redonné un peu de couleur, il semble beaucoup mieux.

— Quand je te disais qu'il n'y avait rien de tel!

Il peut revenir à la maison, poser sa serviette et rouler une autre cigarette qu'il allume à un tison. Il sort de nouveau. A mesure que le soleil monte sur la vallée, le brouillard opaque prend un aspect de porcelaine. Au moulin, Baptiste veut appuyer sur le grand levier qui commande les meules, mais la force lui manque. Il baisse les bras, essoufflé.

— Tiens, tu vas le mettre en route. C'est pas encore complètement guéri là-dedans! dit-il à Jean.

Brandel arrive comme tous les matins à cette heure. Il tient à monter coucher chez lui: l'air humide de ce bas-fond ne lui convient pas, il lui faut le grand ciel des sommets qui donne un sommeil profond et la tête légère au réveil.

— Salut la compagnie! dit-il en entrant. Eh bien, le Baptiste qu'est-ce qu'il t'arrive? Tu nous fais une drôle de tête!

— Bof, pas grand-chose! Tu sais, à notre âge, il

en faut pas beaucoup pour nous mettre de travers ! C'est là-dedans que ça va pas !

Brandel se passe la main dans les cheveux, plaque son béret plat penché sur l'oreille gauche. Il a une épaule plus haute que l'autre et regarde Baptiste sous ses épais sourcils gris.

— Avec ce brouillard qui vous étouffe, ça m'étonne pas ! Monte donc à Noyac et tu verras ! Le soleil flambe, que tu te croirais en été !

Il ressort. Brandel ne reste jamais longtemps à l'intérieur du moulin. Le tremblement du sol le met mal à l'aise, et puis, il n'a pas besoin d'un patron pour lui expliquer le travail. On ne le voit qu'à midi, à l'heure de la soupe.

Les meules se mettent en marche... Les cloisons vibrent ; le grain coule de l'étage en un filet roux, du beau grain de Noyac qui sort de ce ventre rond du moulin en écume blanche. Baptiste s'est posté près des sacs et regarde cette cascade de farine. Il voudrait chanter. Ses yeux ne se lassent pas de ce miracle renouvelé.

Finalement, la matinée se passe bien. A midi, Baptiste mange de bon appétit ; il a retrouvé ses forces et Camille en est tellement heureuse qu'elle oublie sa mauvaise humeur. L'après-midi, il fait une petite sieste, puis s'en retourne au moulin comme s'il n'avait jamais été malade. Encore une fois, le sang des Simoneau a été le plus fort. Elise remercie Dieu d'avoir écouté ses prières. Le soir, l'incident est déjà oublié. Baptiste fait ses comptes, comme d'habitude. Après la soupe, il s'assoit en face de Jean, près du feu, pour fumer. Pauline qui n'est pas couchée tricote sous la lampe.

Quand il s'est bien brûlé la figure, Jean jette son mégot et sort. Le brouillard est toujours aussi épais. A l'étable, il s'installe sur une botte de paille. L'odeur de cuir chaud des vaches est agréable, à cette heure. La lampe éclaire faiblement les toiles d'araignée et les poutres couvertes de poussière. A côté de lui, la chèvre s'agite. Jean ouvre la porte et la caresse un moment.

La porte d'entrée grince. Pauline marche dans l'allée centrale entre les deux rangées de vaches et vient s'asseoir sur la paille. Jean marque sa surprise.

— C'est toi?

Pauline joue avec un brin de paille. La lampe lustre ses cheveux.

— Mon père va mourir! dit-elle de nouveau. Je le vois dans ses yeux.

— Qu'est-ce que tu racontes. Il va mieux!

— Je te dis qu'il va mourir. Tu ne vois pas comme il regarde derrière les choses! Il est déjà ailleurs!

— Tu te montes le coup, Pauline!

— Et tu vas être le patron! C'est un beau cadeau! La Farge tout entière pour toi, le moulin et la propriété! Tu pourras faire le fier, à la foire!

Jean s'est approché de Pauline. Il est debout et n'ose pas regarder ses jambes découvertes. Pauline qui s'en est aperçue tire sur sa robe jusqu'à mi-cuisse.

— Tout ça, c'est pour toi! Ça m'appartient pourtant, mais comme le moulin ne peut revenir à une femme...

Jean pose la main sur le dos de la jument qui tend ses lèvres molles vers lui.

— Ça sera bien à toi, aussi !

— Que non ! Moi, on m'a tout pris !

— Qu'est-ce que tu racontes là ! Personne ne t'a rien pris !

— Tout ! D'abord mon frère Pierre, et maintenant le reste !

— Bon, je crois que c'est l'heure d'aller se coucher ! tranche Jean.

Pauline secoue sa jupe. La lumière de la lanterne fait ressortir ses traits, le creux de ses joues, ses yeux. Son visage à cette heure exprime une grande détresse... Elle marche dans la nuit près de Jean qui sent son épaule heurter son bras.

A la maison, tout le monde est couché. Ils passent dans la chambre, se déshabillent dans le noir. C'est là qu'il faudrait s'approcher de Pauline, mais Jean ne le fait pas. Il préférerait lutter contre une armée plutôt que de brusquer cette petite femme qu'il peut soulever d'un bras avec autant de facilité qu'une botte de foin.

Les jours suivants, Baptiste reprend son travail comme avant. Il charge les balles de farine, monte les sacs de grains à l'étage avec cette aisance de meunier qu'on lui connaît. L'attaque n'est qu'un mauvais souvenir, mais Jean, qui n'est pas tranquille, ne le quitte pas. Camille lui a dit :

— Faut le suivre ! Si ça l'attrapait dans le moulin et qu'il se prenne dans une courroie !

Pauline s'est donc trompée ! Jean la regarde aider sa mère à gaver les oies. Penchée, ses cheveux tombent devant sa figure. Jamais, elle n'a été aussi désirable. Depuis qu'il l'a surprise avec Julien dans la grange, il ne décolère pas et se couche tard, après avoir fumé plusieurs cigarettes en silence.

Un soir, il s'emporte.

— On vit pas de bonne façon. Le moulin doit être tenu par un homme et une femme qui sont la même personne, qui partagent tout...

— Et tu crois que mon père et ma mère partagent tout ? Tu te trompes bien ! Mon père décide et ma mère obéit ! C'est une servante, rien de plus !

— Ils partagent au moins leur lit ! dit Jean très bas, comme s'il avait peur de ces mots. Et ta mère ne va pas courir les hommes !

Pauline se tait. Ce qu'elle éprouve pour Jean ne s'exprime pas. Quand il reste à l'étable, quand il rentre tard de la foire, elle ne peut pas s'endormir dans cette chambre déserte. Sa présence lui est nécessaire comme l'air pour respirer et pourtant, la simple pensée qu'il pourrait s'allonger dans ce lit lui donne la chair de poule.

Le lendemain, tout va mal. A la tête de Pauline, à ses yeux profonds, Camille comprend qu'une mauvaise journée commence pour sa fille. La jeune femme s'assoit près du feu et ne bouge pas une partie de la matinée. Elle ne regarde pas Henri qui se traîne à ses pieds. Son esprit est ailleurs... L'après-midi, elle part le long de la rivière. De la porte du moulin, Baptiste et Jean la voient passer. Baptiste soupire.

— Cette pauvre Pauline...

Il n'a pas le temps de finir que Paul Charias arrive en courant. Il a le visage las, les yeux fatigués. Jean se demande aussitôt quel nouveau malheur il vient leur apporter.

— C'est l'Alfred ! dit Paul. Il est parti hier dans la matinée et on sait pas où il est ! On l'a cherché toute la nuit, on l'a appelé, rien à faire ! Impossible de le trouver ! On l'a fait dire aux autres de Plumozelle. Faudrait que tu viennes aider, Jean !

— Bon, eh bien, je monte !

— Je vais finir ce qu'il y a à faire au moulin, dit Baptiste et je monte aussi ! Ce pauvre garçon, il faudrait pas qu'il lui soit arrivé quelque chose !

Jean siffle son chien et part avec son père dans le raidillon derrière l'étang. Les deux hommes marchent très vite.

— Tu sais, ta capote et ton calot que tu avais sur le dos, quand tu es revenu, ta mère les avait mis au grenier. Elle les a pas retrouvés ! L'Alfred a dû les voir et ça lui a fait un choc !

— Vous avez essayé avec le chien...

— Le chien est plus fou qu'un âne ! On lui a fait sentir la veste de l'Alfred et tout ce qu'il sait faire, c'est de nous emmener aux terriers des renards !

Quand ils arrivent à Plumozelle, une dizaine d'hommes sont déjà rassemblés devant la maison des Charias. A l'intérieur, Louise pleure ; la petite Vivienne, effarée par les sanglots de sa mère, se terre au coin le plus sombre de la cheminée. Marie n'en finit pas de bougonner.

— Si j'avais su la faire brûler cette capote ! Ah, je me le pardonnerai jamais !

On est allé chercher le vieux Tonin de Saint-Salvadour qui a des secrets. Il trouve les sources avec un bâton de noisetier, « fait » le pendule sur le ventre des femmes enceintes pour leur dire si elles attendent un garçon ou une fille. Il retrouve aussi les disparus. C'est lui qui avait dit à Louise qu'Alfred était vivant avant qu'elle parte le chercher dans l'Est.

Le vieil homme regarde se balancer une bague en or au bout d'un fil qu'il tient entre le pouce et l'index. Il dit de sa voix cassée :

— Moi, je vous assure qu'il est parti vers Saint-Salvadour, dans cette direction, exactement !

— Mais, père Tonin, s'emporte Paul, on a cherché tout hier soir et toute la nuit ! Je vous dis qu'il n'y a pas une haie, pas une aubépine qu'on n'ait regardées !

— Moi, je vous dis ça, alors, faites comme vous voulez !

On décide de fouiller les bois du côté de la Farge. On marchera à dix mètres les uns des autres et on battra le moindre fourré. Si Alfred est là, il ne pourra pas échapper aux chercheurs.

La battue commence en bas du chemin. Les hommes marchent droit devant eux, en se parlant. Jean qui a fait sentir la veste de son beau-frère à son chien s'étonne que l'animal ne soit pas parti dans cette direction. Il se tourne vers son père :

— Peut-être que le vieux Tonin a raison !

— On a passé partout !

A midi, bredouille, la troupe revient vers Plumozelle où Marie a préparé de la soupe et du lard. En deux jours, Alfred a pu faire beaucoup de chemin. Tonin qui est resté toute la matinée à regarder son pendule, insiste :

— Moi, je vous dis qu'il est pas loin. Il a pas passé le ruisseau ! Mais si vous voulez pas m'écouter...

Agacé par tant de précisions, Paul s'emporte.

— Et tu vas me faire croire que c'est ta bague qui t'a raconté tout ça ? Tu nous prends pour des niais, mon pauvre Tonin !

— Crois ce que tu veux, le Paul ! Moi, si je parle, c'est pour te rendre service et pour aider ces hommes qui ont autre chose à faire qu'à courir dans les bois.

En début d'après-midi, Baptiste se joint au groupe des chercheurs. Camille a tenté de l'en dissuader en lui disant que la marche n'était pas bonne pour son cœur, mais il a tenu à faire acte de présence.

— Si c'était toi qui avais perdu un des tiens, tu serais contente que les autres viennent te donner un coup de main !

C'est aussi pour se prouver que tout est revenu comme avant, Baptiste a le goût du défi.

On fouille les châtaigneraies d'Orliac-de-Bar, on demande au père Rittort s'il n'a rien trouvé dans ses grilles. Chaque coin du ruisseau où l'eau profonde tourne, noire, est sondé avec une perche de bois : rien.

La nuit tombe ; on décide de continuer les recherches avec des lanternes. Les hommes sont fatigués, mais personne ne pense à s'en aller. Ils mangent la soupe en vitesse et c'est au tour des bois de Croussac. Mais la nuit complique les recherches : on pourrait bien passer à côté du disparu sans le voir. Vers deux heures du matin, Paul décide d'abandonner. Rendez-vous est pris pour le lendemain, à sept heures, juste avant le jour.

Jean et Baptiste redescendent au moulin. Baptiste a mal aux jambes d'avoir tant marché, mais son cœur a tenu bon.

— Une bonne nuit là-dessus et je serai frais comme un pinson !

Jean passe dans sa chambre en faisant le moins de bruit possible. Pauline lui demande :

— Vous l'avez trouvé ?

— Non !

Elle soupire et ne dit plus rien. Le lendemain, Jean se lève très tôt, s'occupe de ses bêtes et remonte chez lui. Les autres arrivent aussi. Comme on a tout fouillé dans un rayon de trois ou quatre kilomètres et que Tonin insiste, on décide d'aller de nouveau dans les bois de Saint-Salvadour. Il pleuvote. Des nuages bas courent à la hauteur des arbres et ne facilitent pas la progression. Il fait presque nuit dans ces taillis profonds de charmes et de houx. Au chemin, les hommes se disposent à une dizaine de mètres les uns des autres et avancent en ligne droite. La marche est très difficile dans ce bois en pente laissé à l'abandon depuis le début de la guerre. Autour d'énormes châtaigniers poussent des aubépines, des ronciers. A midi, les chercheurs sont arrivés au fond de la vallée, en bordure du chemin qui relie le moulin de la Farge à celui de Rittort. La rivière coule au pied d'un pan de rocher abrupt. Pourquoi Alfred serait-il venu ici? Et puis, il n'aurait pas pu remonter sur l'autre versant de la Douige. Ce matin, tout le monde avait le vague espoir de réussir puisque Tonin l'avait situé dans ce bois. Déçus, les hommes se rassemblent dans le chemin pour se concerter. La pluie fine a cessé, mais l'humidité de l'air pénètre les habits mouillés.

Paul Charias décide de remonter à Plumozelle. Le groupe suit donc le chemin en direction de la Farge pour tourner à la croix. Ils passent au-dessus d'un ravin, ancienne rigole très profonde qui servait autrefois à irriguer les prés qui se trouvent plus bas. Il n'en reste qu'une tranchée, profonde, taillée dans le rocher. Les ronces et les orties tapissent le fond. Tout à coup, un homme s'arrête et s'écrie:

— Regardez!

Jean qui est à côté avance dans le petit sentier en direction de la tranchée. Au fond, une masse grise se découpe sur le tapis vert sale de la végétation. Tout le monde s'est arrêté.

— Eh bien, l'Alfred ! crie Jean. Qu'est-ce que tu fais là ?

Les autres ont fait le tour par le pré pour s'approcher de la rigole. Alfred est là, au milieu des ronces d'où ne dépasse que sa tête. Il a pris la capote de Jean et regarde autour de lui, hébété, hagard.

— Qu'est-ce que tu fais, Alfred? demande encore Paul en s'approchant de lui. Nous qui te cherchons depuis deux jours !

L'autre lève sur lui des yeux pleins de terreur, puis pousse un cri aigu. Il se débat dans les ronces qui le retiennent, veut s'échapper de sa tranchée, mais la butte est trop haute. Paul lui tend la main.

— Tu vois bien que c'est nous, les gens du village ! On se faisait de la bile pour toi !

Alfred tremble tout entier. Il regarde autour de lui ces hommes trempés qui, depuis deux jours, battent les taillis, à sa recherche. La capote de Jean est trop longue et traîne par terre. Avec sa barbe qui salit sa figure, il ne ressemble plus à Alfred Gorse, mais à n'importe quel « poilu » perdu dans le monde des vivants. Sa moustache mouillée pend sur sa bouche.

— Allez, on remonte. Tu dois avoir faim !

Il suit son beau-père sans un mot. Autour, les autres se taisent. Jean marche en tête, pressé, lui aussi muet et de mauvaise humeur.

A la maison, c'est la fête. Louise fait des reproches à son mari et se dépêche de lui donner des habits secs. Elle l'installe à table, comme un enfant et lui apporte du bouillon chaud qui l'attendait. Dehors, Paul remercie tout le monde.

Marie s'emporte de nouveau contre cette capote et ce calot qu'elle aurait dû jeter. Elle prend la capote, la plie en boule et la met dans le feu. Le tissu mouillé brûle mal ; le feu crépite, une épaisse fumée noire monte dans la cheminée. Ça sent le roussi. Jean est là, debout, qui regarde les flammes dévorer tout ce qui lui restait de ces terribles années. Un tremblement s'empare de lui, secoue ses épaules. Il claque des dents. Sa mère s'en aperçoit.

— Eh bien, le Jean, ça va pas?

— C'est rien! réussit-il à dire.

Il sort et s'enfuit à toutes jambes à la Farge. A la croix de Plumozelle, il trouve Pauline qui marche, une Pauline qui ne va pas en ce moment. Elle le regarde. Jean est blême, comme s'il avait la fièvre.

— Tu es malade? demande-t-elle.

— Non! On l'a trouvé! dit-il en s'éloignant.

Jean s'en va à l'étable. Là, il caresse la jument, donne du foin à ses vaches et écarte de la litière propre. Au bout d'un moment, Pauline le rejoint.

— On n'a pas voulu que mon père monte vous aider! C'est trop pénible pour lui!

— Vous avez bien fait! On était même de trop! dit Jean, toujours sombre.

Brandel s'est bien trompé : il avait prévu un mois de décembre froid et neigeux parce que le douzième jour de l'année 1920 avait été mauvais. Il fait du vent ; la pluie ne cesse de tomber de ces nuages pressés toujours renouvelés. La Douige roule des eaux sombres et épaisses. Baptiste a été obligé d'enlever une planche au déversoir de l'étang pour maintenir le bon niveau à la chute.

Jean passe la matinée au moulin avec son beau-père. Baptiste sait bien que la prochaine attaque l'emportera, mais jusque-là, il veut profiter de ce temps volé pour entendre tourner les meules et couler de la belle farine.

Elle le terrasse un mois plus tard, le 11 janvier 1921. C'est un jour en tout point semblable aux autres. Baptiste a bien dormi et se sent tout guilleret en se lavant à la chute. Jean se rase à côté de lui. Entre les deux hommes est née une espèce d'affection complice. Baptiste donne à Jean un peu de cet amour qu'il avait pour ses deux fils et Jean, qui respecte et craint Baptiste, éprouve pour ce meunier bossu dont il connaît bien les défauts un dévouement filial.

— Tu me chantes toujours que c'est un rouquin !

dit un jour Baptiste à Brandel, mais j'aurais pu en trouver qui étaient pas rouquins et qui le valaient pas!

Ils vont au moulin, Jean pousse le grand levier qui commande les meules ; les cloisons se mettent à vibrer et Baptiste surveille les sacs avec un contentement qui se voit dans son visage.

Tout à coup, il pousse un cri rauque ; la bouche ouverte, la respiration coupée, ses yeux blancs se tournent vers Jean qui se précipite et arrive à temps pour le retenir dans ses bras. Il le traîne sur les sacs. Baptiste fait une horrible grimace, les lèvres retroussées comme un chien enragé. Il râle, sa poitrine est soulevée de contractions.

— Nom de Dieu, que ça fait mal!

Jean l'aide à s'asseoir, court vers la longue manette pour arrêter les meules. Baptiste lui fait signe qu'il ne doit pas : on n'arrête pas le moulin en plein jour, ça porte malheur! Jean revient vers son beau-père dont la respiration est saccadée. Ses yeux se voilent.

— Cette fois...

Il ne finit pas sa phrase. La farine déborde, submerge les sacs pleins. Baptiste s'en aperçoit et veut tendre la main. Il inspire profondément, puis ses poumons se vident avec un bruit de papier froissé. Ses yeux fixent les sacs, il s'affaisse. Les muscles de ses bras se détendent ; sa tête, cette tête carrée aux joues pleines, bascule devant sa bosse de meunier, à cette heure monumentale. Jean le secoue, mais rien, il est mort! Jean qui a vu tant de cadavres horriblement mutilés se met à trembler en face de ce visage crispé et immobile. La farine coule toujours sur le plancher. Il va arrêter les meules et le moulin cesse de vivre. Le bruit sec et aigrelet de la cascade prend le dessus, un bruit étranger à cette grosse bête de bois et de pierre.

Jean sort, traverse le pont en une enjambée, ouvre la porte de la maison.

— Vite !

Camille a compris. Elle joint les mains, tournée vers le crucifix. Quand elle arrive au moulin, elle pousse un cri strident, s'agenouille à côté de Baptiste, lui frappe les joues, le secoue.

— Allez, Baptiste, tu vas pas nous passer ?

Elle regarde Jean, horrifiée, puis se laisse tomber sur les sacs en pleurant.

Pauline arrive à son tour. Son visage est impassible. Ses lèvres ne bougent pas lorsqu'elle découvre le cadavre de son père. Le pli au coin de ses yeux s'est accentué.

— Je vais préparer le lit ! dit-elle d'une voix neutre. Il faut l'emporter et l'habiller.

Jean court appeler Brandel pour l'aider à porter le corps. Il a bien la force de le faire seul, mais pas le courage. Brandel arrive, essoufflé, entre dans le moulin et devant le meunier étendu sur les sacs, pose son béret. Il fait un signe de croix.

— C'était un brave homme ! dit-il.

C'est, pour lui, une manière de conjurer le mauvais sort. Un mort ne peut avoir été qu'un brave homme.

— Faut l'emporter sur son lit !

Camille s'écarte. Pauline la soutient pour descendre les trois marches de pierre.

Jean prend le corps par les épaules et Brandel par les jambes. Le cadavre est déjà raide, de cette raideur que Jean connaît bien: la peau est froide, douce à l'extérieur, mais juste en dessous, la mort a fait son œuvre de pierre.

Ils portent le meunier dans la chambre où Elise en reniflant a préparé le lit. Il faut le laver et l'habiller. Pauline arrive avec une bassine d'eau chaude. Jean prend le rasoir dans la petite armoire et commence à raser ces joues dures comme du bois. Ce n'est pas facile, la lame glisse mal sur cette peau grise et taille dans le gras. Pauline est allée chercher des habits. Brandel, lui, aide à tourner le mort pour lui enfiler sa chemise blanche, son pantalon et sa belle veste de costume. Jean fait le nœud de la cravate. Pendant ce temps, Elise occupe le petit Henri dans l'autre chambre. L'enfant a bien compris que quelque chose d'anormal venait de se passer. Il refuse de rester seul et lui qui, d'ordinaire, n'arrête pas de parler, se tait et reste calme.

Enfin, Baptiste a pris sa dernière apparence humaine. Son visage rasé, sa moustache blanche bien taillée, il est là, les yeux fermés comme s'il venait de s'endormir. Ses cheveux gris ont été peignés avec soin. Sa cravate lui donne cet air de patron qu'il avait lorsqu'il partait à la foire. Et ses lèvres, qui laissaient passer une voix nette, brève et toujours sûre, semblent prêtes à s'ouvrir sous sa fine moustache. Camille lui a mis un chapelet sur ses mains croisées.

— Bon, dit Brandel, il faut aller avertir les gens.

Il entraîne Jean en dehors de la chambre.

— Qu'est-ce que tu décides ?

— On l'enterrera vendredi à dix heures. Passe le dire au curé.

Jean a parlé d'une voix ferme. Camille a entendu, mais ne fait aucune remarque. Elle s'est assise près du feu et pleure en silence. Elle n'a pas aidé à la toilette du mort, la force a quitté ses bras et ses jambes. Elle pleure en regardant le crucifix, ce maudit crucifix au-dessus de la porte. Il y a quarante ans que Camille vit ici. Elle vient du moulin de la Galandie, près de Saint-Augustin. Bru à la Farge, c'était un peu le rêve de toutes les filles de meunier ! Le vieil Henri et son père avaient arrangé ça ; c'était sa chance ! Ah, la belle chance ! Ses deux fils tués à la guerre et sans sépulture, Pauline qui ne sait pas mettre un pied devant l'autre et, maintenant, Baptiste ! La voilà la triste fin du moulin de la Farge ! Avec ses tuiles rouges qui luisent dans la grisaille de la vallée, il va faire comme tant d'autres, se vider et tomber en ruine. Camille le sait, ce lieu est maudit puisque le nom de Simoneau, le nom qu'on lui a donné en noces, respecté dans tout le pays, vient de disparaître à jamais. Celui qui prend les décisions, qui choisit la date de l'enterrement du dernier des meuniers, c'est un Charias, un de ces Rouges de Plumozelle, des paysans si pauvres qu'on ne les regardait même pas avant la guerre. Camille a envie de crier cette injustice, de jeter ce crucifix au feu. Dieu, s'il existe, lui fait payer bien cher les quelques années de bonheur qu'elle a eues.

— Bon ! continue Brandel à voix basse. Je vais le dire à qui ? C'est toi qui décides, maintenant !

— Tu le dis dans toutes les maisons de la commune. Il était apprécié partout, le Baptiste !

A midi, la nouvelle a fait le tour du pays. Paul et Marie Charias sont les premiers à descendre au moulin. Marie embrasse Camille et Pauline avec des soupirs tristes. Dès le soir, les gens affluent de partout, de Naves, de Vimbelle, d'Orliac-de-Bar. Il y en a même qu'on ne connaît pas! Les visiteurs entrent sans frapper et, sans un mot, passent dans la chambre du mort. Le béret ou le chapeau à la main, ils restent là quelques instants; certains prient, beaucoup font semblant, puis reviennent dans la cuisine où ils se mettent à parler à voix basse. Jean a arrêté la pendule à l'heure de la mort. Le balancier inerte augmente le bruit de la chute qu'il a fallu laisser pour l'électricité. Chacun se lamente sur la brièveté de la vie, sur le malheur qui guette tout le monde comme un loup à l'orée d'un bois, surtout après cette maudite guerre qui n'a laissé personne intact.

Jeudi soir, le menuisier de Saint-Salvadour arrive avec sa carriole. C'est un petit homme à la voix fluette, aux cheveux noirs, un crayon rouge sur l'oreille. Il demande à Jean de lui donner un coup de main pour décharger le cercueil et l'emporter dans la chambre. Elise prend d'autorité Henri qui rampe sous la table avec le chien, le porte dans cette chambre où il règne une odeur âcre, l'odeur écœurante de la mort.

— Embrasse ton grand-père! dit la vieille en posant la petite tête du bébé sur la joue froide et grise du cadavre.

L'enfant se met à hurler et à gesticuler si fort que la vieille le lâche. Il repart à quatre pattes dans la cuisine où on l'entend parler au chien de Jean, son inséparable ami.

L'enterrement a lieu le vendredi, comme l'a décidé Jean. Le corbillard attelé au cheval noir du menuisier arrive à la Farge avant le jour. L'homme demande un peu d'avoine pour sa bête et un verre de vin pour lui. Les meuniers de la vallée sont là, même Serge Rittort qui embrasse Pauline sur les deux joues et serre la main de Jean. Vers neuf heures, les porteurs chargent le cercueil sur la plate-forme du corbillard et la procession se forme dans le petit raidillon derrière l'étang. Le jour filtre, blafard à travers une brume froide qui givre les branches et les herbes. Pauline, vêtue de noir, un voile de crêpe sur la figure, marche à côté de son mari. Camille donne le bras à Elise qui a du mal à suivre et se dandine sur ses petites jambes maigres. On a emmené le bébé à Plumozelle où Vivienne le garde avec le chien qu'on a voulu enfermer dans l'ancienne cuisine au fond de l'étable, mais qui s'est enfui par le carreau cassé.

Lorsque le cortège arrive à Saint-Salvadour, il y a beaucoup de monde sur la place devant l'église. Le froid est moins piquant que dans la vallée ; un soleil traverse le voile de brume. Le silence de la campagne attend la neige.

Camille ne pleure plus. Sa détresse est sèche, comme ses yeux rouges. Pourquoi autant de malheur? C'est la seule question qu'elle peut encore se poser, là, entre sa belle-mère dont le bras sec s'accroche au sien et son gendre qu'elle effleure de l'épaule. Il n'a pas de chapeau, et ses cheveux roux flamboient dans cette grisaille d'hiver. Comment ne pas avoir honte de marcher à côté de ce Charias, un rouquin tellement grand qu'on ne voit que lui! Tout ça, c'est de la faute de cette vieille femme cassée en deux qui tire son bras, cette Martinie au sang pourri.

Pauline baisse la tête et ne pense à rien. Les regards curieux s'attardent sur elle, pesants. Qui ne l'a pas vue marcher toute seule dans les bois, sans but, comme perdue dans cette vallée où elle a toujours vécu? Brandel souffle à son voisin qu'il l'a surprise toute nue devant la croix de Plumozelle. Qui, hormis le diable, peut donner une démarche aussi élégante à cette folle? Les filles de meunier ne sont pas comme les autres, et celle-là est la plus belle de toutes!

Personne ne l'a vue pleurer. Elle a fait ce qui fallait, sans un mot, sans se plaindre. Elle a veillé le mort à son tour et quand les gens l'embrassaient avec un soupir de compassion, elle baissait les yeux.

Comme il fait très froid, le vieux curé Magne qui a mal aux jambes accélère les cérémonies au cimetière et, tandis que la famille se place à l'entrée pour remercier les gens qui sortent, le bistrot de la place se remplit. Quand tout le monde est parti, Jean, en patron de la Farge, invite les proches parents à venir manger au moulin. Après un enterrement, on se doit de faire ripaille, c'est une manière simple de conjurer la mort. Louise est descendue préparer le repas et Camille soupire en la voyant dans sa cuisine : « Une Charias dans cette maison, et qui s'y trouve comme chez elle ! On aura tout vu ! »

Les cousins s'en vont à la nuit. Le ciel s'épaissit d'une couleur de cendres. Jean passe à l'étable, prend sa lanterne et monte voir la digue. Près du canal, il soulève sa lumière pour s'assurer que le mur n'a pas été endommagé durant son absence. L'eau noire luit, comme un pelage de bête. L'air pique. Une poussière de neige papillonne autour de la lanterne.

L'absence de Baptiste transforme le moulin. Tout est immobile, les sacs n'ont plus le même aspect, et ce grand levier qui commande les meules a changé de couleur. Jean l'avait vu gris et le voilà roux, d'un beau roux de pain chaud. La cascade ne rugit plus ; l'eau coule sans bruit, une eau joyeuse sur des galets. C'est si net que Jean se demande si quelque chose ne bouche pas les grilles. Il ouvre la trappe au-dessus de la roue. L'unique lampe électrique éclaire une eau abondante qui remplit les aubes et la roue tourne, régulièrement, sans grincer. A l'étage où se trouve la mécanique du moulin, les meules enfermées dans leur cage de bois, les tamis, les poulies, les courroies semblent démesurées. A cette heure, seule la dynamo qui fait de l'électricité tourne avec un petit bruit régulier.

En descendant l'escalier, le pas de Jean est léger sur les marches. C'est un pas tranquille, celui du paysan qui va voir ses bêtes ou travailler dans sa défriche. Voilà que ce moulin où il se sentait prisonnier lui fait bonne figure! Une joie qu'il ne peut réprimer monte en lui, celle d'un homme tout à coup riche qui ne dépend plus de personne.

Il s'assoit sur un sac. Demain, il verra Brandel et lui parlera de la propriété. Jean ne va plus pouvoir s'occuper des bêtes qu'il vendra puisque sa place est au moulin, dans cette salle des sacs où personne ne viendra plus jamais lui expliquer son travail: maintenant, c'est lui le patron!

Il descend dans la réserve aux outils. Tiens, les marches de l'escalier sont neuves? Baptiste les avait donc remplacées récemment! Il prend la grande caisse de bois clair, la pose par terre à ses pieds. Les pièces d'or et d'argent sont là, Jean voudrait les compter, il y a de quoi acheter la plus belle propriété de Brive, s'installer dans le Bordelais avec des vignes... Il pense à Anselme, la fripouille aux mains fines. Jean lui donnerait bien une de ces pièces pour l'écouter jouer de la mandoline. Après, il le renverrait à coups de pied aux fesses. Anselme n'est pas un homme à garder près de soi.

Au bout d'un moment, Jean replace le tout sur l'étagère. La lumière éteinte, il hésite: Baptiste n'était pas prudent de laisser l'argent à la portée du premier venu. Anselme pourrait le trouver avec ses doigts de fée! Et Brandel qui vient au moulin tout le temps, qui entre seul, passe partout. Brandel a peut-être une clef et peut se servir sans que personne s'en aperçoive. Brandel, le perfide avec ses petits yeux plissés, presque fermés pour cacher ce qu'il pense... Non, ce n'est pas possible: Baptiste n'agissait jamais à la légère. S'il laissait l'or du moulin à cette place, c'est qu'il y était en sécurité.

Jean retourne à la maison. En passant au pont de la cascade, il vérifie de nouveau la grille, enlève des feuilles qui se sont plaquées contre les barres de fer. Dans la maison, l'absence de Baptiste agrandit la cuisine, repousse les murs. Elle est écrite sur les meubles, sur l'étagère où se trouve encore un paquet de tabac qu'il a posé la semaine dernière, dans le bruit de cette cascade filtré par les cloisons et qui semble plus léger, diffus, comme tranquille. Au temps de Baptiste, même le bruit avait besoin de se surveiller ; le moulin, les bêtes et les hommes vivaient dans l'ombre de ce petit homme bossu qui riait tout le temps. Autour de lui, il n'y avait pas de place pour la discussion, ce qu'il décidait se faisait toujours ! Ce soir, le moulin tout entier respire !

Sans un mot, Jean s'assoit près du feu, roule une cigarette. Camille, les joues pâles creusées par les nuits de veille, va d'une manière mécanique de l'évier au feu. Elle prépare la soupe sans penser à ce qu'elle fait, l'esprit lourd. Elise réprimande Henri qui s'est encore sali. Pauline prépare les légumes du repas. Elle n'a pas sa tête des autres jours. Ce n'est pas la tristesse qui marque son visage, ce n'est pas non plus de l'indifférence. Le pli, au coin de ses yeux, donne à son regard une expression nouvelle, déterminée.

Avant de passer à table, Jean prend le livre de

comptes qui se trouve dans le coffre du moulin. Camille se mord les lèvres, mais ne dit rien. Des larmes roulent sur ses joues ; elle les essuie furtivement avec le coin de son tablier noir. Jean, qui s'en est aperçu, se justifie.

— Il faut bien, le moulin continue !

Il s'assoit à la place de Baptiste et parcourt les derniers feuillets où sont inscrites les commandes, les recettes et les rentrées de grain. Camille sans tourner la tête lui dit :

— Il ne faut pas vous fier à ce qui est écrit sur ce cahier. Vous savez bien qu'il n'y mettait pas tout !

— Je sais ! fait Jean. Il m'en a parlé.

— Et la veuve Maniet... Il vous a dit ?

— Oui, il m'a dit.

— Une traînée qui fait des enfants depuis que son homme a été tué à la guerre...

— On va laisser le coffre dans votre chambre ! continue Jean. Il faut bien que quelqu'un tienne les comptes et vous avez l'habitude !

Pauline lui envoie un regard méchant. L'odeur de la mort imprègne encore l'air. Au bout d'un moment, Jean ferme le cahier, se sert de la soupe et mange en silence. Henri, insensible à l'atmosphère, lourde ne cesse de babiller. Devant tant d'innocence, Elise demande à Dieu de bien garder cet enfant qui reste le seul espoir d'une maison désolée. Après avoir fumé une cigarette, Jean dit qu'il va se coucher, demain, il aura beaucoup à faire ! Personne n'insiste et tandis qu'Elise déshabille Henri, Jean passe dans sa chambre, suivi quelques instants plus tard de Pauline qui, comme chaque soir, éteint la lumière avant de poser ses vêtements. Là aussi l'absence de Baptiste marque cette ombre fraîche, le bruit des draps froissés.

Pauline l'a bien senti et reste un long moment les yeux ouverts dans la nuit. Elle dit :

— Voilà, tu es le maître de la Farge. Le roi dans son moulin !

— Le roi ? Je sais que le travail va pas manquer. Voilà pour le roi ! dit Jean avec humeur.

Ils se taisent. Jean s'assoupit quand, tout à coup, un bruit, comme un grattement, le fait sursauter. Est-ce une branche du tilleul qui touche les tuiles ? Il pense tout de suite à la caisse aux boulons. Si quelqu'un venait le voler ? Il se lève, s'habille rapidement. Pauline se tourne.

— Où vas-tu ?

— J'ai entendu du bruit ! Faudrait pas que quelque renard soit rentré dans le poulailler !

Ça aussi, c'est nouveau. Avant, il n'aurait pas parlé de la sorte. Ce n'est qu'une petite parole de rien, mais Pauline en a senti l'assurance. Au temps de Baptiste, il n'aurait pas entendu ce bruit : la surveillance, c'était l'affaire du patron ! Jean traverse la cuisine. Dehors, il respire à pleins poumons comme il ne l'a jamais fait. Le froid fige l'étang.

Il allume la lanterne de l'étable et fait le tour du bâtiment. Une poussière de neige flotte dans la lumière, trop légère pour arriver au sol. Au moulin, Jean ne remarque rien de particulier, pourtant, la pensée d'Anselme ne le quitte pas. Anselme avec ses doigts agiles, ses épaules frêles et son pas de fille ! Ce tricheur pourrait être tout près de lui qu'il ne le verrait pas ! Jean descend au réduit, cherche sa clef au fond de sa poche. Cette place n'est pas bien choisie pour l'or des Simoneau. Baptiste ne connaissait pas Anselme et ses tours de carte, sinon, il ne l'aurait pas laissé là, sur une étagère.

Jean revient à l'étable pour prendre une pioche. Il s'arrête un moment dans le noir, tend l'oreille. Un chien aboie au loin, du côté de Noyac. Avec le froid, la nuit est transparente ; des lampes clignotent vers le Mas.

Il redescend de nouveau au réduit et descelle une dalle de pierre qu'il déplace avec la pointe de la pioche. En dessous, la roche rouge est friable. Jean taille un trou carré bien propre, cherche une caisse vide, la place dans le trou et y vide les pièces. Le plaisir qui l'anime fait trembler ses doigts.

Quand c'est fini, il pousse la dalle avec la pioche et refait les joints de terre, les tasse pour que personne ne s'aperçoive que la pierre a été déplacée. Il se débarrasse de la terre rouge en surplus dans le canal. Enfin, il se lave les mains à la chute, puis va se coucher.

Le lendemain matin, Jean se lève avant le jour. Une fine couche de neige retient au sol une lumière diffuse qui flotte à hauteur de bottes. Il boit un bol de café et monte à la digue en suivant le même chemin que Baptiste. Le temps s'est un peu réchauffé, la rivière fume. Jean inspecte le mur, regarde un moment le courant qui vient de droite et maudit les saules de Brandel qui penchent leur tête lourde sur le barrage. Il revient au moulin par le canal, s'arrête en face de la trouée entre les noyers. Le moulin de la Farge est là, derrière les arbres. La neige a couvert les tuiles romaines et la bâtisse se fond dans la blancheur générale. Pourtant qu'il est beau, ce moulin de la Farge ! Pourquoi ne l'a-t-il pas regardé, avant ce matin ? Est-ce la neige et cette lumière sans ombre qui l'embellissent à ce point ? Il n'avait vu qu'une maison un peu plus grande que les autres, une maison construite sur le ruisseau. L'été prochain, il fera agrandir l'aile droite où se trouve la presse aux noix. Il va aussi acheter un camion pour transporter les sacs de farine et aller chercher du bon grain dans les pays de culture. Les boulangers de Tulle sont plus difficiles sur la qualité de la marchandise que les paysans, mais avec les meules de la Farge, ces meules uniques dans le pays, il pourra contenter les plus exigeants.

Quand il arrive à l'étang, Brandel est là, tout tassé sous son béret, qui le regarde en dessous. Son nez aux larges narines lui écrase la figure.

— Il faudra bien qu'un jour, tu te décides à couper ces saules qui mangent le courant et vont casser la digue ! dit Jean en roulant une cigarette.

Vexé, Brandel lève sur lui ses petits yeux.

— Dis donc, toi, Baptiste est à peine froid que tu parles déjà comme un patron ! Fais pas le malin, le Jean, on sait d'où tu sors...

— On peut pas laisser le moulin ! continue Jean. Je vais être obligé de vendre les bêtes ! Tu pourras garder les prés, si tu veux !

Brandel se gratte derrière l'oreille. Il fait un pas dans la neige puis se tourne.

— Ma parole, ça t'a donné de la voix, la mort de ce pauvre homme. Et même que ça te rend insolent. T'oublie que je t'ai vu pas plus haut que ça et que je t'ai tiré l'oreille, le Rouge !

Sans répondre, Jean va chercher son rasoir et s'installe au bord de la cascade. Brandel le regarde faire.

— Voilà que tu as aussi pris les manies du vieux ! Tu peux dire que la guerre t'a servi, toi !

Quand il a fini, Jean pose son rasoir, puis roule une cigarette près du feu, l'air soucieux. Pauline le regarde. Qu'il est grand à cette place que son père occupait quand il prenait son paquet de tabac sur l'étagère ! Ses épaules cachent la moitié de la table et le couloir des chambres. Et cette main qui tient délicatement la feuille pliée en deux, c'est un battoir !

La neige fond dans la matinée, la campagne redevient grise, sauf au sommet des collines qui conservent encore quelques traces blanches. A la Farge, l'eau ruisselle, inonde les prés. Le petit raidillon derrière l'étang est plein d'une boue froide qui colle aux semelles. Jean pousse le grand levier de bois et les meules se mettent à tourner avec leur grondement sourd qui fait vibrer les murs. La farine se met à couler dans les sacs. Ce matin, l'odeur chaude du grain écrasé ne lui donne pas envie de tousser et il se sent capable de dominer le monde entier. Quand il rentre au moulin, que Pauline pose les yeux sur lui, il ose soutenir son regard neuf depuis hier.

A table, il décide de manger à la place de Baptiste, en face de Brandel qui est resté et n'en finit pas de parler du mort alors que cela gêne tout le monde.

L'après-midi, Pauline vient au moulin. Jean la regarde gravir les trois marches de pierre. Sa cape de bergère bouge autour d'elle. Ses cheveux qu'elle a laissés libres ont une couleur de miel dans cette grisaille humide. Elle marche un moment entre les sacs. Jean lui explique :

— Tu vois, ici, c'est l'orge que ton père a achetée à l'automne, je vais la moudre dans la semaine ! Là, j'ai entassé les balles de blé noir. Ton père préférait le mettre à l'autre bout, moi, je trouve que c'est plus pratique ici !

Pauline sourit. Le pli au coin des paupières

s'allonge et durcit ses yeux qui ont une lueur profonde de bête de proie.

— Il n'a pas fait une mauvaise affaire, le rescapé de la guerre ! C'est une drôle de femme, la chance !

— Une femme comme toutes les femmes, bougonne Jean. Qui ne sait pas ce qu'elle veut, se donne au premier gamin qui passe et se refuse à celui qui la mérite !

Pauline pose sa cape sur un sac. Dans la pénombre, ses cheveux ont gardé toute leur lumière. Ses lèvres un peu épaisses semblent bouder. Elle porte un tablier noir de deuil, mais cette tenue qui ternit les autres femmes, les vieillit avant l'âge, rehausse l'éclat de son visage, cache sa maigreur et la rend plus désirable encore.

— Et l'argent du moulin ? demande-t-elle tout d'un coup en se plantant devant Jean.

Jean sursaute. Près de lui, Pauline paraît minuscule, fragile, une poupée.

— De quoi tu veux parler ?

Elle recule d'un pas, baisse les yeux.

— Tu vas pas me faire croire que mon père ne te l'a pas montré l'autre nuit, quand vous êtes venus au moulin.

— Il ne m'a rien montré !

— Ah bon ?

Elle s'approche de l'escalier de bois qui descend à la remise aux outils, s'arrête.

— Il est ici. Moi, je l'ai vu quand j'étais petite ! Et j'en ai jamais parlé à personne. Viens ! dit-elle.

Dans la pénombre blanche de cette pièce enfarinée la rougeur de Jean se voit moins. Ses cheveux poudrés de farine sont blonds, presque aussi clairs que ceux de Pauline.

— Viens, je te dis! Il le regardait de temps en temps, alors Pierre et moi, on l'a vu!

Jean pose son sac et suit la jeune femme qui, à la porte de la pièce aux outils, tend la main pour avoir la clef.

— Je sais pas de quoi tu veux parler! dit Jean.

— Donne la clef!

Elle ouvre la porte, tourne le bouton de la lumière et son regard se pose sur la caisse claire aux boulons.

— Descends cette caisse. Elles sont là, les pièces. Il y en a beaucoup.

— Pourquoi tu me les montres?

Elle a un sourire qui allume son visage. Elle n'a jamais été aussi belle que dans cette pièce étroite au cœur du moulin.

— Parce que tu me fais marcher. Mon père te les montrées! Je veux pas que l'idée te prenne de t'en aller avec, tu entends?

Jean pose la caisse sur les dalles. Pauline se penche, écarte les boulons puis, surprise, dresse la tête.

— C'est toi qui as pris les... Hein? dis que c'est toi!

Elle lui fait face. Le pli au coin de ses paupières s'allonge. Elle est toute proche de Jean qui la domine de ses larges épaules.

— C'est toi qui l'as volé? Cet or est à moi. Tu n'as pas le droit d'y toucher! C'est l'or des Simoneau et je peux en faire ce que je veux!

Elle se précipite sur lui, le pousse contre le mur et martèle sa poitrine de ses petits poings clairs.

— Voleur! Tu vois que j'ai bien fait de m'en inquiéter! Mine de rien, tu voulais t'en aller chez ta vieille de Lagraulière avec tout cet argent! Et vous auriez fait la fête, tous les deux!

Jean lui prend les poignets. Elle tente de se dégager et se contorsionne dans tous les sens, frappe des pieds les chevilles de l'homme qui ne bouge pas et la regarde, impassible, un peu amusé. Comme elle est belle en colère! Comme il voudrait la serrer contre lui, l'étouffer dans ses bras!

— Je n'ai pas volé l'argent! Il est en sûreté, pour ton fils!

L'évocation d'Henri surprend la jeune femme. Elle regarde au fond de ces yeux rouges qui n'ont pas les expressions des yeux ordinaires. Les mains tiennent fermement ses poignets, l'immobilisent. La force abandonne Pauline. Une larme se forme et prend la couleur douce et lumineuse de ses prunelles.

— Lâche-moi! dit-elle en reniflant.

Elle se dégage; Jean ne la retient pas. Tandis qu'il range la caisse aux boulons, Pauline remonte lentement les marches neuves de l'escalier, vaincue. Jean tourne la clef dans la serrure.

Le redoux a fini de fondre la neige et le temps bas vire à la pluie qui salit le ciel. Cette année encore, l'hiver va se passer dans la boue. Il n'y a plus de saisons! Les vieux évoquent des mois de janvier avec quarante centimètres de neige. Depuis le début de la guerre, c'est fini. Un hiver sur deux, on ne voit même pas un flocon. Avec leurs avions et leurs automobiles, les hommes d'ailleurs ont fini par détraquer la nature !

Un après-midi, Jean vient à la maison chercher de la monnaie pour un client et s'emporte contre Henri qui se traîne encore sous la table. Elise lui fait remarquer qu'il est impossible de le tenir dans sa chaise, qu'il la renverse et se libère seul, même si on l'attache.

— Un petit diable ! dit la vieille, excédée. C'est bien un Simoneau, celui-là !

— Faut l'emmener au moulin avec moi !

— Au moulin ! Vous voulez qu'il s'étouffe sous un sac ?

— On est bien assez nombreux pour le surveiller !

— S'il faut compter sur sa mère...

C'est ainsi que, dès le lendemain, Camille emmène Henri au moulin où il se blanchit rapidement, mais Jean estime que c'est une bonne chose. L'odeur de farine n'est pas bonne au début ; elle fait tousser, dessèche la gorge. Mieux vaut s'y habituer tout jeune ; les bons meuniers naissent le cul sur les meules !

Depuis la mort de son père, Pauline reste toujours aussi insaisissable, pourtant, son regard a une vivacité, une présence qu'on ne lui avait jamais vues. Où Jean a-t-il caché l'argent du moulin ? Cette question la tracasse tellement, qu'elle tente de se rapprocher de son mari et remplacc souvent sa grand-mère pour surveiller le bébé dans la salle des sacs. Jean sent alors la morsure d'une terrible douleur. Il pense à ces hommes à qui elle s'est donnée et il a envie de la frapper !

— Viens t'asseoir à côté de moi, Jean. Maintenant que mon père n'est plus là, on pourrait s'arranger tous les deux !

— Il n'y a pas d'arrangement possible tant que tu vas courir d'un côté ou de l'autre et que tous les hommes peuvent t'attraper.

— C'est la jalousie qui te fait parler. Tu voudrais bien m'attraper, toi !

Jean baisse la tête, Pauline ajoute d'une voix suave.

— Tu es mon mari, ne l'oublie pas !

— Répète ça une fois, et je t'écrase la tête !

Il s'éloigne, sombre. Les sacs n'ont pas de poids entre ses mains et volent autour de lui comme des oreillers.

Pauline claque la porte avec vigueur et va calmer ses nerfs en marchant le long du ruisseau. Elle a encore été maladroite. Pour faire parler Jean, il ne fallait pas s'y prendre aussi simplement. Ce n'est pas un homme qu'on achète avec des faveurs. Il est droit, honnête, simple et courageux, mais aussi maladroit et timide comme un enfant. Sans la guerre, et s'il n'était pas un Rouge de Plumozelle, elle pourrait l'aimer !

Cette année 1921, le printemps arrive encore avant la date du calendrier. Dès la fin février, les bourgeons du lilas verdissent. Il n'y a pratiquement pas eu de gelée ; les paysans se plaignent : le froid qui n'est pas venu quand il fallait ne manquera pas, au mois d'avril ou de mai, de brûler les jeunes pousses pleines de sève.

Henri fait ses premiers pas le 20 mars. Tout le monde s'est habitué à le voir se déplacer à quatre pattes comme un petit animal quand, cet après-midi, le bébé se lâche et va d'un pas rapide et peu assuré s'agripper au pantalon de Jean. L'homme sourit en voyant ce petit pantin, les bras écartés, avancer en lançant ses jambes devant lui.

— Toi, dit-il, tu feras un bon meunier !

Il n'a que onze mois et Camille estime que cette précocité est un bon signe.

Ses progrès sont rapides. Très vite, il apprend à se débrouiller seul... Elise doit alors le suivre sans relâche. Guère plus grande que lui, la vieille trotte sans arrêt en multipliant les conseils de prudence. Henri n'y prête aucune attention et n'en fait qu'à sa tête.

Même s'il n'y a personne pour le surveiller,

Jean l'emmène souvent au moulin. Il s'est attaché à ce bébé à la tête large et carrée, aux petits yeux sombres de son grand-père. Parfois, il le prend sur ses genoux et le fait sauter. L'enfant rit aux éclats. Ce rire d'une voix minuscule met dans le cœur de l'homme une joie qu'il ne saurait exprimer.

Ses longues promenades conduisent Pauline presque toujours au même endroit. Elle longe la rivière vers l'aval, prend le chemin de Noyac et descend jusqu'au moulin de Rittort. Elle n'a jamais revu Julien qui la fuit, mais Jean se doute bien que c'est lui qu'elle attend. Comme il ne supporte plus la seule pensée qu'ils pourraient se revoir, il la suit de loin en se cachant, puis revient bien vite au moulin, honteux d'avoir perdu du temps pour rien. Brandel, qui voit tout, lui dit :

— Tu peux pas tout avoir, le Rouge !

Jean ne répond pas, pourtant, ses poings sont durs dans ses poches !

Un jour, tandis que Pauline arrive à la vieille grange, Jean fait irruption devant elle. La jeune femme marque sa surprise. Jean la regarde droit dans les yeux.

— C'est lui que tu attends encore? Qu'il vienne faire le malin et je l'écrase comme une mouche !

Pauline ne baisse pas le regard.

— Qu'est-ce qui te dit que c'est lui? Toi, tu veux tout gouverner ! Tu es comme mon père !

— Toutes tes manières m'agacent et si je me retenais pas...

Pauline le regarde longuement. Comment faire comprendre à cet homme simple ce qui se passe en elle, ces angoisses qui la submergent parfois et la laissent tremblante, sursautant au moindre bruit. Ses désirs qui lui font rougir les joues et cette impression constante d'être morte? De se retrouver vide comme une coquille alors qu'elle n'a pas encore vécu! Tout est si compliqué! Il suffit parfois d'un rayon de soleil pour lui faire bondir le cœur, d'une fleur épanouie dans le fossé pour répandre en elle un bonheur subtil qui lui donne envie de se rapprocher des autres. Il lui suffit aussi d'un souvenir, de l'image fugitive aux contours flous de son frère pour la plonger dans le pire des désarrois...

Jean tourne les talons, s'éloigne à longues enjambées. Sa colère incendie l'eau de la Douige. A cet instant, Pauline a envie de courir derrière lui, mais quelque chose la retient. Le soleil allume les prés, luit sur l'étang. Pourquoi éprouve-t-elle le besoin d'être désagréable avec cet homme dont la présence lui est devenue indispensable?

Le printemps est là. Le soleil chauffe les collines; les prés verdissent. Sur la route de Plumozelle, dans un repli de terrain, Pauline voit la première aubépine fleurie. Les oiseaux s'affairent aux nids et récupèrent les touffes de laine accrochées aux branches de la haie. Un couple de perdrix détale devant elle. Au croisement du chemin de Noyac, une petite musique l'arrête. Une musique faite de minuscules notes, des perles d'un bruit très pur. Elle se dirige vers elle et découvre, assis dans le fossé, un homme qui joue de la mandoline. Cet homme n'a pas posé sa cape d'hiver, pourtant Pauline reconnaît ses épaules frêles, ses cheveux très noirs, un peu longs comme des cheveux de bohémien. Elle reconnaît aussi l'air qu'il joue sur sa mandoline. Il n'y a pas si longtemps qu'Anselme venait ici pour faire danser les jeunes, pas si longtemps qu'il courtisait Pauline, comme tous les autres garçons, mais lui, il avait des doigts si fins, des paroles si douces, et cette musique qui allait droit au cœur... Baptiste qui n'aimait pas ses manières et ses compliments, avait profité d'une foire à Seilhac pour en savoir un peu plus sur ce musicien de la lune qui accrochait tous les cœurs à sa mandoline. Il en avait tant appris que le dimanche suivant, le meunier avait fait irruption dans la grange où l'autre jouait pour Pauline et l'avait chassé à grands coups de pied dans le derrière.

Le cœur de Pauline se met à battre très fort. Elle éprouve une très grande joie comme si ce retour sur son passé gommait une nouvelle fois le poids du présent. Anselme se tourne vers elle. Il n'a pas changé en trois ans : sa figure est toujours aussi fine, une figure de renard. Ses yeux pétillent de malice et ses mains qui caressent le bois de l'instrument sont toujours aussi belles.

— Je savais bien que je finirais par te trouver ! dit-il sans bouger tandis que ses doigts touchent les cordes qui émettent un son très pur, lointain, un soupir de plaisir.

— Mais qu'est-ce que tu fais là?

— Je t'attendais. On dit au pays que tu es folle!

Elle ne répond pas. Pauline sait ce qu'on dit sur elle. Les regards curieux et cette façon qu'ont les gens de s'écarter lorsqu'elle passe, le dimanche, à la sortie de la messe ne lui échappent pas.

— Il est mort, le vieux?

Anselme se dresse. La cape sombre découpe ses épaules étroites qui ont quelque chose de féminin. Le soleil est doux; un oiseau siffle dans la haie voisine.

— Et ton rouquin? Toujours aussi costaud? Tu devrais le mener à la baguette! C'est un gars qui sait travailler! Pour le reste, il ne doit pas être bien malin!

Elle baisse les yeux. Anselme lui pose une main sur l'épaule. Le contact est doux, soyeux, comme si cette peau était un tissu très fin.

— Oui, mon père est mort durant l'hiver, dit-elle. Jean a pris sa place et c'est lui le patron maintenant!

Anselme sourit, un sourire qui abaisse les coins de sa bouche et l'enlaidit.

— Tu dois pas le regretter beaucoup, le Baptiste. Après tout ce qu'il t'a fait endurer! Maintenant, c'est toi qui commandes? Ton Rouge est docile comme un mouton! Un peu sauvage et bourru! Surtout mal dégourdi, mais qu'est-ce que ça peut faire?

Pauline devine dans ce regard noir de corbeau qui ne le quitte pas comme une menace imprécise. Elle s'écarte d'Anselme.

— Tu ferais mieux de t'en aller. Il n'y a rien pour toi ici! dit-elle.

L'autre fait de nouveau un pas vers elle. Le soleil passe derrière un gros nuage noir; l'aubépine est habitée d'une multitude de moineaux braillards.

— Je crois qu'on a une revanche à prendre tous les deux! Une sacrée revanche maintenant que le vieux est dans le trou. Ton rouquin n'y verra rien!

— Laisse-moi, Anselme! Tout ça, c'est du passé et c'est oublié, tu entends, c'est oublié!

— Oublié? Je crois savoir que ton mari porte des cornes plus longues qu'un bœuf de dix ans. Et que tu n'es pas du genre farouche! En tout cas, c'est ce qu'on dit!

Ce qu'on dit! Pauline, une fille facile? Julien Rittort ne s'est pas gêné pour se vanter de son aventure. Pauline baisse les yeux.

— Tais-toi et vas-t'en! Je ne veux plus te voir!

— Bon. Comme tu voudras, ma jolie! J'étais seulement venu te demander un service...

— Un service?

— Oui. Une mauvaise affaire qui m'est arrivée... Au jeu! J'ai perdu et voilà, il me faut de l'argent, sinon...

— Je croyais que tu ne perdais jamais...

Il sourit de nouveau, les coins des lèvres bas, hideux.

— Je ne perds jamais quand je peux tricher, mais voilà...

— Qu'est-ce qui va t'arriver?

— Ils ont dit qu'ils m'écraseraient les mains, qu'ils me casseraient les doigts!

Tout en parlant, Anselme effleure les cordes qui émettent des notes très pures.

— Et qu'est-ce que j'y peux, moi?

Cette fois, il lui a posé les deux mains sur les épaules et il l'attire à lui. Pauline ne se dégage pas. Un frémissement parcourt son dos. Elle a un peu peur, mais cet homme frêle et glabre, si différent de ces paysans grossiers, a la séduction du feu. Il peut la brûler, mais elle a tellement froid au fond de son cœur!

— Et tous les sacs d'or de ton père? Je suis sûr que le Rouge ne sait pas où ils sont. Toi, tu le sais... Alors, une petite poignée pour moi et je sauve mes doigts!

Pauline se dégage de nouveau.

— Il n'y a pas d'or à la Farge. Il n'y a rien, je te dis!

— Et tu ne peux pas le faire parler, ton rouquin? Je te croyais plus maligne que ça!

— On ne le fait pas parler facilement! C'est lui le patron et il ne dit que ce qu'il veut!

— Bon, eh bien, tant pis, on m'écrasera les mains! Je suis à l'auberge Marriat, à Saint-Salvadour. Si tu changeais d'avis...

Pauline s'en va très vite au moulin. Elle voit des hommes taper à coups de marteau sur les beaux doigts d'Anselme. Elle sait qu'il n'apporte rien de bon, mais comment lui résister? Quand elle arrive au moulin, Camille a commencé le gavage des oies.

— Alors, toujours à courir au lieu de faire le travail qui reste! Va falloir t'enfermer à la Celette!

Elle aperçoit Jean qui bavarde sur la porte du moulin avec un paysan. Pauline pourrait lui dire la vérité puisqu'il connaît Anselme, mais pourquoi? Anselme ne vaut pas qu'on se dérange pour lui! Pauline n'était pas amoureuse de lui! D'ailleurs, elle n'a jamais aimé personne comme elle voudrait aimer un homme. Aimer son frère jumeau, c'est aimer une partie de soi, son reflet dans un autre. L'amour, au contraire, naît dans la différence, dans la liberté. Comment pourrait-elle éprouver un aussi grand bonheur? Son cœur est devenu dur et froid, une pierre. Il n'y a de place pour personne, pas même pour son fils Henri qui lui rappelle Auprestre, une salamandre. Alors pourquoi aider Anselme? Pour sa musique? Pour sauver ses mains qui sont les plus belles mains qu'elle ait jamais vues? Pour ce regard féroce et en même temps tendre? Et cette voix douce, un peu railleuse qui sait trouver des mots et des expressions qui charment? Pour tout ça, pour qu'il continue d'être Anselme, ce saltimbanque qui triche au jeu, ce bohémien qui n'a pour compagnons que sa mandoline et ses cartes!

Finalement, Pauline se décide. Quand les oies sont gavées, elle attend que sa mère soit rentrée à la maison pour rejoindre Jean au moulin.

Il est en train de vider du grain dans un silo. Pauline le regarde travailler. Ici, sa rougeur s'atténue sous le voile blanc de la farine. Il ne s'occupe pas d'elle et déplace les sacs avec facilité. Comment cet homme pourrait-il s'entendre avec Anselme qui a des manières de fille? Ce géant n'a pas de place en lui pour une amitié avec un coureur de chemin. C'est à cause de cette farine qui cache sa rousseur, à cause de la pénombre qui ne laisse voir que sa carrure, que Pauline n'ose pas tricher. Elle était venue pour lui raconter une histoire, pour l'amadouer, espérant pour la centième fois qu'il allait tomber dans le piège, et voilà qu'elle ne peut plus. Alors, elle joue franc jeu.

— Je viens de voir quelqu'un que tu connais!

Jean ouvre un sac. Le grain coule en un liquide doré avec un bruit de sable.

— Un joueur de mandoline! continue-t-elle.

Jean sursaute et se tourne vivement. Pauline est toujours près de la porte.

— Qu'est-ce que tu viens de dire?

— Un gars qui joue de la mandoline...

— Tu veux parler d'Anselme?

— Anselme, oui. Il est au pays!

Jean soulève le sac au-dessus du silo.

— On va lui écraser les mains, parce qu'il a perdu au jeu!

— C'est bien fait pour lui! Une racaille pareille ne mérite pas mieux!

Le bruit des machines et des courroies couvre sa voix. Pauline s'approche. Elle le regarde toujours avec intensité, comme elle ne l'a jamais regardé et l'homme baisse les yeux, mal à l'aise. Le babillement d'Henri qui gratte à la porte le distrait. Il va ouvrir et l'aide à monter les marches trop hautes pour ses petites jambes. De voir Jean tenir la main de cet enfant qui n'est pas le sien éveille en Pauline un étrange sentiment, une espèce de joie mêlée d'angoisse.

Elle sort. Le soleil passe derrière des nuages ronds et blancs. La lumière des collines s'éteint d'un coup. Pauline longe l'étang dont l'eau claire agrandit les cailloux du fond. Elle n'a pas envie de rentrer à la maison et s'éloigne dans les prés. Une forte odeur de feuilles sèches et de champignons monte du sol. L'image de Jean couvert de farine ne la lâche pas. Il était beau dans cette pénombre blanche du moulin!

Le lendemain, il pleut, un temps gris et bas qui donne envie de dormir. Pauline retrouve Anselme près de la grange de Brandel. Elle a le sentiment de commettre une faute très grave, de mettre en péril le moulin et tous ceux qui y vivent, pourtant, quand elle entend les notes légères de la mandoline, son cœur bat très vite.

— Tu lui en as parlé? Il ne veut pas! Tant pis! On m'écrasera les doigts!

Il hausse les épaules, résigné. Pauline s'est assise à côté de lui. Il pose sa mandoline et l'attire contre lui.

— Si on allait dans la grange! On serait mieux qu'au milieu de ce chemin où tout le monde peut nous voir!

— Non, je ne veux pas!

— Arrête de faire la bête! Tu en meurs d'envie!

Il l'oblige à se lever et veut l'entraîner, mais elle se dégage et s'en va à toutes jambes. Elle arrive au moulin, essoufflée, en larmes.

— Il va falloir l'enfermer, si ça continue! dit Camille.

De la porte du moulin, Jean a entendu. Si la folie n'était qu'une maladie comme les autres, il en viendrait à bout, mais quand le diable se met dans la tête d'une femme, il n'y a pas de remède, c'est Baptiste qui le lui a dit.

Ce soir, Jean reste de longues heures, les yeux ouverts dans le noir. Pauline ne dort pas, non plus, il l'entend se tourner et soupirer. Ils ont bavardé d'Anselme et de sa musique. C'est un peu Jean que ce bandit tente d'atteindre à travers Pauline... L'or du moulin ne doit pas être sali par un Anselme et ses dettes de jeu!

Deux heures sonnent à la pendule. Le bruit régulier de la chute épaissit l'ombre, une poussière de bruit à travers laquelle Jean entend des notes claires et pures. Finalement, le sommeil s'empare de lui et il s'abîme dans un rêve qui le remplit de bonheur. Pauline court, se jette dans ses bras. Ils sont dans une vaste prairie couverte de fleurs. Pauline l'entraîne à l'ombre d'un noyer et ils s'allongent dans l'herbe.

Il se réveille avec le sentiment d'être seul dans la chambre. La roue ne fait pas son bruit habituel. Il saute du lit, marche dans le noir et tâte la couverture de Pauline. Rien. Il allume. La jeune femme n'est plus là! Un pressentiment l'agite.

Il enfile rapidement son pantalon, fouille dans sa poche: la clef du réduit a disparu! La porte de la chambre craque, une plainte d'objet dérangé dans la nuit. Il traverse la cuisine sans allumer. Dehors, le jour monte sur la colline de Noyac dont la forme noire s'auréole d'une raie rouge. L'ombre tassée contre le ruisseau se réfugie au sol, jusqu'au moment où le soleil, tout d'un coup, luit au-dessus des arbres et inonde les prairies qui scintillent. Le ciel est clair et les oiseaux chantent. Il ne fait pas froid ; le vent ne s'est pas encore réveillé. Tout dort, mêmc les oies que l'on n'entend pas.

Jean regarde la surface sombre et lisse de l'étang puis passe le pont de la cascade. La porte du moulin est ouverte. Ce n'est pas lui qui l'a oubliée, Jean n'oublie jamais de fermer cette porte. Il entre sans bruit, se dirige vers l'escalier. Pauline est dans le réduit, elle a descendu toutes les caisses des étagères. Le sol est jonché d'un fouillis de morceaux de fer, de clous et d'outils divers.

— Qu'est-ce que tu fais ? demande Jean.

— Et toi ? Je suis chez moi, ici ! Tu ne vas pas me dire ce qu'il faut que je fasse chez moi ?

— Qu'est-ce que tu fais, je te demande ?

La voix de Jean est ferme, incisive. Il s'est approché d'elle et la domine.

— Je cherche de l'argent pour sauver les mains d'Anselme.

— Il n'y a pas d'or ici ! Il a voulu t'embobiner, Anselme ! Ses mains, il saura les sauver sans toi ! Et il finira en prison, comme il le mérite !

— Et toi, comment tu finiras ? Tu m'as pris mon argent, mon moulin, mon fils ! Tu m'as tout pris et ça n'empêche pas les gens de te saluer et de poser le béret comme si tu étais quelqu'un !

— Tu ne m'as rien pris, toi, peut-être? Tu m'as pris toute ma vie. Pourquoi, la Pauline, pourquoi?

Il lui attrape le poignet et à cet instant, il revoit son rêve. Pauline était serrée contre lui ; dans cette herbe nouvelle, ils roulaient sur la pente. Elle se débat et, de sa main libre, le griffe sur la joue. Le sang perle sur sa peau. Jean ne la lâche pas.

— Je t'ai dit de venir! Je finirai par croire ce que disent les gens, que tu es folle!

A ce mot, Pauline pousse un cri strident qui a dû s'entendre de la maison.

— Alors, toi aussi, tu veux me faire passer pour folle? Pour me prendre même mon âme puisque les fous sont moins que des animaux?

La brûlure de la joue n'est rien à côté de ce que Jean ressent dans son cœur. Il pense à la Migou, sa bonne fée. Que ferait-elle dans une pareille situation? « Les femmes, c'est tout simple, lui a-t-elle dit un jour, une bonne raclée leur remet les idées en place. »

Il tire Pauline dans l'escalier jusqu'à la salle du haut. Elle lui fait face et il voit la lueur de ses yeux dans cette lumière blafarde du jour qui se lève. Les sacs sortent de l'ombre.

— Tu n'as été qu'une enfant gâtée!

Elle ne bronche pas, le regarde toujours avec cet air de défi. Il la pousse sur les sacs. Pauline a un cri bref de bête prise au piège.

— Me touche pas! hurle-t-elle.

Cela faisait bien longtemps qu'il en avait envie! Sans le rêve de cette nuit, sans la musique d'Anselme qui a trotté dans sa tête toute la soirée, sans ce jour blanc et triste, il n'oserait probablement pas ! Il se laisse tomber sur Pauline, lui pose la main sur la bouche pour l'empêcher de crier. Elle tente de le mordre. Allongé sur ce corps vigoureux qui se contracte sous lui, Jean oublie sa colère. Sa tête aux cheveux rouges se pose contre ce cou blanc et lisse ; ses lèvres se promènent sur cette peau chaude où la grosse veine bat très fort, comme pendant la fièvre. Les cheveux blonds qui accrochent la lumière du jour lui chatouillent le nez. Pour la première fois, il serre Pauline dans ses bras avec une ivresse qui le submerge par flots puissants. Elle ne se débat plus, elle pleure. Alors, il lui parle très vite, dans le creux de l'oreille, en se cachant contre son épaule.

— Pauline, faut pas m'en vouloir... Si je m'occupe du moulin, c'est pour toi et pour le petit. Parce que je l'ai juré à ton père. Mais si tu veux, on peut le faire tous les deux... Parce que moi, depuis que je suis ici, je crève... Je crève, tu comprends, parce que...

C'est trop difficile à dire. Certains mots peuvent détruire ceux qui les prononcent, ce sont les mots d'amour.

Il prend conscience de ce qu'il vient de dire, se dresse brusquement, arrange son paletot. Pauline se lève à son tour. Ses cheveux défaits sont tout ce qui se voit dans ce petit jour. Elle regarde Jean sans haine, comme elle ne l'a jamais regardé.

— Il faut rentrer ! dit Jean. L'Anselme n'a pas besoin de nous.

Pauline ne répond pas. Des larmes roulent

encore sur ses joues et Jean voudrait les essuyer avec son mouchoir. Il la regarde s'éloigner avec le sentiment d'avoir encore une fois été le plus faible. Il a dit n'importe quoi contre cette épaule chaude et douce, le nez enfoui dans ces cheveux.

La jeune femme passe le petit pont et rentre à la maison. Jean s'assoit sur le muret de l'étang. Le matin clair jaunit l'eau immobile d'où s'élève une légère brume blanche. Un poisson troue cette surface parfaitement lisse et les ronds n'en finissent pas de courir vers la berge. Le coucou chante dans le bois de Noyac. A cette heure, la cascade fait un bruit sec, une grêle sur un toit de tôle. Jean ne va pas retourner se coucher. C'est l'heure de monter voir la digue, de sentir ces odeurs du matin qui disparaissent avec le soleil.

Il traverse le pré, les mains dans les poches avec un curieux sentiment au fond de lui. La joue de Pauline a laissé contre sa peau une sensation de douceur que l'air frais avive.

Quand il revient en suivant le canal, Brandel est devant la porte du moulin, son béret sur le côté. Jean lui serre la main. Ils bavardent un moment et vont voir les bêtes dans l'étable.

Midi sonne à la pendule de la cuisine. Jean qui est au moulin entend de la musique du côté de l'étang. Il sort précipitamment et voit Anselme qui joue de la mandoline, assis sur le muret. Henri lâche la main de son arrière-grand-mère et accourt en applaudissant. Le chien grogne, le poil hérissé. Jean reste un moment dans l'ombre de la porte. La musique n'en finit pas de cabrioler au-dessus de la surface lisse de l'eau. Des notes qui pleuvent, précieuses comme des perles de cristal. Le soleil luit sur la caisse de l'instrument. Sacré Anselme ! Il y a de la magie dans cette musique. Jean s'approche de lui. Il n'a pas son chapeau.

— Alors le Jean ! C'est donc toi le nouveau patron ! Tu me fais un sacré meunier ! Mais dis donc, la farine te va bien !

Anselme sourit, sa mandoline sur les genoux. Ses doigts se sont arrêtés sur les cordes et Jean les regarde, émerveillé.

— Qu'est-ce que tu fais là ?

Camille est sortie sur le pas de la porte. Elle met la main sur son front pour mieux voir.

— Qu'est-ce que c'est encore, ce bohémien ? On ne veut rien acheter ! Passez votre chemin !

— Alors, comme ça, on va t'écraser les mains ? Crapule ! Tu voudrais me faire croire ça ? demande Jean, amusé.

— Ça fait deux jours que j'ai pas mangé ! se plaint Anselme. Regarde, je serai bientôt aussi maigre qu'un lézard !

— Pour le plaisir que tu as donné au petit avec ta musique, je vais t'apporter un peu de pain et un peu de lard. Après, tu fileras avec ta mandoline et tes histoires.

D'autorité, Jean a pris Henri par la main et le recule du muret où Anselme est toujours assis.

— Mais dis donc, voilà que tu me menaces ! Je croyais qu'on était copains ! Rappelle-toi, l'autre hiver !

— Justement, je me rappelle, et on n'a jamais été copains.

Jean laisse Henri à Elise, coupe une demi-tourte, prend un gros morceau de lard salé dans le placard. Pauline est là, tapie dans l'ombre de la cheminée. Elle l'a suivi des yeux, comme une bête terrée qui redoute le chasseur. Jean tend le pain à Anselme.

— Et la Pauline? Qu'est-ce qu'elle fait? C'est elle que je veux voir.

— Anselme, tu vas t'en aller tout de suite avant que je t'aie flanqué une dérouillée comme tu n'en as jamais eu!

Anselme a compris que Jean ne plaisante pas. Il voit ses poings se fermer et devenir blancs, ses lèvres se pincer. Il prend le pain.

— N'oublie pas, ajoute Jean, que si tu vas chercher des misères à la vieille Migou, il t'en cuira!

Il est pitoyable, Anselme, dans ce chemin avec sa mandoline sur le dos, démesurée pour ses épaules étroites. Il baisse la tête devant Jean Charias qui s'est planté à la porte du moulin, les mains sur les hanches. Ses cheveux couverts d'une fine poussière de farine flamboient au soleil d'une belle couleur de paille.

Pendant le repas, Pauline ne dit pas un mot. Elle mange très peu et regarde, anxieuse, le carré de soleil que la porte restée ouverte découpe sur le carrelage. Jean qui l'observe se demande s'il n'a pas déjoué quelque complot en chassant Anselme. Il se sent hargneux et repousse brutalement son chien qui lui réclame un morceau de pain.

Vers deux heures, il aperçoit Pauline qui

s'éloigne dans le pré de Brandel, alors, il la suit de loin, en se cachant derrière la haie de noisetiers. Pas un seul nuage ne traverse la bande de ciel. L'azur profond luit comme un immense miroir posé sur les collines. Pauline marche d'un bon pas, autrement que pour une promenade ordinaire. Jean retient son chien. A la grange de Brandel, il reste dans le chemin creux de Saint-Salvadour. Les notes de la mandoline l'avertissent qu'Anselme est là. Pauline contourne la grange. Le musicien est assis dans le pré sur sa cape étalée par terre. Sa musique se fond dans la lumière éclatante. Caché derrière le mur couvert de lierre, Jean voit Pauline s'asseoir à côté de lui. Il serre les dents, le chien grogne.

Anselme pose délicatement sa mandoline à côté de lui, passe son bras sur l'épaule de Pauline. La jeune femme recule jusqu'à se trouver dans l'herbe.

— Allez, fais pas la bête ! Tu en as envie depuis le temps où je venais faire danser les jeunes pendant la guerre !

— Non, je veux pas !

Elle fouille dans la poche de son tablier et sort une petite bourse.

— Tiens, c'est ce que j'ai trouvé dans le tiroir de ma grand-mère. Je peux pas toucher à l'argent du moulin, Jean le verrait !

— Il a besoin d'une leçon, celui-là. Tu as vu, comme il m'a traité ? Comme un mendiant ! Je vais m'en occuper ! Moi aussi, j'ai des copains costauds ! Il se prend pour qui ?

Pauline recule, horrifiée.

— Mais tu ferais pas ça ?

Anselme sourit, ce sourire qui abaisse le coin de ses lèvres.

— Je vais me gêner, tiens. Et toi, ne fais pas la sainte nitouche!

Elle s'écarte de la cape qui fait une tache noire dans le pré vert. Sa robe claire moule ses hanches, sa taille minuscule. Ses cheveux flamboient. La rivière fait un bruit aérien, d'une grande douceur.

— Mais tu ferais pas ça à Jean? répète-t-elle. C'est un garçon honnête, lui!

— Viens, on va faire l'amour! Je sais que tu aimes ça et les hommes d'ici sont des maladroits!

Elle recule, Anselme s'approche d'elle.

— Je vois..., dit-il en riant. Tu veux faire durer le plaisir, je comprends et ça me plaît!

Il bondit avec l'agilité d'un chat. Pauline l'évite, mais il réussit à lui prendre le bras et la traîne sur la cape.

— Anselme, je t'en prie!

Une boule de colère comprime les poumons de Jean qui sort de sa cachette. Anselme l'aperçoit et recule. Il veut fuir, mais Jean le rattrape. D'une poigne puissante, il le tient à bout de bras. Anselme s'écrie:

— Eh bien quoi, copain? Tu vas pas faire l'idiot!

Un coup de poing en pleine figure le fait rouler sur sa cape. Horrifiée, Pauline reste à l'écart. Jean frappe de nouveau, s'empare de la mandoline par le manche, la soulève à bout de bras. La caisse éclate sur l'épaule d'Anselme qui gémit, ses belles mains devant la figure.

— Je t'en supplie, calme-toi ! crie Pauline.

— Allez, viens ! dit-il, on s'en va !

La jeune femme tremble de tous ses membres. Appuyée à l'épaule de Jean, elle sent son bras solide qui l'emprisonne. Elle se raidit.

— Lâche-moi ! Je veux rentrer seule.

Le soleil miroite sur la rivière. Des odeurs de mousse fraîche montent de la berge. Un renard qui était venu boire dresse ses oreilles pointues et voit cet homme aux cheveux rouges marcher d'un pas puissant, la tête basse. Un long frémissement parcourt le dos de l'animal. Tout à coup l'homme fait demi-tour, traverse le pré : ses pas laissent un sillage dans l'herbe déjà haute. Jean revient vers Pauline qui s'est assise sur une petite plage de galets ronds au bord de la Douige.

— Je t'ai dit de venir ! crie-t-il, hors de lui.

Pauline lève lentement ses yeux mouillés.

— Non, je ne veux pas venir !

— C'est ce qu'on va voir !

Il la prend d'une main et la soulève, comme une poupée de chiffon. Pauline pousse un cri, bat l'air des bras et des jambes, tente de griffer Jean qui la tient toujours d'un bras.

— J'irai me noyer ! Comme ça j'aurai fini de te gêner !

Jean ne répond pas. Il pose Pauline dans l'herbe et l'oblige à marcher à côté de lui.

— Si tu crois que tu vas faire tout ce que tu veux de moi, tu te trompes !

Elle pleure à gros sanglots. Jean a envie de la frapper, de taper de toutes ses forces sur ces joues trempées, pourtant il se retient. Ses mains tremblent, du plomb coule dans ses veines. Il lâche Pauline. Le chien qui s'est approché reçoit un terrible coup de pied qui le fait rouler jusqu'aux galets.

Pauline reste très longtemps assise, la tête posée sur ses genoux. Des sanglots soulèvent ses épaules. Maintenant, vidée de sa colère, elle regrette de s'être emportée. Pourquoi a-t-elle réagi ainsi puisqu'elle ne voulait pas céder à Anselme ?

Les jours suivants, Pauline va très mal. La nuit, elle pleure pendant des heures, refusant de parler à Jean qui en néglige son travail au moulin. Durant la journée, elle ne bouge pas du banc près du feu, la tête basse, absente. Même les réprimandes de sa mère ne réussissent pas à lui arracher une parole. Elise la regarde en soupirant : le malheur est encore au moulin de la Farge, tapi dans l'ombre, prêt à frapper là où personne ne l'attend. Cela, la vieille femme en est certaine. La bête gourmande n'est pas repue ; après tous ces morts, elle a encore faim.

Jean ne décolère pas, Camille l'a compris et évite de lui faire des remarques. Il se couche tout de suite après la soupe ; le sommeil est une fuite.

Une semaine passe, morne. Le temps est gris, des averses de printemps martèlent les tuiles puis le soleil revient, allume les flaques. Les nuages courent sur les collines ; la Douige est en crue...

Cette nuit, Jean Charias se réveille en sursaut. En face de lui, les vitres sombres de la fenêtre reflètent, par moments, une vague lueur rouge qui tremble derrière le rideau. Il se frotte les yeux, se dresse sur les coudes. La lueur s'amplifie, couleur de sang. Intrigué, il appuie sur le bouton de la lumière : Pauline n'est pas dans son lit. Il saute par terre, enfile prestement son pantalon. Dehors, il voit des flammes qui sortent de la salle des sacs, lèchent le mur jusqu'aux tuiles. Nom de Dieu, le feu ! Il se précipite, pousse la porte. Un mur incandescent l'arrête. Avivé par l'appel d'air, l'incendie court sur le plancher qui brûle comme une torche. Une partie du plafond s'effondre avec un bruit sourd. Des poutres en flammes tombent dans l'eau où on les entend souffler comme une multitude de chats en colère. Une épaisse fumée blanche monte de la cascade. Toute l'aile droite du bâtiment est embrasée, dans quelques minutes, ce sera le tour de l'habitation.

– Y a le feu ! Levez-vous vite ! crie Jean en entrant dans la cuisine.

Il entasse ses vêtements, les porte dehors, sort les chaises, pousse la table, énorme masse de chêne qu'il déplace comme du bois à cageot. Ses forces sont décuplées. Il fait irruption dans la chambre de Camille, appuie sur le bouton de la lumière, mais la dynamo a dû être endommagée. Il s'empare du berceau d'Henri qui pousse un cri de surprise. Camille s'est levée, assise sur son lit, elle a du mal à réaliser ce qui se passe.

– Le feu ! crie encore Jean. Le feu est dans le moulin !

– Mais vous êtes fou ? Qu'est-ce que vous faites ?

Jean s'arc-boute contre l'armoire qui se renverse avec un bruit sourd, la pousse dans la porte. Le bois gémit. Voilà enfin l'armoire dehors, à côté du petit lit où Henri, horrifié, pleure et appelle sa grand-mère. Elise, ébouriffée, a joint les mains sous le crucifix.

— Mon Dieu, je savais que c'était pas fini ! Je le sentais tout près de nous !

— C'est pas le moment de prier ! hurle Jean.

Il est partout à la fois, court dans toutes les pièces, Camille ouvre le placard de la cuisine et sort la belle vaisselle d'argent dont on était si fier au moulin de la Farge. Jean fouille dans les autres armoires trop grandes pour être sauvées, emporte des piles de draps, des vêtements. Elise revient de la chambre de derrière, inoccupée depuis le départ de Julien, chargée de livres, de photos encadrées, une brassée de souvenirs. Déjà le feu gronde derrière la cloison.

Sur l'aile droite du bâtiment, des flammes de plusieurs mètres passent par-dessus la toiture éventrée. Une lueur de sang monte jusqu'aux étoiles. La charpente craque ; les tuiles crépitent, mitraille que Jean n'entend pas. Camille qui a pris la main d'Henri s'écrie :

— Et le coffre du moulin ?

Jean traverse le rideau de fumée, entre dans le brasier qui gagne l'habitation. Il y fait très noir malgré les lueurs imprécises des flammes qui éclatent dans la fumée. A tâtons, Jean trouve le coffre, le charge sur ses épaules et sort en titubant. A la porte, des flammes lui barrent le passage, il n'hésite pas, franchit le brasier de son pas puissant.

Le feu rampe sur le plancher, lèche les poutres multicentenaires avant d'y enfoncer ses dents dorées. Le plafond s'écroule en libérant un essaim d'étincelles qui montent jusqu'aux étoiles. Des bruits sourds retentissent dans la carcasse du bâtiment. Elise a éloigné le bébé. Camille pleure.

Des planches enflammées se détachent, tournoient comme des torches, tombent dans l'eau qui grésille. Une épaisse fumée grise monte du torrent. Surchauffée, une partie du pignon bascule, s'écroule avec un bruit de tonnerre. Le dernier pan de la toiture s'affaisse à son tour. Des volutes rouges éclatent dans les nuages. Un flot de sang coule de l'étang; seule la roue de châtaignier, toujours mouillée, tourne encore avec sa régularité d'horloge.

Elise caresse la joue du bébé en lui disant des paroles rassurantes, mais sa voix tremble. Camille, les mains croisées devant la figure, s'est agenouillée sur le sol froid. Une odeur suffocante de graisse brûlée noue la gorge. L'incendie a gagné la rivière qui charrie des flammes rondes comme des voiles.

— Mon Dieu, qu'allons-nous devenir? se lamente Camille d'une voix qui tremble.

— Et Pauline?

C'est Jean qui a crié. Sa voix s'est heurtée au grondement de l'incendie. Il court autour du brasier en appelant, mais rien. Il va à l'étable, située à une vingtaine de mètres, allume la lanterne. Des pierres tombent près de lui; le sol tremble. L'étang s'illumine de lueurs profondes qui semblent sortir du ventre de la terre. Tout à coup, Jean aperçoit une forme sombre sur le muret.

— Mais Pauline, qu'est-ce que tu faisais là? Il court jusqu'à elle.

— Tu n'as pas de mal au moins!

Elle est là, comme hébétée et regarde ces flammes qui lui allument la figure. Elle semble indifférente.

— Mais il y a le feu! crie Jean. Tu le vois pas?

— Si, je le vois! J'ai froid!

Jean court vers le tas de vêtements posés sur la table et prend une couverture.

— Tiens, couvre-toi!

Une lueur ocre embrase les collines. Un léger vent entraîne des nuées d'étincelles vers l'étable. Jean s'aperçoit du nouveau danger.

— Il faut arroser l'étable, sinon elle va y passer aussi!

Il tire sur le tuyau de la pompe, mais celle-ci ne fonctionne plus. Il court chercher un seau à l'étable, le remplit à l'étang et lance l'eau contre les pierres chaudes qui fument.

Les hennissements terrorisés de la jument percent la nuit. Les vaches trépignent, tirent sur les chaînes qu'elles tentent de rompre. Les cornes cognent contre le bois des crèches.

A Plumozelle, Paul Charias se lève, brusquement pris d'un pressentiment. Il sort et voit le ciel rouge au-dessus de la vallée, les collines sont agitées d'une lumière de sang. Il rentre prendre sa veste.

— Y a le feu à la Farge ! crie-t-il à Marie, et il s'en va dans la nuit, court à grandes enjambées.

La descente l'emporte. Quand il arrive, il ne reste plus de l'orgueilleux moulin de la Farge qu'un immense brasier. Jean fait toujours le va-et-vient de l'étang à l'étable avec son seau minuscule.

— Qu'est-ce que tu fais ? Faut sortir les bêtes ! crie Paul.

Les flammes que le vent rabat lèchent déjà le pignon, serpentent sur les tuiles. Paul ouvre en grand les portes. Jean accourt et ils détachent les vaches dans le noir. La panique rend la tâche difficile et dangereuse. Les animaux trépignent ; Jean manque plusieurs fois de se faire écraser contre les parois des crèches. Une fois libres, les vaches s'éloignent en meuglant. La chaleur est de plus en plus forte, insoutenable. La chèvre bêle dans son étable du fond, Jean allait l'oublier !

Maintenant, l'incendie perd de sa force. L'effondrement des murs retient l'eau qui éteint les braises. Quelques flammeroles s'accrochent encore à des morceaux de poutre. Le vent qui a tourné pousse la fumée incandescente vers les collines. Jean est las, abattu, vidé de toute force. Les deux femmes prient toujours, à côté de l'armoire sauvée. D'autres personnes alertées par la lueur arrivent des hameaux voisins et assistent à la fin du moulin de la Farge, orgueil des Simoneau. Il n'en reste que des cendres que l'eau brasse et emporte. La roue a été épargnée. Des pierres la bloquent par-dessous et l'eau cascade d'une aube à l'autre... L'étable est sauvée ; Paul Charias et Brandel inspectent le fenil et ne trouvent aucune fumée suspecte, mais cela ne veut pas dire grand-chose : le feu, bête sournoise et malfaisante, peut couver plusieurs jours de suite avant d'éclater.

Camille et Elise n'ont plus la force de se plaindre. Hébétées, elles sont assises sur le rebord de l'armoire renversée, aussi vieilles, aussi courbées l'une que l'autre. Henri s'est tu et tète son pouce dans son lit. Pauline, enroulée dans sa couverture grelotte, toujours à la même place, sur le muret... Le ciel a une couleur laiteuse, les oiseaux chantent dans le grand tilleul. Jean qui s'est démené toute la nuit regarde, les bras ballants, le brasier qui palpite encore dans le matin. Il ne pense à rien.

Son père lui dit doucement :

— Il faut rentrer le petit dans la grange. C'était bien une maison, avant !

— Oui, au fond de l'étable où j'attache la chèvre.

C'était là que vivait, autrefois, un vieux domestique. Constituée de deux pièces, la cuisine — maintenant, l'étable de la chèvre —, assez grande, où se trouve encore la cheminée, et une « chambre » sombre avec une minuscule fenêtre tournée vers le nord où Jean range ses bottes de paille, cette habitation provisoire peut être convenable après un bon nettoyage. Beaucoup de paysans des collines n'en ont pas autant !

— Je vais dire à ta mère et à ta sœur de

descendre donner un coup de main pour arranger tout ça ! ajoute Paul.

Jean va s'asseoir à côté de Pauline.

— Venez m'aider ! crie Paul Charias à Brandel. On va déplacer cette paille, porter la table et les chaises à l'intérieur. Le petit va avoir froid !

Elise et Camille ne protestent pas quand Paul les prend par le bras pour les conduire au fond de l'étable vide.

— C'est pas le moment de se laisser aller aux mauvaises idées ! dit-il.

Le jour luit au sommet des collines. Une épaisse fumée se dégage des pierres, le feu vit encore sous ces décombres... Leur panique passée, les bêtes sont revenues et paissent dans le pré de la digue. Dans l'étable, Brandel se met en colère contre les femmes.

— Remuez-vous un peu ! Vous avez vu comme c'est sale !

Elise sort chercher un balai et revient avec cet outil qui semble démesuré pour elle. Camille se mouche puis se met au travail à son tour, c'est la meilleure façon de ne pas penser. Paul débarrasse la paille qu'il porte dans la grange.

Le ciel est clair, mais il va pleuvoir : l'air a cette limpidité particulière qui semble rapprocher le sommet des collines. Un peu de fumée s'élève encore au-dessus des ruines. Les deux meules ont été épargnées. Elles ont glissé de leur promontoire de pierre, mais ne sont pas cassées. Hors de l'eau, des sacs de farine se consument lentement avec une petite fumée noire. Les gens repartent chez eux. Paul s'approche de son fils et lui pose une main sur l'épaule.

— Tu vas le reconstruire, ce moulin ! Il faut pas qu'on dise qu'un Charias a manqué de courage !

Jean n'a pas entendu et s'éloigne. Tout à l'heure, il partira peut-être de la Farge, il ira voir la Migou. Là-bas dans la petite maison sombre, tout est facile. Cet incendie, c'est lui qui l'a allumé, par son ambition démesurée. Il se prenait pour un véritable meunier, alors que le moindre apprenti n'aurait pas agi comme lui. Parce qu'il est sur l'eau, on croirait un moulin à l'abri du feu, eh bien non, c'est le contraire. Baptiste l'avait assez répété ! Un bon meunier n'entasse jamais les sacs de farine lorsque le grain n'est pas assez sec, la fermentation s'y met et allume la toile des sacs. Tout cela, Jean le savait, mais à quoi pensait-il ? Il pensait à se montrer dans les foires avec son habit neuf... Pauline a raison : il se prenait pour le roi ! Un homme qui oublie des sacs de farine humide n'est pas digne d'être meunier. L'odeur chaude de la fermentation aurait dû l'avertir, mais Jean avait le nez bouché ! C'est sa négligence qui a mis le feu au moulin de la Farge !

Pauline tremble encore sous sa couverture. Cette nuit, elle ne dormait pas quand un craquement a attiré son attention. Une lueur rouge saignait sur les carreaux de la fenêtre. Elle s'est levé sans bruit. Devant la porte, l'incendie qui commençait l'a surprise, pourtant, elle n'a pas donné l'alerte. Les flammes la fascinaient. Ces poutres qui craquaient et s'effondraient dans un nuage d'étincelles ne lui causaient aucun regret. La jeune femme s'est assise sur le muret de l'étang. Une espèce de joie morbide lui secouait le ventre d'un rire nerveux.

— C'est moi qui ai mis le feu! dit Jean.

Pauline tourne vers lui son visage clair. Ses yeux ont la couleur du matin infiniment plus précieuse que le scintillement de la rivière.

— Non, dit-elle, c'est moi!

Jean sursaute. Il la prend par les épaules et la secoue.

— Dis, tu n'as pas fait ça?

— J'ai vu les flammes qui sortaient du moulin. Si je t'avais appelé, tu pouvais encore l'arrêter, mais je suis restée là, à regarder ce feu! crie Pauline en se dégageant, un air de défi dans les yeux. Et j'ai vu les flammes monter jusqu'au toit et le manger tout entier!

Elle part en courant dans le pré de la digue. La couverture glisse de ses épaules et tombe, tache sombre dans un matin où tout est blanc. Les vaches regardent cette fine silhouette au bord de la rivière. Jean la rattrape. Elle se tourne, lui fait face, toutes griffes dehors ; l'homme a tôt fait de la maîtriser. Il la tient contre lui, dans ses bras puissants.

— On va t'enfermer comme les fous! Tu entends?

Elle ne se débat plus. Ses muscles cessent de se contracter. Elle reste plaquée contre ce corps robuste, minuscule, vaincue.

— Pauline...

— Jean...

— C'est quand même moi qui ai oublié les sacs ! dit Jean.

Il lâche Pauline qui s'éloigne, la tête basse, revient vers l'étable où Camille et Elise ont fait le ménage. Elise a même allumé du feu et l'eau du café chauffe. Il roule une cigarette en regardant distraitement cet aménagement de fortune.

Il pense encore à Pauline plaquée contre lui, à sa tête posée sur son épaule et à la manière dont elle a prononcé son nom. S'il fallait brûler le moulin pour ça, Jean est prêt à recommencer.

La pluie arrive vers midi. Les lambeaux de nuages qui surplombaient l'horizon à l'ouest s'épaississent et les premières gouttes commencent à tomber tandis que Jean et Brandel sont en train de rentrer les bêtes. Brutale, l'averse martèle le toit de l'étable. Une colonne de fumée blanche monte des ruines du moulin et se perd dans le ciel.

— Tu crois que ça pouvait pas pleuvoir cette nuit..., gémit Brandel.

Camille monte à Plumozelle emprunter du pain. Son porte-monnaie à la main, elle a l'air d'une mendiante et baisse les yeux de honte. L'après-midi, Jean décide d'aller voir les maçons pour parler de la reconstruction.

Dans la vieille maison, on s'organise. Les murs ont été nettoyés ; le sol débarrassé de ses immondices. Camille passe le balai sur le plafond pour enlever les toiles d'araignée. La fenêtre que Jean avait bouchée avec de la paille a été dégagée, Brandel a remplacé le carreau cassé. Pendant qu'elles s'occupent, Elise et Camille ne pensent pas à se plaindre. Henri se traîne avec le chien sur la terre battue et se salit beaucoup. Elise se fâche un peu, mais ne crie pas bien fort contre ce pauvre petit qui commence si mal sa vie, lui, le seul descendant des Simoneau !

Jean vient de temps en temps assister aux transformations. Le soir, lorsqu'il arrive avec Brandel, le feu brûle dans la cheminée qu'on a ramonée. Il fait bon dans ce réduit où la table occupe toute la place. Il préfère cette vieille cuisine paysanne à celle du moulin, froide et trop propre.

— Ça va être pour dormir qu'il va falloir se serrer ! se plaint Camille. Il n'y a pas beaucoup de place dans l'autre pièce !

— J'irai dans le foin ! dit Jean. Ça me gêne pas.

Pauline a donné un coup de main, mais ce soir, ses nerfs la lâchent. Elle s'est assise près du feu et grelotte, les mains tendues aux flammes. Ses yeux ne voient rien. Camille soupire.

— Manquerait plus qu'elle tombe malade de nouveau, celle-là !

Brandel répare aussi la porte qui sépare la cuisine de l'étable. Il suffisait de reclouer les gongs et de remplacer deux planches cassées. Maintenant, on peut la fermer pour atténuer le bruit des cornes et des chaînes.

— Ce qui manque le plus, c'est la pendule ! dit Camille.

Elle hausse les épaules, s'en prend à l'absurde fatalité. Un moment, elle lève ses yeux pleins de larmes.

— Heureusement qu'il n'est pas là pour le voir, ce pauvre Baptiste ! Lui qui a tant travaillé !

Jean semble démesuré dans ce minuscule intérieur. Il encourage sa belle-mère.

— On va le reconstruire, le moulin de la Farge ! Et plus grand encore ! J'ai vu les maçons !

L'obligation de vivre dans ces quelques mètres carrés les rapproche. Jean s'assoit à côté de Pauline qui ne le fuit pas. Son regard se pose sur lui, insistant, différent de ce regard mort ou agressif qu'elle avait avant. Jean l'a bien compris ; il en est si heureux qu'il se sent capable de reconstruire le moulin à lui seul.

La pluie ne cesse de tomber de la nuit. Noyées, les ruines ne fument plus. Au milieu de l'amas de bois calciné, de pierres, Jean a dégagé les meules intactes, claires et lisses comme des dessus de crâne. Pauline grelotte toujours près du feu. Dans la pièce voisine, Elise écarte les matelas par terre. Camille lui demande :

— Et toi, tu vas rester ici ou monter avec ton homme ?

La jeune femme ne répond pas. Sa tête est ailleurs ; elle n'a pas mangé de la journée, à part un peu de soupe que sa grand-mère lui a fait avaler de force.

— Quand tu seras décidée, tu nous le diras ! dit sa mère en écartant des couvertures sur son matelas.

Jean appelle son chien. Il se réjouit de dormir dans le foin, comme chez la Migou. Le foin profond et chaud de l'été passé n'a pas la rugosité du foin frais juste rentré, mordant de soleil. Il a la douceur d'un grand édredon. On y dort sans poids, un goût d'été dans la bouche.

— Prenez quand même une couverture ! dit Camille.

Dehors, la nuit de printemps a la douceur d'un drap. Des odeurs de pluie alourdissent l'air. Maintenant qu'on ne voit plus les ruines, le bruit de la cascade redevient un bruit de moulin. Jean monte dans le fenil, se creuse un trou où il se blottit avec son chien.

Il sombre aussitôt dans un sommeil profond et lourd. Un néant qui gomme ses soucis. Une fuite au fond de ce trou moelleux où tout se tait. Il rêve à Pauline, un rêve superbe.

Vers cinq heures du matin, le chien se met à gronder ; Jean sursaute. Une sorte de grattement se détache du roulement régulier de la cascade. Intrigué, il descend du fenil et regarde par une trouée de la porte. Une lanterne se déplace dans les ruines comme un feu follet. Il pose sa main sur la tête de son chien pour le retenir. Le jour découpe sur la colline de Noyac une bande qui obscurcit la nuit dans la vallée. Les coqs chantent.

Jean se glisse dehors. Au bord de l'étang, il se dissimule un moment derrière le tilleul. La lanterne est posée sur la meule. Quelqu'un fouille les ruines. Des pierres roulent, s'entrechoquent. Cette fin de nuit porte les bruits, les amplifie comme dans un tuyau.

Jean passe le pont du canal ; son chien le suit dans ses pas, mais ne grogne pas. Ils arrivent près de la lanterne. C'est Pauline qui, surprise, se dresse. Ses yeux ont un éclat lumineux dans ce matin pâle.

— Mais qu'est-ce que tu fais là ?

Elle ne répond pas et s'arc-boute pour déplacer

des pierres noires qui roulent jusqu'aux pieds de Jean.

— Qu'as-tu oublié ?

— L'or des Simoneau...

Pauline porte un gilet noir trop grand qui pend sur ses hanches. Elle n'a pas dû dormir de la nuit, cela se voit à ses cheveux défaits, aux boucles emmêlées qui tombent sur ses épaules.

La jument hennit dans l'étable. Ses sabots raclent les planches de la crèche.

— Tu me l'as volé ! siffle-t-elle.

Jean serre les dents. La colère monte en lui. Une force terrible anime ses muscles de tremblements soudains. Ses lèvres blanchissent, ses joues se creusent. Il bégaie.

— Ah, je te l'ai volé !

— Oui, tu me l'as volé, puisqu'il n'est pas ici ! s'obstine Pauline.

Il la prend par le bras si rudement qu'elle tombe à genoux.

— Alors, viens !

Il l'entraîne à quelques mètres de là, où se trouvait le réduit aux outils, maintenant encombré de gravats. Le jour est assez clair pour diluer la lumière de la lanterne qui jaunit les pierres et une touffe d'herbe déracinée venue là on ne sait comment. La rivière reste encore dans l'ombre, mais à côté, les prés sont baignés d'une lueur de plâtre, figée, épaisse. La brume coiffe la vallée.

— Regarde !

Jean pousse un énorme bloc rocheux, puis d'autres pierres qui tombent à côté ; des morceaux de poutre calcinés volent dans l'eau. Une odeur de cendre mouillée colle à la gorge. Pauline est à côté de lui, immobile ; elle regarde ce géant à qui la colère décuple les forces pour dégager le sol de cette petite pièce où elle a tant cherché l'or des Simoneau.

— Où crois-tu qu'il était ton or ? A sa place, là où ton père l'avait mis ?

Le sol est couvert de boulons rouillés, de morceaux d'étagères à moitié calcinés. Du plat de la main, Jean retrouve la fente entre les dalles, y enfonce ses doigts et tire de toutes ses forces. La pierre se soulève, bascule. La caisse est toujours là. Le couvercle a noirci sous l'effet de la chaleur, mais il a tenu bon. Jean le fait éclater d'un coup de poing. Les yeux de Pauline s'allument.

— Le voilà, ton or !

Il prend une poignée de ces pièces et les lui jette à la figure. Elles volent dans l'air terne du matin, brillantes comme des étincelles et vont tomber, éparses dans les ruines.

— Prends-le donc !

— Arrête !

— Et pourquoi ? Qu'est-ce que tu veux que j'en fasse ?

Les pièces heurtent les pierres avec un tintement de clochette. Pauline se protège la tête dans ses mains.

— Qu'attends-tu pour le prendre ?

Pauline se précipite sur Jean, serre ses bras autour de sa poitrine animée d'une respiration rapide.

— Arrête, Jean!

— Et pourquoi j'arrêterais? Qu'est-ce que ça peut me faire à moi qui n'ai rien!

Il la repousse d'un rude revers de coude qui la renvoie rouler au bas des ruines. Jean se libère d'une colère contenue depuis longtemps, depuis son arrivée dans ce moulin ; il crie à la face de ce ciel brumeux sa révolte de bête de somme qu'on a toujours utilisée pour sa force et sa docilité. Il soulève à bout de bras d'énormes poutres calcinées, les jette dans la chute. L'eau jaillit en jets d'écume. Pauline le regarde, horrifiée. Une pierre la frôle ; elle s'éloigne en courant, les mains devant la figure, passe le pont de la Douige et s'enfonce dans l'ombre du pré de Brandel.

Jean a mal partout. Comme chaque fois, la colère laisse un trou noir dans sa tête. Que vient-il de faire? Toutes ces pièces éparpillées dans les ruines, il va falloir les retrouver pour la reconstruction du moulin. Où est Pauline? Sans elle, le soleil ne se lèvera plus jamais sur ces collines qui encerclent la Farge. Le monde s'écroulera, comme il l'a vu s'écrouler à la guerre. Le jour brûle la cime des arbres, laissant encore le pré de Brandel dans l'ombre. Il n'a pas entendu les pas de la jeune femme sonner sur les planches du pont, mais qu'aurait-il pu entendre lorsque grondait le tonnerre de sa furie. Elle a dû passer le pont de la Douige. Les planches sont plus épaisses et ne font qu'un bruit étouffé. La rivière roule une eau encore noire de nuit. Dans le pré de Brandel, les arbres de la haie empêchent la lumière de couler jusqu'au sol.

Jean voit une trace dans la rosée du matin ; des pas ont renversé l'herbe déjà haute. Il court.

Près de la retenue, un bruit d'eau brassée l'arrête. Quelque chose barbote au bord du barrage. Nom de Dieu, Pauline ! Elle a voulu se noyer ! Vite un bâton pour le lui tendre. Le courant l'entraîne vers le canal. Sans réfléchir, Jean saute dans l'eau qui lui monte jusqu'aux épaules. Le froid le surprend, lui coupe la respiration. Il a pied, mais le remous le déséquilibre et le voilà à son tour tapant des bras et des jambes dans cet élément qui se dérobe sous lui. Il réussit à se rapprocher de Pauline qui ne se débat plus. Lorsqu'il la touche, elle s'agrippe à lui, d'une main gelée et dure. Jean ne sent plus le froid ; il frappe cet élément qui l'aspire. Par moments, son pied touche le fond, alors il pousse de toutes ses forces et finit ainsi par se rapprocher du mur de la digue, s'y appuie. Pauline est secouée de tremblements qui semblent démanteler son corps.

— Tiens-toi aux pierres !

Jean sort de l'eau. Ses habits ruisselants se collent à sa peau. Il prend Pauline par les poignets et la hisse sur le mur où elle reste allongée, les mains devant la figure. Ses cheveux sont collés sur ses joues.

— Mais qu'est-ce qui t'a pris, la Pauline ! Tu as glissé ?

Elle pleure et tremble si fort que sa mâchoire claque. Elle regarde Jean de ses yeux qui semblent plus grands que d'habitude, comme lavés par l'eau de la Douige.

— Viens dans la grange, tu vas attraper du mal !

Elle ne réussit pas à se tenir debout. Jean lui prend la taille et la porte. Quand ils arrivent à la grange, Camille parle dans la petite cuisine, en dessous.

— Tu vas te réchauffer dans la couverture ! Mais il faut poser tes habits mouillés !

Elle s'agrippe toujours à Jean, qui sent son visage froid contre son épaule et sa poitrine animée de tremblements profonds.

— Tu m'as encore sauvée, Jean ! réussit-elle à dire.

Sa voix est presque inaudible. Ses dents s'entrechoquent.

— Enroule-toi dans la couverture et défais tes habits mouillés !

Il lui met la couverture sur le dos.

— Toi aussi, tu vas avoir froid. Viens près de moi, Jean. Tu le vois bien que je suis folle !

Elle a posé un pan de la couverture sur les épaules de Jean et se serre contre lui. Jean a froid, terriblement froid, mais il ne bouge pas. Pauline répète :

— Tu vois que je suis folle !

— Si je t'entends redire ça une seule fois...

— Tout ça c'est de la faute de mon père ! Il voulait tout commander, tout plier sous sa volonté !

— Cesse de parler de ton père !

— Et toi, tu as toujours été là quand il fallait m'empêcher de faire des bêtises. Pourquoi, Jean ?

— Parce que si tu mourais, la Pauline, je mourrais aussi !

Il a parlé très vite, à voix basse, comme s'il avait honte de cet amour dont il ne se sent pas digne. Pour les hommes des collines, les sentiments ne se disent pas, c'est une marque de faiblesse et de soumission dont ils se cachent.

— Après tout ce que je t'ai fait ?

— Tu m'as toujours fait plus de bien que de mal !

Pauline pose son gilet lourd d'eau froide, son tablier qui lui colle à la peau et, nue, se couvre avec la couverture. Jean lui frotte le dos.

— Pose tes habits, toi aussi, tu vas attraper du mal !

C'est elle qui fait glisser la lourde veste des épaules de Jean. Ce matin, elle peut rester près de lui, blottie contre cette peau de roux. L'attirance a vaincu la répulsion ; ses mains caressent le corps de cet homme qui est son mari et qu'elle approche pour la première fois. Ils s'enfoncent dans la trouée de Jean et se réchauffent très vite ; le foin a toujours de la chaleur à donner. Ils restent ainsi très longtemps serrés l'un contre l'autre. Jean n'ose pas bouger. Si tout cela s'évanouissait, si ce n'était qu'un rêve, un de plus ! Brandel est arrivé et fait du bruit, à l'étable. Elise de sa vieille voix cassée recommande à Henri de ne pas s'approcher de l'étang. Non, ce n'est pas un rêve ! Jean fait un mouvement : il est temps d'aller débarrasser les ruines, de reconstruire le moulin de la Farge. Pauline est là contre lui, sa tête posée sur son épaule, son ventre contre le sien, ses seins contre sa poitrine, minuscule, abandonnée. Elle lève les yeux sur lui et lui sourit. Ce matin, il n'est plus roux.

— Il faut ramasser l'or! dit-elle. On va en avoir besoin pour reconstruire notre moulin. Je vais aller te chercher de quoi t'habiller.

Elle descend à l'étable. Quand Camille l'aperçoit enroulée dans la couverture, elle s'écrie:

— Mais qu'est-ce qui se passe encore?

— Rien, dit Pauline, d'une voix nouvelle, j'ai glissé et je suis tombée à l'eau. Heureusement que Jean n'était pas loin et a pu me sortir. Il me faut des habits secs pour lui!

Camille regarde sa fille fouiller le tas de vêtements sauvés de l'incendie. Elle a changé de visage. Ses lèvres sont plus grandes, comme si elle riait. Sa peau lisse est lumineuse. Jamais depuis la mort de Pierre, elle n'a eu une aussi bonne figure.

— A croire que tu n'es heureuse que dans la misère! dit Camille en haussant les épaules.

Pauline éclate d'un rire joyeux. Même Henri a tourné la tête.

— Ma parole, tu es vraiment folle! insiste Camille.

Le temps c'est comme l'eau de la chute, il passe vite, invisible. Sournois, il attend qu'on tourne le dos pour se faufiler... Jean Charias n'a pas économisé ses forces durant ces dernières années. Une fois le moulin reconstruit, ce qui a pris presque une année, il a acheté un camion pour livrer la farine aux boulangers de Tulle. Les meules sauvées de l'incendie tournent dans ce nouveau bâtiment deux fois plus grand que l'ancien, couvert d'ardoises puisqu'on n'a pas pu trouver suffisamment de tuiles romaines.

Camille est morte quelques jours après qu'on eut pendu la crémaillère dans la nouvelle maison. Elle voulait savoir comment tout se finirait, puis s'est laissée aller au sommeil éternel. Un matin, on l'a trouvée froide dans son lit. Elle est morte de rien, d'aucune maladie, d'une simple lassitude de vivre. Elle est partie retrouver Baptiste et ses deux fils qui doivent bien être quelque part dans la foule du paradis. Camille avait assez pleuré.

Elise est restée. Elle a suivi l'enterrement de sa bru comme celui de son fils, du même pas à dix ans d'intervalle. Elise ne vieillit plus ; le temps passe autour d'elle sans la marquer, sans la griffer. Elle redevient une enfant.

Mais la dame noire ne l'a pas oubliée... Jean et Pauline ont voulu fêter ses cent ans. Jean a demandé au maire de Saint-Salvadour de venir faire un petit discours. Tout ce bruit autour de son grand âge a dû apeurer la vieille femme: elle est morte deux jours avant la fête, il a fallu décommander tout le monde!

Au moulin, c'est Pauline qui tient les comptes. Henri est un solide jeune homme qui plaisante tout le temps. Il ne sera pas très grand, comme Baptiste, mais sa figure carrée, ses yeux sombres et pétillants montrent qu'il est bien de la race des meuniers, des Simoneau. Il accompagne Jean dans les tournées ou reste au moulin pour servir les clients. Il conduit le camion aussi bien que son père, mais on ne le laisse pas aller sur la grande route parce qu'il n'a pas l'âge du permis.

Comme il fallait quelqu'un pour aider à la maison et faire la cuisine, Jean est allé chercher une vieille femme qu'il a connue autrefois, du côté de Lagraulière. Elle est ronde comme une boule. Ses cheveux noirs sont gras et la barbe salit son menton. Elle rouspète tout le temps, mais il n'y a pas la pareille pour mijoter des choux farcis ou un ragoût de mouton. On l'appelle la Migou; ce n'est certainement pas son nom, pourtant, on s'en contente et elle aussi.

Brandel, rongé de rhumatismes, ne peut plus faire grand-chose. Il s'est retiré dans la maison à côté de l'étable que Jean a fait réparer.

Chaque matin, en se levant, Jean monte voir sa digue qu'il a surélevée pour augmenter la puissance de la chute. C'est là qu'il regarde vivre le pré, la rivière, les arbres et les taillis. Le printemps suit l'hiver, puis viennent l'été et l'automne, tout ça à la vitesse d'une ronde d'enfant. Lui, il marche de son pas tranquille de paysan. Il rêve parfois de terre chaude et mouillée. Alors, il a envie d'aller labourer sa défriche, mais le temps lui manque ; le moulin qu'il voit de la trouée des noyers est là. Un immense moulin qui ronronne comme une bête contente quand le grain coule dans son estomac, même si la trace des Simoneau a disparu avec l'incendie : les marches neuves sont en ciment, le pont sur le canal est en fer.

Quand il a fait son tour et bu son café, Jean se rase à la cascade, à la place exacte où Baptiste s'aspergeait d'eau, été comme hiver. Il se rase en écoutant le bruit de la roue de châtaignier. Dans ce bruit, il entend les voix de ceux qui l'ont précédé car il en est bien sûr, les Simoneau ne sont pas au ciel puisque, là-haut, il n'y a pas de grain à moudre. Ils sont ici, à bavarder de farine et de blé, à écouter les meules pour savoir si elles ont leur content de froment et si ce paysan des collines a fini par devenir un bon meunier.

Lorsque Jean part livrer de la farine, il s'arrête chez lui, à Plumozelle. Son père est mort l'année dernière et Alfred n'est pas redevenu un homme comme avant la guerre. La pension qu'on a fini par lui accorder suffit pourtant aux besoins de la maison. Vivienne est devenue une superbe jeune fille.

Jean s'arrête très peu ; le silence des collines lui fait peur, ce ciel trop grand qui n'en finit pas l'éblouit. Il y a tant de lumière sur ces hauteurs ! Alors il démarre vite et descend à la Farge.

Ce qui se passe dans le grand monde le laisse indifférent. On lui a dit que la guerre n'était plus possible et il le croit : les hommes sont devenus trop savants pour s'entre-tuer comme à Verdun, en 1916. D'ailleurs, il a souffert durant ces quatre années de sa jeunesse pour qu'Henri, ce garçon qu'il aime comme son fils, ne connaisse jamais l'enfer. Henri qui aura vingt ans en 1940...

Etampes, décembre 89, avril 90.

Cet ouvrage a été composé
par Eurocomposition à Sèvres
et imprimé par Normandie Impression S.A.
à Alençon (Orne)
pour le compte des Éditions Laffont

N° d'édition : 32979
N° d'imprimeur : 902195
Dépôt légal : août 1990